KB072816

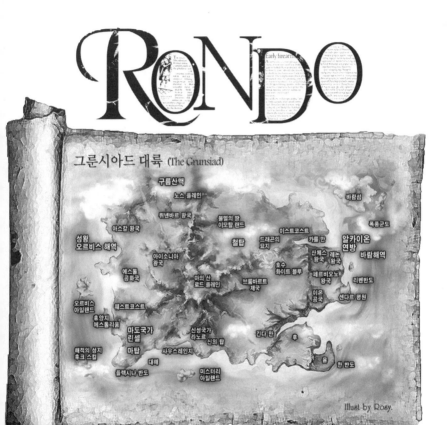

RONDO

그룬시아드 대륙 (The Grunsiad)

바람섬

구름산맥

노스 플레인

폭풍군도

뤼넨바르 왕국

볼멸의 땅
이모탈 랜드

이스트코스트

카를 만

알카이온
연방

아스칼 왕국

드래곤의
묘지

산체스 레논
왕국

바람해역

성왕
오르비스 해역

철탑

아이소니아
왕국

호수
화이트 블루

페르비오노
왕국

리벤반도

에스톨
공화국

마의 산
로드 플레인

브룸바르트
제국

이온
공국

센다르 평원

오르비스
아일랜드

웨스트코스트

휴양지
에스톨리움

신성국가
라노르 신의 탑

긴다 만

마도국가
린셀

해적의 성지
후크 스킵

마탑

대해

사우스레인지

루

울

한 반도

플렉시나 반도

미스터리
아일랜드

Illust by Rosy.

RONDO

론도

신성 게임 판타지 소설
FANTASY FRONTIER SPIRIT

론도 3

신성 게임 판타지 소설

초판 1쇄 찍은 날 § 2007년 10월 10일
초판 1쇄 펴낸 날 § 2007년 10월 19일

지은이 § 신성
펴낸이 § 서경석

편집장 § 문혜영
편집책임 § 유혜림
편집 § 서지현

펴낸곳 § 도서출판 청어람
등록번호 § 제1081-1-89호
등록일자 § 1999. 5. 31
어람번호 § 제1-0898호

주소 § 경기도 부천시 원미구 심곡1동 350-1 남성B/D 3F (우) 420-011
전화 § 032-656-4452 팩스 § 032-656-4453
http://www.chungeoram.com
E-mail § eoram99@chollian.net

ⓒ 신성, 2007

ISBN 978-89-251-0967-1 04810
ISBN 978-89-251-0890-2 (세트)

※ 파본은 구입하신 서점에서 교환하여 드립니다.
※ 저자와 협의하여 인지를 붙이지 않습니다.

R

A Roman legionary

론도

RONDO

FANTASY FRONTIER SPIRIT

신성 게임 판타지 소설

③

이별(離別)의 장

청어람
도서출판

RONDO

Contents

EPISODE 012

Sour grapes

　아득한 도시의 야경은 부드러운 초여름의 바람에 밀려 곱게 뭉그러져 가고 있었다. 저녁나절 잠깐 내렸던 비에 촉촉이 젖은 회색 숲은 한기를 느끼는 것처럼 번져 가는 불빛 속에서 몸을 떨었다.

　고급 호텔의 디럭스 룸을 연상시키는 거실과 도시 특유의 세련된 멋을 살린 호화스런 방. 남자는 그 풍부한 광경의 중심에서 어울리지 않게도 바나나를 까먹고 있었다.

　고상한 손길로 정성껏 한 올 한 올 섬세하게 바나나 껍질을 벗겨낸 후, 순결한 속살을 씹는 그의 모습은 어떤 의미에서는 숭고해 보이기까지 한다. 어딜 가나 그치지 않는 텔레비전 소리가 그 어색한 침묵의 깊이를 와해시키고 있었다.

"하하, 그렇습니다. 희경 씨의 말대로 얼마 전 페르비오노의 동부에서 깜짝 이벤트 퀘스트가 발생했답니다."

하하, 라니. 이 얼마나 바보 같은 웃음이란 말인가. 방송인을 제외한 그 누구도 저런 식으로는 웃지 않는다. 남자는 그렇게 생각하며 또 다른 바나나를 따 입으로 분주히 옮겨갔다.

남자 MC는 그런 그의 생각은 아랑곳 않고 계속해서 말을 이어갔다. 그리고 어느 순간, 여자 MC가 그의 말을 받았다. 생긋 웃는 미소가 무척이나 요염한 여자였다.

"그럼, 함께 이벤트 퀘스트의 화면을 보시겠습니다."

화면이 바뀌며 거대한 스켈레톤 로드의 대검이 나타났다. 거대한 회색 빛의 검은 한 번 몰아칠 때마다 막대한 풍압을 일으켜 유저들을 멀리 날려 버렸다. 정통으로 맞은 유저는 백이면 백 모두 로그아웃이 된다.

그러던 도중, 한 유저가 전장에 나타났다. 온몸을 백색 패너플리로 두른 그는 얼핏 보기에 그다지 강해 보이지 않음에도 용감하게 스켈레톤 로드를 향해 달려들었다. 그의 뒤를 재빨리 지원하는 네 명의 또 다른 흑색 디펜더. 백색의 검사는 무거운 갑주를 걸치고 있다고는 믿을 수 없을 만큼 재빠르고 유연한 움직임으로 스켈레톤의 검극을 피하고 있었다. 아니, 피하는 것처럼 보였다.

'공격에 타격을 입지 않고 있다.'

브라운관을 보던 남자는 까먹던 바나나를 내려놓고 날카로운 눈으로 화면을 들여다보았다. 아슬아슬하게 비껴가는 것처럼 보이는 스켈레톤 로드의 공격은 사실 제대로 적중하고 있었다. 팔을 반쯤 베고 지나가기도 했고, 허벅지를 거의 자를 만한 상처를 입히고 빠지기도 했다. 그럼에도 불구하고 화면의 백색 검사는 전혀 타격을 입지 않고 있었다. 남자는 확신을 굳혔다.

실체가 아니다.

그리고 다음 순간 그의 생각에 대답이라도 하듯, 백색 검사는 스켈레톤 로드의 검에 맞아 산화하고 말았다.

곧 흑색 디펜더들도 하나둘씩 쓰러지고, 난전이 시작되자 남자는 다시 바나나를 까먹기 시작했다.

잠깐 솟아올랐던 일말의 흥미도 이미 사그라져 있었다. 투명한 회색의 시선은 인내심을 가지고 브라운관을 계속해서 응시했다. 기다려, 기다려, 기다려, 기다려…….

됐다.

시선에 감응하듯 화면이 바뀌었다. 아마 동영상을 녹화하던 유저가 공격에 맞은 모양. 새로운 시점으로 옮겨간 카메라는 뜻밖의 광경을 비추고 있었다.

그곳에는 죽은 줄만 알았던 다섯 명의 유저가 서 있었다. 한 명의 백색 검사와 네 명의 흑색 디펜더.

다들 수고했다. 백색 검사의 입은 분명히 그렇게 말하는 것 같았다. 그리고 바로 그 순간, 남자의 휴대폰이 울렸다. 남자는 다시 바나나를 내려놓고 숨죽인 채 화면을 바라보았다. 달려가는 다섯 명의 데스나이트.

남자의 시선은 거대한 기억의 흐름 속에서 뭔가를 골라내고 있었다. 그는 누구인가…….

검과 검이 부딪치며 강력한 굉음이 울렸다. 화면을 잠식하는 그 호화로운 불꽃을 바라보던 남자는 나지막이 숨을 토해내며 휴대폰을 열었다.

"임윤성입니다."

*　　　　*　　　　*

'하르발트, 슈왈츠! 각각 양쪽 날개를 맡는다. 헨델은 늘 하던 대로 함께 센터를 맡고, 실반은 일행에서 빠져서 세피로아들을 돕는다.'

그의 간단한 손짓이 심오한 언어라도 되는 것처럼 바라보던 용병들은 약간의 시차를 두고 고개를 끄덕이며 각자의 포지션을 사수하기 위해 움직였다. 스켈레톤 로드의 검격(劍擊)이 애꿎은 허공을 가르며 대지가 울음을 토해냈다.

대검사를 상대할 때 가장 유의해야 할 점은 '간격'을 파고드는 순간이다. 비교적 리치가 짧은 장검을 사용하는 경우, 공격과 다음 공격 사이의 딜레이가 큰 대검사의 공격 형태를 이용한 반격을 유연하게 성공시킬 수 있어야 어렵지 않게 맞수를 이루어내고, 뒤이어 역전의 기회를 만들 수 있다.

하지만 목숨이 오가는 상황에서 그런 생각을 하고 또 실행에 옮기는 것은 쉬운 일이 아니다. 단순한 서바이벌게임과는 다르다. 딜레이를 이용하는 공격은 어디까지나 자신과 비슷한, 혹은 열등한 수준의 대검사를 상대할 때에나 가능한 것.

적은 스켈레톤 로드였다. 녀석의 대검 공격은 거의 일반 롱소드의 딜레이와 흡사한 수준이었다. 그뿐만이 아니다. 스켈레톤 로드는 특유의 무지막지한 힘을 통해 한 손으로도 일반 대검사가 양손으로 대검을 휘두르는 것 이상의 파괴력을 보여 주고 있었다.

물론 그렇다고 해도, 정상적인 경우라면 더 상대하기 쉬워야 정상일 것이다. 아무리 스켈레톤 로드가 힘이 세더라도, 두 손으로 대검을 다루는 것과 한 손으로 다루는 것은 스피드나 파괴력을 포함해 전체적인 측면에서 두 손과의 갭이 클 수밖에 없었다. 하지만 문제는, 녀석의 다른 한 손에 샴쉬르가 쥐어져 있다는 것.

스켈레톤 로드는 샴쉬르와 대검을 번갈아 사용하며 대검을 휘두를 때 생기는 딜레이를 메우고 있었다. 상식을 초월한 힘을 가진 녀석만이 사용할 수 있을 법한 전투 방법이었다.

스켈레톤 로드가 여섯 번째 공격을 퍼부을 때까지 수련 일행은 단 한 번의 공격도 성공시키지 못했다. 4대 1의 상황인데도 수세에 몰려 있는 것은 외려 수련 쪽이었다.

상대방은 언데드. 체력을 논한다면 당연히 상대가 안 된다. 수련은 리치를 상대하고 있을 세피로아들 쪽을 흘끗 바라보았다. 수련 일행을 제외한 대부분의 유저들이 그쪽에 몰려 있었음에도 상황은 결코 좋지 않았다.

악전고투. 결국 스켈레톤 로드를 먼저 쓰러뜨리고 세피로아들을 돕는 것으로 간단히 결론이 났다. 찰나를 사이에 두고 세피로아와 수련의 시선이 멈칫거리며 마주쳤다.

'뭐 해, 빨리 처리하고 도와!'

'기다려 봐.'

부아아앙!

대검의 투박한 칼날이 수련의 상체를 베고 지나갔다. 아니, 얼핏 베고 지나간 것처럼 보였다. 그 순간 수련의 신형이 물 흐르듯 안쪽으로 사라졌다.

고스트 스텝.

리치가 길고, 공격 범위가 넓은 만큼 대검의 공격에는 사각(死角)이 존재한다. 게다가 한 번 힘이 실리면 공격 방향을 쉽게 바꿀 수도 없었다. 휘두르는 힘이 강하면 반동도 그만큼 크다.

그것이 바로 딜레이. 수련은 찰나를 꿰뚫듯 대검의 사각에서 스켈레톤 로드의 안쪽을 파고들었다. 그럴 줄 알았다는 듯이 샴쉬르가 날아왔다. 그러나 수련은 당황하지 않고 샴쉬르의 빗면을 가격했다.

실루엣 소드!

수십 갈래로 분영(分影)한 수련의 환검이 여러 방향에서 날아와 샴쉬르의 궤도를 수정했다.

대검도 대검이지만, 샴쉬르 또한 상당한 무게가 실리는 검이기 때문에 한 번 방향이 틀어지면 그 궤도를 수정하기가 용이치 않았다. 특히 지금처럼 검의 안쪽 빗면을 맞아 방향이 완전히 흐트러졌을 경우라면 더욱더!

완전한 빈틈이 생긴다. 대검의 딜레이는 아직 끝나지 않았다.

대검을 상대로 히트 앤 런을 사용하는 것은 사실 어지간한 실력이 아니고서는 자살 행위에 가깝지만, 그 히트(Hit)가 상대방 공격 속도의 몇 배를 상회한다면 충분히 가능한 이야기였다.

그리고 수련에겐 그런 공격 속도를 가진 스킬이 있었다.

섬광검 제일초.
섬광영(閃光影).

검극의 찰나를 헤집고 들어간 공격이 스켈레톤 로드의 옆구리에 작렬했다. 회색질 뼈 갑옷의 틈새로 들어간 섬광이 소리 없이 삐져 나온다.

그아아아.

분노한 스켈레톤 로드가 수련을 향해 거대한 대검을 휘둘렀을 때, 수련은 이미 저만치 물러나 있었다. 고스트 스텝의 신묘함과 광속의 쾌검이 이루어낸 쾌거였다.

수련은 그 찰나에 하르발트와 슈왈츠에게 견제를 시켜 스켈레톤 로드의 움직임을 제한하고, 헨델에게는 스켈레톤 로드가 자신을 공격할 때 메인 어택을 노리도록 지시했다. 그렇게 조금씩 데미지가 누적되자, 로드의 움직임이 눈에 띄게 느려졌다.

아아아아!

온몸에 검상을 입은 스켈레톤 로드가 울부짖었다. 맹수의 포효라기보다는 마치 어둠을 토해내는 듯한 거친 울음이었다. 강렬한 포효가 전란의 공기를 타고 피부 세포를 헤집어놓았다.

뭔가 이상하다.

'멈추게 해!'

수련은 황급히 하르발트와 슈왈츠에게 손짓을 내렸으나, 이미 절규는 극에 달해 있었다. 그리고 절대의 고요가 찾아왔다.

스켈레톤 로드의 고유 스킬인 언데드 하울링(Undead howling). 반경 내에 잠들어 있는 수많은 전사의 혼들을 불러내어 강력한 용아병으로 부활시키는 로드 고유의 기술.

용의 이빨로 만들어졌다는 수많은 전사들이 어두컴컴한 흙속을 헤집고 천천히 일어나기 시작했다.

새카만 음영이 일렁이는 원혼에 찬 롱 소드. 푸른색 귀화(鬼火)가 번뜩이는 공포의 용아병(龍牙兵).

스파토이!

전설의 용족을 호위하기 위해 만들어진 과거의 전사들이 언데드의 부름에 다시 검을 들고 있었다.

수련은 재빨리 진영을 부채꼴로 짜며 머리를 굴렸다.

그에게도 다수를 상대하기 위해 최적화된 광역스킬이 몇 가지 있었다. 가장 먼저 떠오른 것은 팬텀 블레이드의 오의인 고스트 그레이브였다. 언데드에게 죽은 전사들을 불러내어 전장에 귀환시키는 언데드 하울링의 정반대에 위치한 기술.

하지만 그 또한 암흑 계열의 기술이었기 때문에 과연 용아병들을 상대로 얼마만큼의 효용을 발휘할지는 의문이었다. 아직 그의 고스트 그레이브 레벨은 낮았고, 눈앞에 나타난 열댓 명의 용아병은 익스퍼트 상급에서 익스퍼트 최상급의 실력을 가지고 있는 막강한 소환체들이었다.

다행히 다른 스켈레톤들에 비하면 이동 속도가 떨어지는 것이 흠이라면 흠인지라 히트 앤 런을 구사하기에 무난한 상대들이었지만, 그것도 숫자가 적을 때의 이야기지 이런 식으로 포위진을 형성하게 되면 방법이 없다.

수련은 결단을 내렸다. 그에게는 강력한 다수 공격 스킬이 하나 더 남아 있었다. 아직까지 실전에서 사용해 본 적은 없기 때문에 그 효능은 의문이었지만…….

'하르발트, 슈왈츠, 헨델. 10초만 포지션을 수사한다.'

손짓을 받은 세 용병이 트라이앵글 형태로 수세를 취하며 자리를 잡았다. 절그럭거리며 다가오는 스파토이들의 숨소리가 거칠었다. 어둠이 빨려 들어간다.

스팟!

십여 개의 롱 소드가 동시에 용병들을 향했다. 페르비오노 고유의 검술로 재빨리 두어 개의 롱 소드를 빗겨낸 슈왈츠는 간단한 반격까지 하며 스파토이를 견제했다.

수련만큼은 아니지만 쾌검에 능한 하르발트 또한 재빠른 검놀림으로 두어 개의 검을 쳐냈다. 대검사인 헨델은 검의 넓은 면적을 이용해서 스켈레톤의 검극을 막아냈다. 그러나 수에서 밀리는 만큼 상당히 힘겨워 보였다.

　거대한 섬광의 빛살무늬가 수련의 검극을 타고 흘렀다. 눈부신 태양광이 한순간 이도류의 칼날 끝으로 집중되며 막대한 열기가 폭발하듯 넘쳐흘렀다.

　섬광검 최고의 기술이 검신 속에서 잉태되고 있었다.

　섬광류 중 가장 내력 소모가 크지만, 고스트 그레이브를 제외하고는 최강의 파괴력을 가진 섬광검.

　신광(神光)이 소용돌이처럼 검극에 감긴다. 스프링처럼 튀어 오른 수련은 스파토이의 열을 헤집으며 팽이처럼 검을 휘둘렀다.

섬광검 제삼초.
폭풍섬광(暴風閃光).

　빛 속성의 섬광검은 스파토이 같은 언데드 몬스터에게는 치명적인 타격을 입힌다. 산란하는 빛에 순간적으로 주춤한 스파토이들은 곧이어 자신들을 덮치는 빛의 파도에 경악성을 내질렀다.

　크아아!

　마치 태양이 강림한 양 막대한 열기가 대지를 메웠다. 수만 개의 플래시를 한 번에 터뜨린 것 같은 그 광경에 모든 유저들이 한순간 넋을 잃어버렸다. 궁극의 열 폭발이 발생했다.

순간적으로 밝아졌던 시야는 동공에 어둠이 들어참과 동시에 서서히 그 밝기를 회복해 간다. 빛의 잔재가 사라진 그곳에는 팔, 혹은 다리를 잃은 스파토이 둘과 힘을 잃고 부스러진 스파토이들이 바닥에 널브러져 있었다.

스켈레톤 로드도 타격을 입었는지 거대한 한쪽 무릎을 꿇은 채 바닥을 짚고 있었다. 수련은 그 틈을 놓치지 않고 돌진했다. 데스나이트 특유의 흑색 오라가 푸르스름한 하늘빛 검극에 휘말리자 검이 울기 시작했다.

헨델, 슈왈츠, 하르발트와 함께 순식간에 로드의 네 방위를 모두 점한 수련은 최후의 공격을 감행했다. 헨델의 대검이 스켈레톤 로드의 대검과 부딪치고, 하르발트의 장검이 스켈레톤 로드의 샴쉬르와 파찰음을 일으켰다.

뒤이어 슈왈츠의 롱 소드가 무방비 상태의 몸통을 정면으로 꿰뚫는다. 스켈레톤 로드의 그악스러운 비명이 울렸다. 세 방위를 봉쇄당하여 움직임이 막힌 스켈레톤 로드의 머리 위로, 마지막 공격이 떨어져 내린다.

연격(連擊), 실루엣 브레이크!

하늘의 방위를 점령하는 하늘을 뒤덮은 열 개의 검, 그리고 그 검의 꼬리를 따라 수십 개로 분화하는 검영(劍影). 그 압도적인 장관 앞에서 무방비상태에 놓인 스켈레톤 로드는 눈빛을 꺼뜨렸다.

스켈레톤 로드가 꼬치처럼 온몸을 꿰뚫리는 순간, 세 용병이 타이밍에 맞춰 뒤로 물러선다. 다음 순간 굉음이 울려 퍼지며 스켈레톤 로드가 산산이 부서져 나갔다. 아무리 언데드 몬스터라고 해도 온몸이 가루가 된 이상 살아날 수 없다.

[언데드 로드의 엠블럼을 습득하셨습니다. 2/7]

중갑이 산화하고 하얀 백골의 잔해가 휘날리자, 로드가 사라진 곳에는 파르스름한 청광(靑光)이 감도는 샴쉬르 한 자루가 남겨져 있었다. 수련은 검을 집었다.

[혼돈의 샴쉬르, 인퀴지터(Inquisitor)] : S- 그레이드 레어

공격력 : 122-150

옵션 : 힘+30 / 민첩+20

부가 옵션 : 언데드 하울링(Undead howling). 시전자의 체력이 5% 미만일 때, 남은 마나 전량을 사용해서 1분 동안 용아병들을 소환할 수 있다. 유령, 빛 속성 몬스터에게 두 배의 데미지를 입힌다.

설명 : 성십자 기사단의 이단 심문관, 데몬 헌터 모르페우스가 사용하던 암흑의 마검. 고대 마족의 장인이 마왕의 뼈를 빚어서 만들었다고 한다.

드디어 S급 아이템을 얻었다!

수련은 여태껏 쌍으로 사용하던 언데드 족의 롱 소드 한 자루를 버리고, 그 공백을 샴쉬르로 대체했다. 옆에서 하르발트

가 침을 흘리며 검을 바라보았으나 애써 무시해 주었다.

"뭐 해! 좋은 거 먹었으면 빨리 도와달라고!"

세피로아가 악을 쓰는 소리가 들려왔다. 수련은 재빨리 아이템을 수습하며 자리에서 일어섰다.

시커먼 로브 자락 사이에서 암흑이 뻗어 나올 때마다 유저들이 접시 물에 코 박듯 엎어져 죽었다. 상황은 매우 좋지 않았다.

리치는 끊임없이 상급 구울을 소환하여 주변의 유저들을 견제하고 있었다. 손톱에 시독을 포함하고 있는 상급 구울과 근접전을 펼치기가 꺼려졌던 유저들은 일찌감치 떨어져 있었고, 그러다 보니 자연스레 원을 형성하며 모이게 된 유저들은 리치의 광역 마법에 맞아서 먼지가 되고 있었다.

"멍청하게! 모이지 말래도!"

세피로아가 답답하다는 음색으로 소리를 질렀으나, 코앞의 일을 수습하기 바쁜 유저들이 그 말을 들을 리가 없었다. 인간이란 누구나 그렇다. 상황이 다급해지면 냉철하고 이성적인 판단이 어려워진다. 위기 앞에서 눈 하나 깜짝하지 않고 태연하다는 것은 소설 주인공에게나 가능한 이야기다.

하지만 그게 가능한 사람도 있긴 했다. 지금처럼.

실반의 멀티 풀샷이 구울의 미간에 적중함과 동시에, 구울들 사이로 작은 길이 열린다. 수련은 그 틈을 놓치지 않고 섬광포를 쏘았다. 그러나 그 순간, 로브 자락 속에서 열린 암흑이 빛줄기를 먹어치워 버렸다.

섬광포는 파괴력의 집적도는 섬광영에 비해 떨어지지만, 다수 전에 주로 사용하는 만큼 폭발적인 에너지만큼은 섬광영을 훨씬 상회하는 스킬이다. 그런데 그 공격을 흡수해 버리다니?

수련은 당황하며 반걸음을 물러서서 구울의 손톱을 피해냈다. 어느새 빈틈 사이로 구울들이 소환되었던 것이다.

카오스 커터(Chaos cutter)!

수련은 다급히 고개를 숙였다. 시큰한 파동이 파삭, 하고 머리 위를 스친다. 그만큼 리치의 전투에는 빈틈이 없었다. 근접전에 강력하지만 스피드가 느린 상급 구울들을 보충하기 위해 카오스 커터 같은 5서클의 대인전 마법을 사용하는 한편, 유저들이 넷 이상 모일 때마다 소규모 광역 마법인 6서클의 레이븐 익스플로전(Raven explosion)을 캐스팅했다. 스켈레톤 로드보다 훨씬 더 상대하기 까다로운 몬스터였다.

수련과 용병들도 뭉치지 못하고 각각 산개해서 따로 구울들을 상대하고 있었다. 소환된 구울의 숫자만 해도 이십. 이대로 가면 수련 일행은 물론이고 남은 유저들마저 각개격파당할 것이 뻔했다.

그러다 보니 상황은 자연스레 둘, 혹은 셋의 소수 유저들이 서로의 등을 맞대고 싸우는 쪽으로 흘러갔다. 수련의 경우는 세피로아였다. 매끄러운 어깨의 감촉이 등에 맞닿았다.

"너, 지금까지 용케도 버텼구나."

"응. 토닥토닥해 줘."

세피로아가 키들키들 웃었다. 수련은 그 말에 어쩐지 야한 생각이 들어서 속으로 양을 세기 시작했다.

하나, 둘, 셋, 넷, 양 다섯 마리!

휘두른 검에 다섯 번째 구울이 바닥을 향해 스러졌으나 끝은 보이지 않았다. 한 마리를 베면 오히려 두 마리가 소환되고 있었다. 리치가 사용하는 흑마법은 고차원에 존재하는 마왕의 힘을 초환(招還)하는 것이기 때문에, 그 마왕의 생명력이 고갈될 때까지는 마력의 제한 또한 존재하지 않아. 세피로아의 속삭임에 수련이 고개를 까닥였다. 시간을 끌수록 불리해진다.

"그럼 일격에 승부를 봐야겠군."

"어떻게?"

"이지랑 제롬을 불러."

구울의 수는 어느덧 사십을 넘어서고 있었다. 조금만 시간이 더 지나면 구울의 수가 유저의 두 배를 넘어서게 된다. 그전에 리치를 베어야 했다.

리치에게 도달하기까지 산재하는 구울의 수는 약 스물. 공중으로 크게 도약하여 단번에 일격을 먹이는 방법도 있지만, 그렇게 되면 공격 직전 공중에서 무방비 상태에 놓이게 된다. 허공에서 회피 동작이라고 해봐야 몸을 뒤트는 것이 고작이고, 타깃팅이 큰 마법이 구현되면 꼼짝없이 데미지를 입을 것이 자명했다.

방법은 하나다. 육로를 이용하되, 최단거리로.

이지의 체인 라이트닝이 눈부신 전류와 함께 폭사하자, 서넛의 구울이 감전의 충격을 견디지 못하고 바닥에 몸을 굴렸다. 환상술사 제롬이 환영을 펼쳐 또다시 서넛의 구울들을 혼란에 빠뜨린다. 길이 생겼다.

"달려!"

양손에 쥐어진 이도류가 세찬 광명을 발하고, 세피로아와 네 명의 용병이 그의 뒤를 따른다.

벤다, 벤다, 모두 베어버린다!

쐐기 형태의 삼각형은 바깥쪽에서부터 떨어져 나갔다. 쉴 새 없이 소환되는 구울들이 하르발트를, 슈왈츠를, 헨델을, 실반을 붙잡았다.

그리고…….

마지막 구울. 강력하게 내지른 좌수검에 몸통이 파훼됨과 동시에 세피로아가 수련의 어깨를 딛고 하늘로 치솟았다. 마법을 캐스팅하기에는 이미 늦었다. 구울을 소환하기에 여념이 없던 리치가 당황을 머금은 채 멀거니 서 있었다.

인비져블 블레이드(Invisible blade)!

은발이 미려하게 흩어졌다. 허벅지와 허리춤에서 뽑혀 나온 네 개의 단도. 아름다웠다.

마치 거대한 샹들리에가 춤추듯, 허공을 찢어발긴 네 개의 서슬은 소리도 기척도 없이 리치의 사방을 점했다.

그러나 다음 순간,

세피로아는 시각이 바깥쪽에서부터 천천히 마비되는 것을 느꼈다. 처음엔 일시적인 마비 증세라고 생각했지만, 그것은 마치 좀먹는 벌레처럼 그녀의 의지를 압도해 갔다. 세상이 하얕게 물든다.

"세피로아!"

수련은 날개 잃은 참새처럼 자유낙하 하는 세피로아를 간신히 받아냈다. 길 잃은 전류가 불똥처럼 튀어 그녀를 안은 팔을 저릿하게 했다. 문득 고개를 돌려보니 무언가가 허공을 뒤덮고 있었다. 그 기저를 알 수 없는 암흑의 철망.

파직.

그것은 실로 현란한 광경이었다. 리치를 중심으로 물샐틈없이 허공을 메운 거대한 흑색의 전류. 거대한 전하결계(電荷結界)가 리치의 모든 방위를 수비하고 있었다. 세피로아가 던졌던 네 개의 단도는 전류에 닿는 순간 강한 스파크를 일으키며 튕겨 나왔다. 그 힘이 얼마나 강했는지 날이 다 빠지거나 녹아 있었다.

다시 구울들이 몰려오고 있다. 지금을 놓치면 이제 다시 기회를 잡기는 힘들 것이다. 수련은 뒤늦게 달려온 슈왈츠에게 세피로아를 맡기고는 리치의 주변을 맴돌 듯 달리기 시작했다.

이건 팬텀 실드보다 더하다.

수련은 침음하며 간간이 날아오는 카오스 커터의 칼날을 쳐냈다. 칼날 하나하나에 담긴 마력이 무려 5서클에 육박하는지라 튕겨내는 것만으로도 상당한 양의 체력이 소모되었다. 다행히 데스나이트로 변신한 상태였기 때문에 같은 암흑 속성의 공격은 어느 정도 중화해 낼 수 있었다.

곧 하르발트와 헨델이 도착했다. 수련은 포지션을 바꾸어 하르발트와 헨델에게 양 날개의 견제 역을 맡겼다. 전하결계라고 해서 무적은 아닐 것이다. 우선 그 수비범위와 능력을 정확히 파악할 필요가 있었다.

부아앙!

데스나이트로 변한 헨델의 대검이 거대한 풍압을 일으키며 쇄도했다. 암흑계 특유의 다크 오라가 넘실대는 강력한 공격이었다. 비록 마스터 급은 아니지만, 대검인 만큼 그에 준하는 공격력을 가지고 있으리라. 그러나 기대는 어긋났다.

헨델의 공격이 상전이 현상을 일으키며 튕겨져 나온 것이다. 대검의 일부가 기화해 버렸다. 같은 종류의 암흑은 아니었지만, 암흑과 암흑이 부딪치며 막대한 양의 에너지가 증발했다.

"뚫을 수 없어. 저건 대체 뭐지?"

헨델은 어처구니없다는 듯 숨을 들이키고는, 다가오는 카오스 커터를 대검의 겉면을 통해 빗겨냈다. 숨 대신 시커먼 것을 토해내는 것으로 봐서 제법 지친 것 같았다. 수련은 지체하지 않고 좀 더 강력한 공격을 해보기로 했다. 우수에서 뻗어나간 환검의 끝자락이 가늘게 떨리며, 이내 열 개의 검이 된다.

일루전 브레이크!

검은 모든 방위를 노리는 대신에, 마치 탄환처럼 한 곳을 노리고 일렬로 쏘아져 나갔다. 이전에 족장 난쟁이를 잡을 때 썼던, 파괴력의 집적도를 높인 일렬종대(一列縱隊) 형의 일루전 브레이크였다.

첫 번째, 두 번째, 세 번째. 같은 극점을 노린 서슬은 같은 지점의 전하결계에서 계속해서 힘을 잃고 떨어져 나갔다.

검은 계속해서 날아갔다. 아홉…… 그리고 열 번째! 최후의 검마저 전류에 휩싸여 폭발한다. 환검의 부스러기는 약속한 것처럼 모두 오른쪽으로 빨려들 듯 소멸했다.

수련은 확신을 굳혔다. 사실 헨델이 첫 번째 공격을 가했을 때부터 몰래 제기하던 가정(假定)이었다.

전하결계는 회전하고 있는 것이다, 그것도 안력으로는 식별할 수 없을 만큼 빠른 속도로.

그것이 일종의 자전일지, 아니면 원심력을 이용한 반동일지는 알 수 없지만, 아무튼 그 강력한 회전력 때문에 수련의 검은 같은 점을 공격했음에도 정작 다른 곳을 공격한 셈이 되어버렸다.

게다가 전하결계 특유의 반발력이 회전력에 가미되어 공격 하나하나의 충격이 분산되고 있었다. 수련은 지척까지 다가온 구울들을 베어 넘기며 빠르게 머리를 굴렸다.

단순한 파괴력만을 증폭시켜서는 결계를 뚫을 수 없다. 그렇다면 전하결계의 속성에 중화되지 않는 속성의 공격을 펼쳐야 한다. 전하결계가 가진 고유 속성은 전기. 조금이라도 질량을 가진 공격은 전하결계에 막힐 수밖에 없다. 게다가 전하결계에는 특수한 마법이 걸려 있는지, 엄밀히 말해 질량을 가지고 있다고 할 수 없는 환검조차 막대한 에너지에 떠밀려 먼지로 산화하고 있었다.

그렇다면?

사실 답은 간단했다. 수련은 전하결계에 공격당하지 않는 검술을 가지고 있었으니까. 섬광검.

두 개의 카오스 커터를 베어내고, 한 개의 카오스 커터를 피해낸 수련은 물 흐르듯 전하결계를 향해 접근하여 왼손을 뻗었다. 암흑 속성을 띤 인퀴지터가 거세게 포효했다.

주인이 바뀐 것을 아는지, 어쩐지 손잡이가 착착 감겨들진 않았지만 확실히 베는 맛이 달랐다.

전하결계에 부딪치는 순간 인퀴지터의 특유의 암흑이 전류에 크게 반발하며 요동쳤다. 수련은 그 틈을 놓치지 않고 검을 이중으로 찔러 넣었다.

섬광검 제일초.

섬광영(閃光影).

수련의 기술 중 대인전에서 만큼은 최강의 능률을 보이는 쾌속의 섬광영. 리치와 동급의 몬스터인 데스나이트 로드마저도 점과 점의 간극을 잇는 섬광영의 칼날에 목숨을 잃었었다.

수련은 그만큼 자신의 기술을 믿었다. 빛 속성의 섬광검이라면 리치의 전하결계에 영향을 받지 않고 데미지를 입힐 수 있으리라.

하지만 리치는 기다렸다는 듯이 로브 자락 속에서 시커먼 암흑을 꺼내었다. 마치 세상의 모든 어둠을 다 응축시켜 놓은 주머니처럼 검극에서 뻗어나간 빛은 작은 블랙홀 속으로 빨려 들어갔다. 리치의 고유 능력인 다크 포켓(Dark pocket)이 또다시 힘을 발휘한 것이다.

그러나 수련은 리치의 다음 수까지 이미 예상한 상태였다.

실루엣 소드!

하나의 공격을 시도할 때도 상대방의 다음 수, 그다음 수까지 읽는다. 그 초인적인 통찰력이야말로 수련을 정상의 자리에서 지탱시켜 준 원동력이었다.

실루엣 소드와의 조합으로 인해 분영한 섬광의 빛무리는 일부의 실루엣이 블랙홀로 빨려 들어가는 동안 리치의 가슴 부를 관통했다. 언데드 특유의 껄끄러운 비명이 울려 퍼진다. 일시적으로 전하결계가 크게 흔들렸다.

해치웠나?

다음 순간, 수련은 강력한 암흑 펄스가 전하결계로부터 뻗어 나오는 것을 느끼고 황급히 물러섰다. 리치가 죽지 않은 것이다.

"아무래도…… 소문이 사실이었던 것 같군요."

어느새 뒤따라온 이지가 세피로아를 대신하여 수련의 배후를 맡고 있었다. 수련은 전하결계 속에서 캐스팅을 시작하는 리치를 불안한 눈으로 보며 물었다.

"소문?"

"라이프 배슬(Life vessel) 말입니다."

"그게 뭐야?"

수련은 7서클의 다크 플레임을 섬광포를 발사해 간신히 빗겨내며 건성으로 물었다. 일행은 수련을 중심으로 작은 원을 그리며 구울의 무리에 대적하고 있었다. 셀 수도 없을 만큼 많은 구울이었다. 리치를 쓰러뜨리지 않고 빠져나가는 것은 불가능해 보일 만큼. 자연히 배수진이 형성되었다.

"너, 판타지도 안 봤어?"

목소리의 주인은 세피로아. 그녀는 황당하다는 눈길로 수련을 흘끗 쏘아보고 있었다. 실반의 호위를 받고 따라온 지아가 쓰러진 그녀를 지아가 회복시켜 준 모양이었다.

"보통 흑마법사가 리치가 되는 건 알지?"

"몰라."

"바보야? 가정교육을 판타지로 받은 애도 그 정도는 알겠다."

수련은 상처받았다.

"흑마법사들이 리치가 되는 이유는 보통 영생을 얻어 자신의 연구를 계속하고 싶어서야. 끊임없는 마법의 비의와 비술을 탐구하고 연구하고…… 뭐, 그런 족속들을 이해하고 싶은 생각은 없지만, 아무튼 그런 녀석들은 자신의 죽음을 두려워해서 본체를 유지시키는 생명력의 원천을 자기만 알고 있는 어딘가에 얍삽하게 숨겨둔다더라고. 그걸 바로 라이프 배슬이라고 불러."

수련은 리치와 구울 간의 간격을 조절하며 일행을 지키느라 정신이 없었지만, 그 와중에도 말의 핵심을 정확히 짚어내었다.

"잠깐, 그거 혹시 라이프 배슬을 없애지 않으면 녀석을 못 죽인다는 이야기 아냐?"

"이해가 느리구나."

빠른 게 아니라? 수련이 발끈해서 뭐라고 쏘아붙이려는데, 세피로아가 재빨리 첨언했다.

"물론, 본체와 녀석의 연결을 끊을 만큼 강력한 수준의 신성 마법을 구현할 수 있거나, 영혼 자체에 타격을 입힐 수 있는 무기가 있다면 이야기가 다르지."

신성 마법이란 말에 수련은 지아를 돌아보았다. 그러나 그녀는 어쩐지 시무룩한 얼굴로 고개를 저었다.

"저, 리치 정도의 몬스터에게 신성 마법으로 제대로 된 타격을 주려면… 시전자가 대신관 급의 성력을 보유하고 있어야 해요. 지아는 아직 상급 신관이라……."

지아는 미안한 표정이었으나, 사실 미안할 것도 없었다. 현재까지 발표된 랭킹에 의하면 대신관의 경지를 이룩한 유저는 대륙 전체를 통틀어 다섯도 채 되지 않았기 때문이다.

시간이 지날수록 불리해지는 것은 수련들 쪽이었다. 왕성 내부의 혼란이 정리됐는지, 성의 내부를 점거하고 있던 언데드 몬스터들이 속속 모습을 드러내고 있었다.

온몸에 하얀 기운이 덧입혀지며 스켈레톤 로드를 상대하며 떨어졌던 생명력이 다시 차 올랐다. 지아의 그레이트 힐이었다. 동시에 신성결계가 펼쳐지며 구울과 리치로부터 일행들을 보호했다.

이제 수련 일행을 제외하면 남은 유저의 수가 열 명도 채 되지 않았다. 그만큼 남은 유저들이 강력한 전투력을 가진 랭커라는 이야기였지만, 동시에 버틸 수 있는 시간이 이제 얼마 되지 않는다는 말이기도 했다. 더 이상 결단을 지체하게 되면 일행 전체가 전멸한다.

"있지, 다들 날 믿을 수 있어?"

"남자는 다 늑대야."

세피로아가 그렇게 빈정거리자 왠지 '오빠 믿지?' 하고 말한 꼴이 되어버린 것 같아서 수련은 당황했다. 대체 이 여자는 이 상황에서까지…… 세피로아가 싱긋 웃으며 말한다.

"아, 물론 널 믿지 못한다는 말은 아니고."

그렇게 말하니 또 당혹스럽다. 옆에서 지아가 노려보았다.

히죽 웃는 세피로아가 얄미웠지만, 그건 나중에 차근차근 따지기로 했다.

생각해 보면 세피로아에게 당한 게 많았다. 예정에도 없던 리치의 방으로 들이밀어진 것하며……. 수련은 몰래 이를 갈았다.

"리치에게 그나마 데미지를 줄 수 있는 섬광류의 공격은 모두 다크 포켓에 먹혀 버릴 텐데…… 방법이라도 있나요?"

"응, 다시 한 번만 길을 뚫어줘."

리치의 마력이 대단하다고는 하지만 시전자의 몸을 거치는

만큼 그 한계는 분명히 존재할 것이다. 그 증거로 리치는 처음
에 사용했던 8서클 급의 마법인 미니 메테오를 더 이상 사용하
지 못하고 있었다. 정말 마력이 무한이라면 미니 메테오 급의
대형 광역 마법만 난사하더라도 수련 일행은 꼼짝없이 당하고
말았을 것이다.

"방법이 있으니까."

늘 그랬듯, 신뢰는 신뢰로 보답한다. 세피로아와 용병들은
수련이 그만큼 자신을 믿는다는 사실을 깨달았다. 그는 지금
일행들에게 모든 배후를 맡긴 채 공격에 집중하려는 것이다.

그 의지를 반증하듯 수련의 오른손에 쥐어진 검으로부터 새
파란 오라가 피어오르고 있었다. 그것은 마스터 특유의 오라
블레이드도 아니었고, 데스나이트 특유의 다크 블레이드도 아
니었다. 그것에 관해 그 이상의 의구심을 품기도 전에 수련의
몸이 화살처럼 쾌속하게 쏘아져 나갔다.

예의 쐐기 진형이 다시 갖춰졌다. 닥치는 대로 구울을 베어
나가는 검격에는 망설임이 없다. 세피로아는 다시 수련의 어
깨를 타고 뛰어올랐다. 단, 이번에는 지아의 축복을 받은 상태
였다.

고위 서클의 암흑 마법이 홀리 실드에 의해 중화됨과 동시
에, 등에서 뽑아 든 네 개의 인비져블 블레이드가 전하결계에
작렬했다. 전하결계 또한 약간의 암흑 속성을 띠고 있었기 때
문인지 순간적으로 결계가 깜빡이며 점멸했다.

네 명의 용병이 공격을 감행한 것도 거의 동시였다. 한 개의

화살과 세 개의 검이 결계에 정면으로 충돌한다.

투쾅!

반발력에 의해 튕겨 나옴과 동시에 다시 한 번 결계가 흔들린다. 수련은 그 틈을 놓치지 않았다. 우수의 환검과 좌수의 쾌검이 동시에 시야를 찢어발겼다.

연격(連擊).
레이 브레이크(Ray break)!

대인전 스킬인 일루전 브레이크에 광속의 섬광영을 덧입힌 최강의 연계스킬이 시전되었다. 열 개의 검은 순식간에 전하결계를 꿰뚫고 리치의 본체를 향해 쇄도했다. 황급히 열어젖힌 다크 포켓에 희생된 검의 수는 다섯 개. 나머지 다섯 개는 정통으로 리치의 본체에 타격을 입힌다.

크아!

전하결계가 크게 흔들리더니 일시적으로 사라졌다. 수련은 그 짧은 틈을 놓치지 않고 결계 안으로 뛰어들었다. 결계의 힘이 완전히 죽지는 않았는지, 진입 순간 수련은 온몸의 신경이 뜨겁게 달아오르는 것을 느꼈다. 아마 게임 내에 통각이 구현되었더라면 감전당해 죽었을지도 모른다.

갑자기 나타난 그의 모습에 리치는 조금 당황한 듯했지만, 이내는 자신의 승리를 확신하기 시작했다.

결계 내부로 들어왔으니 이젠 도망갈 장소가 없다. 너는 나를 죽일 방법이 없어.

찰나의 딜레이도 없이 리치의 손아귀에서 뻗어 나온 5서클 마법인 카오스 커터와 블랙 스피어가 수련의 몸을 꿰뚫었다. 고스트 스텝과 일루젼 스텝을 병용하여 간신히 치명적인 타격은 면했지만, 회피 공간이 협소한 만큼 옆구리와 허벅지에 상당한 피해를 입고 말았다. 암흑 계열 속성 저항력이 있기 때문에 데미지는 제법 감소되었으나, 흑마법 특유의 저주가 그의 생명력을 계속해서 갉아먹고 있었다.

그나마 공격을 감행할 양팔을 지켜서 다행이었다. 입술에 미소가 떠오른다.

아니, 여기까진 예상하고 있었어.

그런 절박한 상황에도 불구하고, 수련의 얼굴에는 가능성이 떠올라 있었다. 결코 무모함이 아닌, 진실로 자신을 믿는 자만이 그런 표정을 지을 수 있다.

리치는 그것을 몰랐다.

그는 죽음을 초월한 언데드, 하찮은 인간의 감정에 같이 감정을 모소할 필요가 없었다. 그러나 마법이 캐스팅되기도 전에 인간의 검이 그의 가슴을 관통했다. 치명적인 타격임에도 불구하고 본체에 라이프 에센스인 핵을 지니지 않은 리치는 약간 주춤거리기만 할 뿐, 곧 마법 캐스팅을 이어갔다. 라이프 배슬을 파괴하지 않는 한 리치는 완전히 죽지 않는 것이다.

멍청하긴. 그런 걸론 날 죽일 수 없어!

암흑 투기에 의해 부식된 인간의 칼날이 투명하게 갉아 먹힌다. 하지만 의기양양한 미소와 함께 캐스팅한 마법을 시전하려는 순간, 리치는 커다란 당혹감에 젖어들었다.

에너지가 빠져나가고 있다.

리치는 황급히 전하결계 밖을 돌아보았다. 그의 영체(靈體)에 타격을 입힐 수 있는 것은 최소한 최상위 수준의 성력을 갖춘 고위급의 신관이나 대신관뿐이었다. 하지만 결계 밖에 어렴풋이 보이는 여자 애는 고작해야 상급 신관이었다.

그렇다면 이건?

짙푸른 암청색의 칼날에 휘감긴 은은한 오라. 리치는 그 칼, 아니, 기술의 이름을 알았다.

영혼을 베는 칼. 소울 블레이드(Soul blade).

환검이 마스터의 경지에 이르면 사용할 수 있다는, 시전자의 영력을 빌어 아타나토스들의 생명줄을 끊는 절대의 검.

리치는 자신과 라이프 배슬 사이의 연결이 천천히 끊어지는 것을 느끼며 처음으로 소멸(消滅)의 공포를 맛보았다. 라이프 배슬이 존재하더라도 영혼 자체가 소멸해 버리면 죽게 된다. 수백 년 전, 타나토스적 삶의 끝에서 언데드가 되어 최초로 죽음의 문턱을 넘어 불멸에 진입한 이후 처음 맛보는 순수한 공포였다.

나는, 죽는다.

"아무래도 당신은 너무 오래 산 것 같아."

나는 오래 살았나?

리치는 자문했다. 긍정도 부정도 하지 않는, 이젠 입술이라고 부를 수도 없는 뼈다귀가 파르르 떨렸다. 한때는 입술이었던 그것은, 분명히 웃고 있었다.

너무 오래 살았군.

뒤이어 고개가 축 늘어진다. 소울 블레이드의 칼날에 가격당한 가슴 부위부터 천천히 리치의 몸이 가루로 산화하기 시작했다.

—경험치가 15-8 구간을 돌파했습니다!

[언데드 로드의 엠블럼을 습득하셨습니다. 3/7]

언제나처럼 성공할 거라는 확신은 가지지 않았다. 단지, 해볼 만하다는 자신감이 충만했을 뿐. 수련은 리치가 쓰러지고, 전하결계가 완전히 사라진 후에야 간신히 자리에 주저앉았다.

옆에서 시끌벅적 떠드는 소리가 희미하게 들려왔다. 의식은 있었으나 정신을 차릴 수가 없었다. 꿈꾸듯 몽롱하고, 또 어지럽다. 긴장이 풀린 전장의 부드러워진 공기가 뺨을 더듬었다.

"아, 정신이 들어?"

"오빠, 괜찮아요?"

긴가민가한 혼수상태에서 간신히 빠져나왔을 때, 제일 먼저보인 것은 세피로아와 지아의 얼굴이었다. 작은 브라운관을 놓고 서로 밀어젖히듯 뺨을 붙인 두 여자의 얼굴에 강력한 압박감을 느낀 수련은 간신히 정신을 차렸다.

"음……."

"너, 내력이 고갈돼서 그로기 상태였어. 그나마 지아가 있었기에 망정이지. 저 전하결계, 생각보다 지독하더라. 그 몸으로 잘도 뚫고 들어갔구나."

예상은 했었다. 세피로아도 단 한 방에 거꾸러진 전하결계다. 마스터인 수련이었지만 약해진 전하결계라고 해서 전혀 타격을 받지 않을 수는 없었으리라.

"저주는 모두 해독했어요. 괜찮아요, 오빠?"

걱정스러운 눈망울의 지아에게 수련은 가볍게 고개를 끄덕여 주었다.

"늘 지아한테 신세를 지네. 고마워."

살짝 머금은 웃음에 지아가 기뻐하자 세피로아가 야유를 부렸다.

"우우, 무슨 핑크빛 전장이야?"

수련이 쓴웃음을 짓자 세피로아가 들릴 듯 말 듯 작게 투덜거렸다. 물론 들렸다.

"쳇, 안 깨어나면 내가 먹어버리려고 했는데."

그 말이 무슨 의미일까 곰곰이 생각해 보던 수련의 뺨이 달아오르려는데, 세피로아가 손에 쥐어진 작은 반지를 내밀었다. 흑색의 테두리 바깥쪽에 황금빛으로 음각의 문장이 새겨진 기묘한 형태의 반지였다. 모르긴 몰라도 리치가 떨어뜨린 아이템 같았다.

"먹는다는 게 이거야?"

"그럼?"

말은 얄밉게 하지만 실제로는 그럴 생각이 없었다는 것을 잘 알고 있었다. 장난인 건 알지만 수련은 조금 섭섭해졌다.

물론 여러 의미로.

[고대의 반지] : A+ 그레이드 유니크.
옵션 : 암흑 저항력 +40% / 어둠 속성 공격력 +10%
부가 옵션 : 하루에 한 번 물리 속성 공격에 절대적인 영향력을 가지는 전하결계를 펼칠 수 있다.
설명 : 동쪽 탑의 리치가 사용하던 고대의 반지. 마왕의 가호가 깃들어 있어 강력한 어둠 지배 능력을 행사한다.

"내가 받아도 괜찮아?"
수련은 미안한 표정으로 세피로아를 바라봤다.
"아니, 안 괜찮아."
뾰루퉁한 세피로아의 표정을 보자 이상하게 미안한 기분이 사라진다. 수련은 씨익 웃었다.
"응, 그럼 내가 가질게."
세피로아가 키득키득거렸다. 그 웃음을 보고 나서야 자신이 실수했다는 사실을 깨닫는다. 세피로아는 처음부터 그에게 아이템을 줄 생각이었던 것이다. 수련 또한 진담 반 장난 반으로 건넨 말이었으나, 막상 결과가 이렇게 되자 미안해졌다. 리치를 잡은 것은 그였지만 세피로아나 다른 일행들의 공헌도 그에 못지않았다.
"뭐, 우린 불만없어. 그죠?"
남은 언데드 병력들을 처리하고 다가온 일행들이 깨어난 수련을 발견하고는 고개를 끄덕였다. 그 모습을 보자 심적인 부담감이 더욱 커졌다. 아이템이 전혀 탐나지 않는다고 하면 그건 거짓말이다. 전하결계가 있다면 위급한 상황에서 최소한 한 번 이상의 목숨을 구할 수 있을지도 모른다. 하지만 그 한 번의 목숨보다 수련에게는 지금 얻은 동료들이 더 소중했다.

"저기, 나만 괜찮다면 팔아서……."

"우리가 안 괜찮습니다. 그건 시리우스 형이 가지세요."

이지마저 그렇게 말하자, 수련은 어쩔 수 없이 체념의 빛을 머금었다. 그렇다면 적어도 나머지 아이템이라도 제대로 분배하자는 말을 꺼내려고 하는데, 순간 뭔가가 걸렸다. 뭔가 들어선 안 되는 말을 들은 기분이었다.

"잠깐, 이지 너… 방금 형이라고 하지 않았어?"

"아, 아니, 저기……."

안절부절못하는 이지를 본 일행들이 킥킥 웃음을 터뜨렸다. 그게 그렇게나 부끄러웠는지, 결국 시선을 못 견딘 이지는 홍당무가 된 채 고개를 푹 숙였다.

수련은 그 후 현실 시간으로 약 일주일 남짓 페르비오노의 수도 해저드에서 머물렀다. 남은 퀘스트도 정리하고, 보상도 받기 위해서였다. 하드코어 퀘스트가 아니었기 때문에 이벤트에 참가한 유저들은 모두 공헌도에 비례해 금화를 지급받았다. 그중에서도 압도적으로 혁혁한 공을 세운 수련 일행이 가장 많은 돈을 받았음은 물론이다.

―퀘스트가 완료되었습니다.

"고맙군. 자네에겐 어떤 포상을 내려줘야 할지 모르겠네. 그대는 이제 페르비오노의 영웅일세."

얼마 뒤, 새로운 왕으로 즉위한 페르비오노 제2왕세자인 세르비오는 수련에게 '슈페리어(Superior)'의 칭호를 내려주었다. 슈페리어는 기사에게 내려지는 두 번째 계급의 작위로써, 가장 높은 것이 엘더(Elder)였고, 두 번째가 슈페리어, 가장 낮은 것이 언더스탠더(Understander)였다.

"미안하네. 내 맘 같아서는 엘더의 작위를 내려주고 싶지만……."

분명 가신들의 반발이 있었을 것이다. 엘더의 작위는 기사단의 단장에게나 내려지는 극한의 영광. 수련은 세르비오의 곤혹스러운 얼굴을 보며 조심스레 추측했다.

아무리 불세출의 실력을 가지고 혁혁한 공을 세웠더라도 수련은 그 뿌리를 알 수 없는 떠돌이 용병이다. 귀족 직위로 무려 공작에 해당하는 엘더의 칭호를 내리기에는 국가적 부담감이 큰 것이 사실이었다.

사실 백작에 해당하는 슈페리어의 칭호만 해도 평민인 수련에게는 커다란 배려였다. 그나마 용병들의 국가인 페르비오노였기에 첫 작위 수여에 이런 파격적인 조치가 가능했던 것이리라.

"괜찮습니다. 가문 대대로, 아니, 용병단 대대로 무한한 영광입니다."

수련은 사극에서 보던 대사를 애써 떠올리며 고개를 숙였다. 그 모습을 바라보던 왕은 씁쓸한 표정으로 입을 열었다.

"노파심에서 하는 말인데, 왕실의 정식 기사가 될 생각은 없는가? 그대가 승낙만 한다면 지금 이 자리에서 엘더의 작위를 내려줘도 나는 상관이 없네만."

"죄송합니다. 그 부분에 대해서는……."

"이해는 하고 있네. 자네 같은 용병이 한 자리에 머물러 있을 리 없겠지. 용병왕 또한 그랬으니까. 그리고 보면 자네는 용병왕을 닮았군."

세르비오는 그 말을 하고서 입을 다물었다.

수련은 어떤 점이 닮았는지를 물어보고 싶었으나 왠지 예의가 아닌 것 같아서 그만두었다. 살짝 시선을 올리자, 왕은 고즈넉한 노을이 지는 창밖을 보며 한숨을 토해내고 있었다. 어쩌면 선대의 용병왕을 추억하고 있는지도 모른다.

이내 한쪽 무릎을 꿇은 수련을 창백한 시선으로 바라보던 왕은 대신 하나가 가져온 검을 집어 들었다. 수련은 왕이 자신을 공격하려는 줄 알고 순간 긴장했다.

왜 자신을 공격하는 걸까? 수련은 자신의 행동에서 예법에 어긋난 뭔가가 있었는지를 꼼꼼히 살폈다. 그러나 살핀대도 애초에 중세의 예법과는 거리가 먼 그가 자신의 잘못을 찾아낼 수 있을 리가 없었다.

수련은 흘깃거리며 주변을 살피다가 나른한 표정으로 멀뚱히 서 있는 세피로아를 발견했다. 눈이 마주치자 뜬금없는 윙크가 날아온다. 이렇게 놓고 보면 제법 깜찍하다.

그 순간, 수련의 머릿속에 얼마 전 지하수로에서 세피로아를 보던 왕의 시선이 떠올랐다. 그제야 조금 이해가 간다. 왕은 세피로아와 자신을……

그때, 생각을 비집고 왕 세르비오가 입을 열었다.

"비록 신화 속에 나오는 고대의 일곱 신기(神器)나 파비앙의 삼신기 등에 비할 수는 없겠지만, 적어도 우리 왕실에서는 보물로써 고이 보관해 오던 물건이라네."

왕은 근엄한 표정으로 맑은 검명을 토해내는 칼날을 뽑아 수련의 양 어깨를 한 번씩 토닥였다. 오싹한 냉기가 옷깃을 파고들어 정신을 일깨운다. 살기가 아니었다. 오히려 그것은 검 자체가 가진 일종의 공능(功能)에 가까웠기에.

수련은 그제야 방금 것이 중세의 작위 수여 의식의 일종이라는 것을 기억해 냈다.

"내 성의일세. 받아주게나."

약간의 망설임을 연기하며 세르비오가 하사한 검을 받아 든 수련은 아연한 표정으로 검집을 훑어보았다.

―극한의 글라디우스 '레퀴엠'을 습득하셨습니다.

투박한 흑색의 검집에 똬리를 튼 이무기가 검집을 칭칭 감고 있는 인퀴지터의 그것과는 달리, 왕실에서 수여한 검은 냉기를 풀풀 날리는 도도한 미인처럼 깔끔하고 세련된 차가움을 발하고 있었다.

북부 구름산맥 근처에서만 구할 수 있다는 프로즌 우드(Frozen wood), 최상품의 얼음나무로 만든 검집. 수련은 착 달라붙는 손잡이의 감촉을 즐기던 수련은 아이템의 옵션을 확인하고 다시 한 번 경악했다.

[극한의 글라디우스, 레퀴엠] : A+ 그레이드 유니크
공격력 : 120-148
옵션 : 힘+10 / 민첩+20 / 체력+30
부가 옵션 : 칼날에 잠재되어 있는 빙결(氷結) 저주, 프로즌 블레이드를 사용할 수 있다. 암흑 속성에 강력한 반발력을 가지며, 암흑 계열 몬스터에게 두 배의 데미지를 입힌다.
설명 : 성검의 일종인 극한의 검 레퀴엠은 매우 드물게도 두 가지 속성을 가진 신기(神器)다. 북해의 빛 속에 탄생한 이 한랭의 검은 구름산맥을 지배하는 마족에 대항하기 위해 고대의 장인에 의해 만들어졌다고 한다.

수련이 감사의 인사를 표하는 동안, 왕은 어쩐지 슬픈 표정으로 다른 곳을 응시하고 있었다. 뜻밖에도 그의 시선이 향한 곳은…….
역시나, 인가.
시선의 끝에는 경계가 모호한 은발을 가진 미녀가 서 있었다. 활동성을 중시했는지 허벅지가 훤히 보이는 치마가 유난스러웠다.
"그렇게 쳐다보시면 부끄럽잖아요."
전혀 그렇게 보이진 않는데…….

세피로아가 그의 생각을 읽었는지 수련을 흘끗 노려봐 주었다. 수련은 잠깐이지만 NPC와 유저가 결혼하는 일이 일어날 수 있을까 하는 상상을 했다. 그러고 보니 얼마 전 시사 토론에서 비슷한 이야기를 들은 것도 같았다. 그때의 결론은 아마…….

"왜, 나를 왕비로 맞이하고 싶어요?"

일어날 수 없다.

세피로아가 짓궂게 웃자 세르비오의 표정이 붉게 달아올랐다. 그 꼴을 보던 대신들이 눈을 부라렸다.

"감히, 실력이 뛰어난 용병이라고 해서 그런 망발을……."

역시, 아무리 페르비오노가 용병에게 개방적인 국가라고 해도 저런 보수적인 인물군상은 하나둘쯤 있는 모양이다. 세피로아는 그에 굴하지 않고 가슴을 당당히 폈다. 왕의 얼굴이 더 붉어졌다.

세르비오는 손짓으로 대신들을 물러가게 했다. 아무래도 이런 이야기를 그들 앞에서 꺼내기는 어색할 것이다. 왕에게도 사생활이 있지만, 신하들은 그걸 인정하려 들지 않는다.

그들에게 있어서 왕은 언제까지나 왕이어야 하는 것이다.

못마땅한 눈으로 대전을 힐끔거리던 신하들이 모두 빠져나가자, 휑한 침묵이 내려앉았다. 고슴도치가 어색한 몸짓으로 쭈뼛거리는 듯한 공기가 감돌았다.

"솔직히 말하면, 그렇다고 할 수 있겠지."

뜻밖에도 왕은 순순히 그 말을 인정했다. 그는 아무래도 현왕(賢王)이 될 자질을 갖춘 모양이다. 수련은 신분의 차이를 떠나 자존심을 죽이고 자신의 감정에 솔직할 줄 아는 그를 보며 그런 생각을 했다. 이런 남자가 왕이 된다면, 아마 성왕이 될 것이다.

"흐흥."

세피로아는 흥미롭다는 눈길로 비음을 냈다. 왕은 혹시나 하는 눈길로 그녀를 바라보았으나, 이내 기대를 부숴가는 것 같았다. 망상을 자기 손으로 박살 내는 것은 그토록 가슴 아픈 일이다.

아아, 인간에게 처음부터 기대란 감정이 부여되지 않았다면 얼마나 좋았을까. 세르비오의 표정은 마치 세상에 존재하는 모든 실연 남들의 오브제 같았다.

"마음이 없는 것은 아니네만…… 억지로 그대의 마음을 앗을 생각은 없네. 그대는 이미 훌륭한 기사를 곁에 두고 있지 않은가?"

그럼그럼.

수련은 자기도 모르게 그의 감정에 동정을 표하며 고개를 끄덕이다가 문득 뻣뻣이 굳어버리고 말았다. 훌륭한 기사? 이지를 말하는 건가?

답을 아는 질문이었다. 이지너스는 기사가 아니다. 한때 왕자였던 그 남자의 시선은 분명하게도 수련을 직시하고 있었다.

"…저 말입니까?"

순간 식은땀이 흘렀다. 그 자리에 이지너스가 없는 것이 다행이라고 생각했다. 최후의 실연을 앞둔 왕은 침묵과 함께 침몰하고 있었다. 뭔가 변명을 해야겠다는 생각을 했으나 쉽사리 말이 떠오르지 않았다. 그런데 세피로아의 말이 또 가관이었다.

"응, 멋진 기사님이죠?"

누군가의 표현을 빌린다면 그것은 정말 100만 볼트짜리 미소였다. 너무 눈이 부셔서 빌어먹을 정도였다. 수련이 입술을 떼려고 하자 세피로아가 재빨리 검지를 들어 쉿, 하고 제스처를 취했다.

"그렇군. 정말 멋진 기사야."

너라면 납득할 수 있을 것 같다는 세르비오의 그 표정에 수련은 졸지에 황망해졌으나, 이내는 어떻게든 이 상황을 벗어날 수만 있다면 상관없다는 생각에 체념했다.

용병들은 여관에서 휴식을 취하고 있었고, 이지와 지아는 접속하지 않은 상태였다. 제롬이라는 중년인은 뭔가 남은 퀘스트가 있었는지 분주하게 해저드의 변경을 돌아다녔고, 그러다 보니 상대적으로 동시 접속율이 높은 수련과 세피로아가 함께 다니게 되었다.

뭔가 화를 내야 할 것 같은데 말을 시작하기가 쉽지 않았다. 한참을 속으로 끙끙거리던 수련이 던진 말은 다음과 같았다.

"왜 그랬어?"

"뭐가?"

수련은 불퉁한 표정으로 세피로아를 노려보았다. 천연덕스럽게 되물은 그녀는 입술을 비죽 내민 채 한참을 생각하더니 침묵이 걸음의 템포에 맞춰 녹아들기 시작할 때쯤에서야 미소를 지었다.

"그치만 이지는 마법사잖아?"

"…누가 그런 당연한 걸 물었어?"

자신을 놀리려고 일부러 그러는 거라는 것쯤은 알고 있었다. 하지만 그래서 더 답답했다. 대화의 주도권을 빼앗긴다는 것은 이래서 불안하다. 모든 여자가 다 세피로아처럼 이런 식이라면 남자들은 어떻게 세상을 살아간단 말인가. 그런 의미에서 세상은 제법 공평하다.

"으음."

세피로아는 수만 가지 망상을 불러일으키기에 충분한 위험한 침묵을 음미하더니 살짝 슬픈 미소를 지어 보였다. 그 얼굴이 또 얼마나 애잔해 보였는지, 수련은 분해서 입술을 깨물었다.

"그래도, 그런 말을 하지 않았다면 왕이 나한테 결혼하자고 했을걸? 아무리 남자가 급해도 NPC랑 결혼할 수는 없잖아?"

그렇게 말해 버리니 또 섭섭하다. 세피로아가 빙글거렸다.

"뭐야, 아쉽구나?"

"아, 아냐."

수련은 세피로아의 시선을 애써 외면하며 하늘을 보았다. 왠지 삼류 멜로드라마에나 나올 것 같은 이런 상황이 달갑지 않았다. 어떻게든 수련의 시선 안쪽으로 들어와 그를 괴롭히려 하던 세피로아는 이내 포기했는지 작게 코웃음을 쳤다.

"내일 갈 거야?"

"응."

간결한 대화에 간결한 이별. 더 긴 말을 할 수도 있었을 것 같은데, 도무지 문장이 이어지질 않는다. 하늘에는 회색빛이 감돌고 있었다. 게임이라곤 하지만, 비가 올 것 같은 날은 왠지 감상적이 된다.

그리고 이별은 또 찾아온다.

근처의 벤치에 앉은 둘 사이에는 깊은 적요(寂寥)가 내려앉았다. 여동생인 수연이나 지아를 제외하고는 누군가와 이토록 오랫동안 앉아 있어본 적이 없었던 수련은, 속으로 침음하며 망연한 척 하늘을 직시하려 애썼다.

세피로아는 침묵하고 있었다.

강인한 고독이 섬세하게 배어든 옆얼굴은 줄곧 하늘을 향하고 있다. 늘 가벼운 미소를 띠던 그 섬세한 조각 위에 우수가 떠돌자 괴리감이 내려앉았다. 어쩌면 그것이 그녀의 진짜 얼굴일지도 모른다. 수련은 문득 그런 생각이 들어 곤혹스러워졌다.

"뭐, 하고 싶은 말이라도 있어?"

별 의도는 없었겠지만 어쩐지 은근한 그 말에 수련은 한참 동안이나 입술을 잘근잘근 깨물었다. 자존심 때문인지, 아니면 다른 이유 때문인지…… 수련은 이별의 아쉬움을 표현할 말을 찾아내는 데 꽤나 시간을 지체해야만 했다.

"브룸바르트 내전 이벤트에 참가하는 거면 같이 가면 좋을 텐데."

"음."

세피로아는 조금 망설이는 표정이었다. 그는 그 말을 하고 나서 조금 후회했다. 어쩌면 그 말은 해선 안 되는 말이었는지도 모른다. 한 사람을 말로써 변화시킬 수 있다는 것은 쾌락적인 일이지만 동시에 슬픈 일이기도 하다. 그 사람에게도, 그리고 자신에게도. 세피로아에겐 그다지 망설임이 어울리지 않는 것처럼.

"뭐… 아직은 동쪽 대륙을 좀 더 돌아보려고. 브룸바르트 내전 이벤트까지는 어차피 시간이 조금 남았잖아?"

"아, 응."

다른 생각을 하던 수련은 화들짝 놀라듯 답했다. 이벤트가 끝난 이후 유저들이 대거 빠져나간 탓에 광장은 한적했다. 구름들이 붉게 물들고 있었다. 노을이 지고, 곧 밤이 찾아오겠지. 수련은 그 시간의 흐름 속에서 다시는 돌아오지 않을 순간들에 대해서 생각해 보았다.

그리고 마지막 날이 찾아왔다. 떠나는 지아와 수련을 세피로아가 배웅 나왔다. 용병들은 무질서하게 수련의 곁에 선 채 애꿎은 하늘을 노려보고 있었다. 헨델과 하르발트는 시큰둥한 표정이었고, 실반은 여느 때처럼 담담한 느낌이었다. 오직 슈왈츠만이 고국의 수도를 떠난다는 감상에 조금쯤 젖어 있는지 살짝 애달파 보였다.

"미안, 오늘 이지는 못 왔어."

처음 그녀의 말을 들은 순간, 수련은 이상하게도 섭섭하기보다는 안심이 되었다. 이유는 알 수 없었다.

세피로아는 아무런 변명도 하지 않았다. 학교 때문에라든가, 수업 때문에라든가…… 아무런 덧붙임도 없는 말에 이상하게 기분이 들뜬다. 눈망울이 살짝 흔들리고 있다.

어쩌면 이건…….

"그동안 고마웠어요, 언니."

"응, 너도 잘 지내……."

세피로아는 말끝을 이어가며 흘끗 수련을 번갈아 보고는 다 들으라는 투로 귓속말을 남겼다.

"그리고, 저 소아성애자로 추정되는 늑대는 조심……."

"이봐, 다 들려."

세피로아는 쓴웃음을 지으며 지아의 어깨를 토닥였다. 마지막까지 장난을 치고 싶지는 않았던 것일까, 그녀는 뜻밖에도 진지한 눈매로 고개를 끄덕였다.

"그럼, 또 봐."

세피로아가 먼저 선수를 치는 바람에 수련은 도로 입을 다물었다. 뭔가를 말해야 할 것만 같았으나 무거워진 공기 탓에 쉽게 입술이 떨어지지 않았다. 뇌가 뻣뻣이 굳어서 문장을 만들어내질 못한다. 그것은 괴리되어 있었다.

수련은 마지못해 고개를 끄덕이고 지아와 함께 등을 돌렸다. 용병들도 실속없는 표정으로 고개를 돌렸다.

걸음을 옮긴다.

수련은 곁눈질로 다른 이들을 훔쳐보았다. 헨델은 깍지를 낀 채 하늘을 올려다보았고, 하르발트는 길가의 죄없는 돌을 툭툭 찼다. 이 분위기가 마음에 들지 않는다는 투가 역력했다.

눈이 마주친 실반이 살짝 웃음을 머금었다. 그는 위로하고 있었다. 무엇을? 뭔가를 바꾸기에는 이미 너무 많이 걸어와 버렸다. 걸음이란 시간과도 같다. 한 걸음을 떼어놓을 때마다 과거로부터 멀어져 간다.

지아는 생각에 잠긴 표정이었다. 이런 분위기는 익숙지 않다. 세상의 모든 시선이 자신에게 뭔가를 요구하고 있는 느낌이었다. 능선을 지나 고개에 이르렀다. 아직 뒤를 돌아보지는 않았지만 이 언덕만 넘으면 세피로아는 보이지 않을 것이다.

수련은 마지막으로 슈왈츠를 바라보았다.

그와 동시에 슈왈츠의 발걸음이 우뚝 멎었다. 아쉬움에 멈춘 것일 수도 있고, 뭔가 말을 꺼내기 위해 멈춘 것일 수도 있었다. 하지만 수련은 거기서보다 다른 것을 느꼈다.

그는 자신을 위해 걸음을 멈췄다.

서늘한 바람이 풀잎을 스치고 지나가자 거대한 들판이 속살을 드러내며 드러눕는다. 압도적인 정적. 누구도 말을 꺼내지 않았으나, 모두가 알고 있었다.

"잠깐만, 다녀올게."

수련은 그 말을 남기고 다시 언덕길을 되돌아 내려갔다. 자신을 보는 지아의 눈빛이 언뜻 슬퍼 보였으나 어쩔 수 없다고 생각했다. 세상엔 정말 어쩔 수 없는 일도 있는 것이다.

걸음과 시간의 차이점이 있다면, 적어도 걸음은 다시 길을 되돌아갈 수 있다는 것이다. 돌이킬 수 없는 과거와는 다르다. 조금 힘들고, 조금 지칠지도 모르지만 어쨌든 사람은 길을 되돌아갈 수 있다. 최소한 그 길을 기억하고 있는 동안만큼은.

숨소리가 잦아든다. 이 길을 밟은 지 얼마 시간이 지나지 않았음에도, 마치 영원을 걸어온 것 같은 기분이 들었다. 장난을 좋아하는 은발의 여인은 등을 돌린 채 하늘을 바라보고 있었다.

너무 맑지도, 너무 어둡지도 않은 중립의 블루 그레이(Blue gray). 모든 일은 인간에게 맡기겠다고 선언한 온당한 신처럼 하늘은 그렇게 둘을 응시하고 있었다.

은발의 트윈 테일이 바람에 나부끼며 서서히 풀어헤쳐진다. 숨이 턱턱 막힐 정도로 아름다운 광경이었다. 그녀는 천천히 그를 돌아보았다.

"왠지, 다시 올 것 같았어."

그 말이 나오기까지 얼마나 시간이 걸렸을까. 수련은 간신히 정신을 차렸다.

"그래."

잇몸 사이로 흐르는 그 말이 너무나 무미건조해서 자신의 목소리 같지 않았다. 수련은 약간 망설이다 말을 이었다.

"왠지 기다리고 있을 것 같더라고."

그 말에 세피로아가 웃었다. 지금까지 늘 그랬듯이 한 번도 기대를 배반하지 않았던 웃음. 문장이 만들어지지 않는다고 해서 진심을 전할 수 없는 것은 아니다. 수련은 어떻게든 입을 열었다.

"꼭, 다시 만나자. 이지한테도 안부 전해주고."

"으응."

가볍게 움직이는 고개. 은발이 하얀 얼굴을 간질이듯 미끄러진다. 심해처럼 깊은 눈동자가 살짝 일렁였다. 그것은 말하고 있다. 그게 다야? 무슨 말이라도 해봐.

"세피로아."

더 이상 할 말은 없다. 그럼에도 수련은 반사적으로 입을 열었다. 왠지 그 말을 하고 싶었다.

"응?"

"세피로아."

자신의 대답에도 아랑곳 않고 수련이 같은 말을 반복하자 세피로아가 살짝 삐쳤다.

"만약 그냥 불러보고 싶었어, 라는 말을 한다면 한 대 때려줄 거야."

미풍이 얼굴을 스친다. 그녀의 말에도 수련은 웃지 않았다.

"만약 너한테 이지가 없었다면……."

눈동자의 흔들림이 짙어졌다. 수련은 그것을 놓치지 않았다. 하지만 세피로아가 조금 더 빨랐다.

"남자는 가정 같은 건 하지 않는 거야. 바보."

하지만 수련도 지지 않았다. 그는 찰나의 침묵에 덧붙여 말했다.

"넌, 나를 선택했겠지?"

세피로아는 그렇게 물어주기를 기다렸다는 듯이 생긋 웃었다. 언제 봐도 멋진 미소였다. 순간적으로 언덕 바깥쪽에서 엄청난 강풍이 불어 닥쳤다. 목소리가 바람의 벽에 부딪쳐 녹아 없어진다.

그건 심술이었을까? 수련은 오랜 시간이 지난 후에도 그 순간의 의미를 깨닫지 못했다.

먹먹해진 청각 속에서 그녀의 입가가 우물거렸다. 소리는 들리지 않았지만 수련은 분명히 들을 수 있었다.

아마도.

*   *   *

어둠은 정적 위에 소리없이 깔려 있었다. 모니터의 액정에서 뿜어져 나오는 희미한 빛이, 그 어둠의 깊이를 측량하듯 헤매고 있다. 간헐적으로 새어 나오는 숨소리는 다급하게 끊어지고 있었다.

새하얀 트렌치 코트가 어슴푸레한 빛을 받아 희미한 반사광을 낳았다. 가뜩 긴장한 것으로 보이는 사내의 핼쑥한 얼굴은 마치 유령 같았다.

File copy······ 100%.
—Complete.

메시지가 뜨는 순간, 안도의 한숨이 새어 나온다. 남자는 황급히 USB메모리칩을 컴퓨터에서 뽑아냈다. 이제 시간이 없다. 빨리 이곳을 빠져나가야만 한다.

파일을 뽑아내는 순간, 컴퓨터 액정화면이 붉게 물든다. 누군가 파일을 추출해 냈다는 사실을 알아챈 것이다. 액정에는 파란색 사각형이 출력되어 있다.

Password _____
남은시간 : 28초.

아마 제한시간 내에 패스워드를 입력하지 않으면 경보 시스템이 작동하는 모양이었다. 남자는 몇 번 패스워드를 입력해 보았으나 번번이 뜨는 것은 에러 메시지뿐.

남자는 결국 패스워드 입력을 포기하고 자리에서 일어섰다. 남은 시간은 15초. 과연 어디까지 도망칠 수 있을까. 소중한 보물이라도 되는 양 메모리칩을 품속에 넣은 남자는 빠른 걸음으로 방 안을 빠져나갔다.

인적이 사라지자 어둠 속에는 깊은 공허만이 남았다. 3…
2… 1.

시간 초과 메시지가 출력됨과 동시에 굉음이 건물 내부를 진탕시켰다.

EPISODE **013**
Labyrinthos

  혼탁한 도시의 공기가 그나마 깨끗한 시간은 이른 아침이
다. 출근 시간이 되면 홍수에 밀리듯 떠내려 오는 차들에 의해
숨 쉬기도 힘들 정도가 되지만, 적어도 그전까지의 시간에는
늘 아침만의 활력이 감돈다.

  아마 분위기의 문제일 것이다. 상쾌하게 아침을 시작하려는
사람들. 분주하게 오가며 점포의 문을 열고, 유리창을 닦고, 어
떻게든 오늘을 이겨내기 위해 기지개를 펴는 성실한 도시인
들.

  내일 지구가 멸망한다는 뉴스가 떠도, 저들은 저렇게 아침
을 시작할까? 남자는 그런 생각을 눈동자에 띄운 채 기이한 열
기가 흐르는 아침 공기를 들이마셨다. 슬슬 출근길에 오르는

승용차들이 몰려올 시간이다. 러시아워가 싫었던 그는, 근처 어디에라도 들어가서 호흡을 정화할 요량으로 이른 아침부터 문을 연 카페를 찾아 두리번거렸다.

그리고 그 순간, 그의 눈에 들어온 뭔가가 있었다. 거대한 브라운관. 신형 벽걸이 텔레비전을 광고하기 위해 내놓은 듯, 전자관의 강화유리 너머에서 화면이 출력되고 있었다. 생각보다 사운드가 커서 가게 유리와 몇 걸음의 간격이 있음에도 불구하고 말소리가 그대로 들려왔다.

까앙!

파찰음과 동시에 불꽃이 튀기며 큼지막한 샴쉬르가 튕겨져 나간다. 시커먼 암흑 투기를 뿜어내는 다섯 명의 데스나이트. 어울리지 않게도 백색의 패너플리를 장착한 중앙의 데스나이트가 양손에 쥔 검을 교차해서 휘두른다. 깜짝 놀랄 만큼 눈부신 섬광이 전장을 휩쓸고, 수십의 검이 몬스터들을 도륙한다.

남자는 열렬한 사이비 종교의 신자처럼 유리벽에 바싹 붙어 서서 그 화면을 뚫어지게 쳐다보았다. 단 한마디, 한 장면이라도 놓치지 않겠다는 듯 그의 시선에는 처절함이 담겨 있었다.

얼마나 시간이 흘렀을까. 브라운관을 장악하던 데스나이트의 그림자가 사라지자, 다시 스튜디오가 캐치되었다. 사회자의 입이 열린다.

"아, 역시 굉장합니다. 벌써 세 번째 반복해서 보는 동영상이지만, 과연 이번 달의 베스트로 꼽히기에 손색이 없군요. 어디서 저런 유저가 나타난 걸까요? 유저들 사이에서는 벌써 저 플레이어를 두고 '카오스 나이트'라고 부르고 있다는군요."

화려한 오후의 론도를 진행하는 MC 영돈은 쾌활한 몸짓으로 오버 랩 되는 브라운관을 보며 말했다. 얼마 전부터 MC를 맡은 서희경이 살짝 고개를 끄덕여 보조를 맞추었다.

붉은색의 새틴 드레스를 입은 그녀는, 별명 그대로 화사한 여름의 백합마냥 화사하게 피어올라 있었다. 이제 막 20대 초반에 들어섰다고는 믿을 수 없을 만큼 완성된 세련됨이 그녀의 주위를 고조처럼 떠돌고 있었다.

"세계는 넓고 게이머는 많다. 그 명언을 대변해 주는 장면이 아닌가 싶네요."

"하하, 희경 씨도 참. 그런 말이 어디 있습니까."

남자 MC의 서투른 핀잔에도 서희경은 고요히 미소 지었다. 입술 끝을 살짝 올렸을 뿐인데도, 방의 공기가 달라진 것 같았다. 아름다운 여자의 미소란 그만큼 신묘하다.

"자, 그럼 유저 분들의 궁금증을 풀어드릴 시간이군요. 대체 저 동영상의 유저는 어떻게 데스나이트로 변신한 것일까요?"

MC 영돈의 말이 이어지는 순간, 전자관 옆을 울리는 클랙슨 소리에 일시적으로 청각이 마비되었다. 러시아워가 시작된 것이다. 차가운 유리 벽면에 손을 맞대고 화면을 응시하던 사내는 기다렸다는 듯이 손을 떼며 투덜거렸다.

"좋을 때네."

남자는 불만스러운 표정이었다. 동영상에 나왔던 데스나이트 유저를 질투한 것일까? 아니면 아름다운 여자 MC와 같이 프로그램을 진행하는 남자 사회자를 질투한 것일까? 잘근잘근 입술을 깨물던 그는 나지막이 한숨을 쉬며 거대한 몸을 돌렸다. 까무잡잡한 피부에 장신의 키. 생각없이 걷어찬 깡통이 인도의 빗면을 굴러 아스팔트에 잔여 내용물을 쏟아냈다. 찌꺼기를 연상시키는 시커먼 커피가 도로의 경사를 따라 흘러내려 배수구로 들어간다.

"젠장, 기껏 구한 일자리였는데."

토해내는 음색은 마치 유형의 덩어리 같았다. 불만, 불만, 그리고 불만. 대한민국에 청년 실업자가 많다고 해도 다 남의 이야기 같았는데, 막상 그 대상이 자신이 되고 보니 영 실감이 나질 않는다. 방금 전의 동영상을 보자 그 괴이쩍은 현실괴리는 더욱 심각해졌다.

그도 그럴 것이 그는 얼마 전까지 브라운관에 비치는 게임을 만든 회사에서 일하고 있었던 것이다. 왜 잘렸냐고? 그걸 모르기 때문에 더 답답한 거다. 비록 모니터 요원의 말단직이었지만, 앞날이 창창한 대기업이었던 만큼 입사 당시 배진곤은 그만큼 기대에 들떠 있었다. 그런데, 왜 반년도 채 되지 않아 잘린 걸까?

가장 먼저 떠오른 것은 정 팀장이었다. 얍삽한 눈매에 꼬리 잘 흔드는 강아지처럼 전무만 오면 헤헤거렸던 그놈.

"제길… 그 팀장한테 더 비볐어야 했나."

밉보인 짓을 한 기억은 없었다. 그러나 퇴사 마지막 날 그가 자신에게 보여준 행동은 그만큼 충격이었다.

"오늘부로 회사를 그만둬 주게."

살갑게 아첨하기를 좋아하던 그 남자가, 얼음땡이 같은 표정을 지은 채 그를 노려보았을 때는 정말 공포였다. 이 사람도 이런 표정을 지을 줄 아는구나.

두 번째로 떠오른 것은 같은 신입사원이던 이솔미였다.

'그 앙큼한 여자가……'

솔미의 매끄러운 살결과 미려한 머리칼이 떠오르자, 진곤은 저도 모르게 침이 넘어갔다. 그리고 더 침통해졌다. 회사 생활은 짧았지만, 대부분의 근무가 가상현실에서 이루어졌기 때문에 2년 이상의 시간을 그곳에서 보낸 셈이다. 그리고 솔미와는 거의 될 뻔도 했었다. 누가 뭐라 해도 자신의 동정을 바친 여자다.

처음으로 그녀와 오피스텔에서 밤을 보낸 날, 진곤은 세상을 다 가진 기분이었다. 이제 우린 연인이야!

다음날 상관에게서 그 말을 듣기 전까지 진곤의 기분은 최고조였다.

"이봐, 큰일 치렀군."

"네?"

슬쩍 눈치를 주던 박 대리의 눈빛. 그 쾌쾌한 동공은 감시팀의 이솔미를 향하고 있었다. 두 사내의 시선을 받은 솔미가 새

침하게 웃었다. 진곤은 손을 흔들어주려다 박 대리의 눈총을
받고 그만두었다.

"조심하게. 자네 팀은 물론이고, 우리 팀 남자들 사이에서도
저 여자, 유명하거든."

"유명하다뇨?"

"이 회사에 들어와서 저 여자랑 같이 아침을 먹지 않은 남자
가 없단 말일세."

같이 아침을 먹는다. 같이 아침 먹는 게 뭐 그렇게 대수냐고
물어보려던 진곤은 그대로 굳어버리고 말았다.

같이 일어나서, 같이 아침을 먹는다…….

솔미와는 그 뒤 바로 헤어졌다. 뒤끝도 없었다. 그녀는 바로
다음날 박 대리와 아침을 먹었던 것이다. 성공했다며 눈웃음
치던 놈의 얼굴이 지금도 생생하게 떠올랐다.

"후…….."

솔미 때문이라고는 생각되지 않았다. 그녀와 잤기 때문에
잘린 것이라면, 그 말고도 자를 인간이 회사에는 허다했기 때
문이다. 그렇다면 왜?

"당장 갈 곳도 없는데…….."

일자리가 사라진 후 매일 아침마다 인력시장에 나가며 방세
를 때워보려 했지만, 반년이나 큐브 속에 앉아 있던 그가 궂은
일을 시작한 후 몸이 성할 리 없었다. 결국 이주일 만에 인력
시장을 그만두고 길거리에 나앉았다.

나는, 왜 잘렸지?

어쩌면 모든 청년 실업자들의 공통 의문일지도 모르는 그 말을, 진곤은 허망하게 공중으로 띄워 보냈다. 빌어먹을 세상을 만든 미친 신이 있다면, 물론 매일같이 올라오는 소원들을 처리하느라 바쁘겠지만 그래도 신이 정말 있다면, 젠장맞을 구원을 내려달라고……

자판기에서 뽑아낸 이온음료를 점심 대신 비워낸 그는 입을 쓱 닦고는 주변의 쓰레기통을 찾아 모 소년만화에 나오는 3점 슈터처럼 캔을 던졌다. 호를 그리며 정확히 날아간 캔이 쩔그렁거리는 소리를 내자, 던진 손으로 불끈 주먹을 쥐어본다.

불꽃남자 배진곤!

그런데 바로 다음 순간, 캔에서 튀어나온 분비물이 지나가던 남자의 코트 자락을 스쳤다. 미미한 초록빛을 띤 액체가 남자의 하얀 코트에 그대로 스며든다. 깜짝 놀란 남자는 시선을 돌려 얼룩진 코트와 진곤을 번갈아 보기 시작했다. 얼굴색이 점차 무섭게 변한다.

…뭐됐다.

진곤은 당황한 표정으로 남자를 향해 다가갔다. 이봐, 너무 그런 눈으로 보지 말라고. 애초에 초여름 날씨에 코스튬도 아니고 그런 색깔의 트렌치코트를 입고 다닌 당신이 잘못……

"저기, 죄송합니……"

그러나 진곤이 다가가려는 순간, 분노 어린 시선으로 진곤을 바라보던 남자는, 이내 얼굴이 하얗게 질리더니 달려가기 시작했다. 방금 그건 뭐였지? 표정에 실린 그 감정은……

두려움.

진곤은 황급히 자신의 뒤를 돌아보았다. 혹시 도둑이었을지도 몰랐다. 그렇다면 자신의 뒤에 형사라던가, 경찰이 있다면 그 상황은 납득이 된다. 그러나 정작 돌아봤을 때 그의 뒤에는 아무도 없었다. 채무자와 채권자의 관계도 떠올려 봤지만, 텅 빈 허공을 앞두고 그런 생각을 해봤자 하나도 설득력이 없었다.

"내 얼굴이 그렇게 무서웠나……?"

문득 그렇게 중얼거리는데, 끔찍할 정도로 치밀한 기시감이 저 가슴 밑바닥에서부터 스멀스멀 차오르기 시작했다. 둔탁한 망치로 이마를 얻어맞은 것 같다.

설명할 수 없는 감정. 그것은 뇌전이 몰아치듯 밀려온 예감 같은 것이었다. 무의식 속에 묻어둔 기억의 한 자락이 진곤의 발을 움직였다.

그는 골목 어귀로 사라진 남자를 정신없이 뒤쫓기 시작했다.

"그 남자……."

마치 어릴 적에 자신을 버리고 떠난 부모님의 얼굴이라도 본 듯한 얼굴. 가빠오는 호흡과 더불어 머릿속의 영사기는 쉴 새 없이 돌아가며 기억을 뜯어 헤쳐 놓고 있었다.

그는 그 남자를 본 적이 있었다. 어디에서, 어떻게 조우했는지를 묻는다면 쉽게 대답할 수는 없었다. 기억이란 검색엔진처럼 쉽게 과거를 토해내지 않는다. 무의식의 영사기는 계속 돌아가고 있다. 프로이트나 융 선생이 봤다면 세기말의 대발견이라고 열변을 토했을지도 모른다. 해변, 갈매기, 그리고…….

트렌치 코트의 끝자락이 코너를 돌아 사라질 무렵, 진곤은 기억에서 확신을 뽑아냈다. 그러나 진실을 잡기 위해 손을 내미는 순간, 그는 어깨에 막대한 충격을 받고 비틀거렸다.

"아!"

얕은 비명이 튀어나왔다. 동시에 후회가 엄습했다. 어떤 상황이든 지금의 행동으로 그의 존재를 노출시킨 것은 실수였다. 진곤은 그런 와중에도 사태를 파악하기 위해 애썼다.

무언가가 빠른 속도로 다가와서 부딪쳤다.

그 찰나에 판단할 수 있는 정보란 고작 그것뿐. 중심을 잡기 위해 벽을 짚은 순간, 반대쪽에서 뭔가가 넘어지는 소리가 들렸다.

"아야야……."

부딪친 대상의 몸집이 그리 크지 않았던 모양이다. 소리가 난 것을 보면 고의로 부딪친 것이 아니었다. 인영의 모자가 떨어져 콘크리트 바닥을 굴렀다.

"으응……."

모자 안쪽에 뭉쳐 있던 머릿결이 허공에서 부서진다. 마치 광고의 한 장면처럼, 공중에서 펼쳐진 머리칼은 은은한 향기를 뿌리며 흩어졌다.

여자?

진곤은 순간 바보 같게도 비단결 같다는 말이 이럴 때 쓰는 말이구나, 하고 생각했다.

"난폭한 남자네."

여자는 쓴웃음을 지은 채 그렇게 말했다. 손을 내미는 것을 보니 일으켜 달라는 눈치다. 보기 드문 미녀였다. 어울리지 않게도 좀 도둑 같은 행색이라 진곤은 잠시 주저했다.

활동적인 복장에 대비될 정도로 새하얀 얼굴에는 신비롭게 빛나는 깊은 두 눈이 박혀 있었다. 진곤은 순간 마음이 읽힌 것 같은 기분에 당혹스러워졌다.

"당신, 지금 엄청 실례되는 생각했지?"

"아니, 뭐……."

예리한 여자다. 진곤은 약간 경계를 곤추세우며 여자를 일으켜 주었다. 여자답지 않게 굳은살이 박인 강인한 손이었다. 너무나 뜻밖의 국면을 맞이한 탓에, 이곳까지 달려온 목적마저 잊을 정도였다.

"아!"

뒤늦게 사실을 깨닫고 뒤를 돌아보았을 때, 남자는 이미 골목길을 돌아 멀리 사라진 뒤였다. 조심스럽게 일어나 청바지에 묻은 흙을 턴 여자는 흐응, 하고 진곤을 쳐다보았다.

"당신, 누구?"

"그쪽이야말로."

진곤은 그런 말을 하면서도 여자의 얼굴에서 눈을 떼지 못했다. 여자는 그가 한때 좋아했던 솔미보다도 훨씬 예뻤다. 진곤의 대답에 못마땅한 표정을 짓던 여자는, 허리에 양손을 얹은 채 질문을 바꿨다.

"지금 당신이 쫓는 사람, 누군지 알아?"

질문을 받은 진곤은 망설였다. 일방적인 정보 교환에 자신이 입을 손해를 걱정할 만큼 그가 똑똑해서가 아니었다. 단지, 혼선된 기억 속에서 뽑아낸 확신을 자신있게 말하는 것이 어려웠기 때문이다.

"알아."

여자의 표정이 흥미롭게 변했다. 어디 말해봐. 그녀의 눈은 그렇게 말하고 있다.

"내가 봤던 사람이야."

"나도 방금 봤거든? 내가 묻는 건 그런 게 아니라고."

어처구니없다는 듯이 실소를 터뜨린 여자는 가만히 진곤을 노려보았다. 마치 그의 동공 너머에 있는 어떤 것을 꿰뚫어 보려는 것처럼 그 서늘한 시선에 진곤은 심장이 쿵 내려앉았다. 신비한 것에는 신비한 힘이 있게 마련이다.

한참을 그렇게 있던 여자는 한숨을 푹 쉬더니, 살짝 어깨를 으쓱거렸다.

"아아, 뭐 아무래도 좋아. 대신, 수사에 협조해."

"수사?"

진곤은 급작스럽게 맞이하게 된 상황의 격변에 자기도 모르게 입술을 벌렸다.

*　　　*　　　*

2007년에 로스쿨 법안이 통과된 이후, 무수히 많은 변호사들이 로스쿨에서 쏟아져 나왔다. 그들 중 일부는 시험을 치러 검사가 되었고, 혜영 역시 그런 평범한 검사들 중의 하나였다. 아니, 하나일 뻔했다. 그녀의 아버지가 경찰청장만 아니었더라면.

로스쿨을 졸업한 후 경력 보완 없이 바로 검사로 부임한 것은 그녀가 로스쿨 졸업자 중에서는 한국 최초였으리라.

'빌어먹을 아빠.'

게다가 부임된 곳도 대검찰청의 중앙수사부였다. 중앙수사부 내에서도 첨단 범죄 수사과라는 뜬금없는 곳에 배치된 그녀는, 실무는커녕 사무도 볼 수 없었다. 경찰청장인 아버지의 필사적인 부탁이 있었던 모양이다. 중앙수사부의 부장 검사는 마치 딸자식을 대하듯 그녀를 대했고, 그녀는 변변찮은 범죄 수사권 하나 가지지 못한 채 자신의 의자에 앉아 허송세월을 보내고 있었다.

연고주의와 연공서열로 점철된 검찰청 내부에서 그런 그녀를 좋게 볼 리가 없었다.

"신 검사, 괜찮으면 내 서류 복사 좀 해주지 그래?"

어떻게든 시빗거리를 만들어보려고 안달이다. 그런 일은 네 아래 서기보한테 맡기지 그래? 하고 말할 수도 없는 것이, 대한민국의 검찰청이란 기수를 굉장히 따지기 때문이다.

대부분이 사법고시 세대인 그들로서는 로스쿨을 졸업하여

검찰청에 발령받은 그녀가 아니꼬울 수밖에 없었다. 어떻게 보면 아버지 백그라운드를 이용한 낙하산이기 때문이었다. 대부분의 인간은 원래 자신의 외부에 있는 존재에 대해서는 한없이 배타적이다.

그런 심정들을 이해 못하는 것은 아니지만, 그녀도 인간인 이상 불만이 없을 수 없었다. 낙하산 출신이라고 해서 하고 싶은 일 없이 놀기만 하려는, 혹은 아랫사람이나 부리며 빈둥빈둥 세월을 보내려는 것들만 있는 줄 아는 건가?

나도, 수사하고 싶다고. 수사하고 싶어서 검사가 됐다 이거야.

사실 그것도 여형사가 되고 싶었던 그녀를 아버지가 뜯어말리고 말려서 겨우 타협 본 게 검사였다. 이론보다는 실무를 중시하는 그녀가, 이런 고리타분한 샌님들만 앉아 있는 곳에서 뭇 남자들의 따가운 시선이나 감당하고 있으려니 그걸 참는 것도 이만저만 고역이 아니었다.

"저기, 신 검사. 오늘 괜찮으면 저녁이나 같이……."

게다가 귀찮게 꼬이는 파리 떼도 문제였다. 여검사인데다가 제법 반반한 얼굴을 가진 탓에 시도 때도 없이 선배들이 데이트 신청을 해왔던 것이다.

성질 같아서는 벌써 수십 번 판을 뒤집었을 것이다. 하지만 사람은 늘 외부로부터 만들어진다. 인간의 성격이란 내부로부터 형성되는 것이 아닌 것이다. 주변의 분위기나 정황, 인간 관계 등 그 모든 것이 천천히 움직여 조직 내에서의 한 인간을 만들어낸다. 누가 그랬던가, 우리에겐 성격이란 게 없고 단지 때에 맞춰 쓸 가면만이 존재할 뿐이라고.

저기, 죄송해요.

내가 그렇게 만만해 보이나? 그럴 때마다 번번이 웃으며 거절하는 것도 곤욕이다. '반반한 여자들이란 어쩔 수 없지……과연 다음번에도 튕길 수 있을까?' 하는 표정으로 돌아서는 남자들을 보는 것도 역겨웠다. 정말 남자란 족속들은 다 그런 걸까?

그날도 하잘것없는 서류나 처리하며 몰래 욕지거리를 삼키고 있었다. 그때, 그 서류가 눈에 들어온 것은…….

'어?'

굳이 말하자면 운명 같은 것이었다.

"연쇄살인사건?"

중앙수사부에도 좀처럼 들어오지 않는 종류의 사건서류였다. 의문스러운 것은 그녀가 집어 든 종이의 어디에도 '연쇄'라는 단어는 없었다는 것이다. 연쇄살인사건이란 원래 단일범이 여러 명을 살인하는 범죄행위를 말한다. 그러나 그 서류철에 끼워진 사건 파일에는 각각의 살인마다 모두 범죄자가 달랐다. 물론 함께 서류철 되어 있는 만큼 공통점은 있었다.

"이게 뭐야…… 국회의원에, 기업가에, 개인 자본가까지?"

혜영은 살짝 들뜬 목소리로 중얼거리며 정신없이 서류철을 넘겼다.

"이봐, 신 검사. 아직 멀었어?"

"아, 지금 갈게요."

혜영은 투덜거리며 복사를 끝낸 서류철을 가지고 선배 검사를 향해 다가갔다. 그러나 이미 그녀의 머릿속은 방금 본 사건 파일들로 가득 차 있었다.

드디어, 원하는 것을 찾았다.

하루 종일 부장 석에 앉아서 엉덩이 살만 찌우고 있던 부장 검사는 그녀의 말에 퍼뜩 졸음에서 깨어나며 반사적으로 고개를 들었다. 퀭한 눈동자에 투명한 시선이 꽂힌다.

"이 사건, 제가 맡고 싶어요."

그 문장을 서두로 시작된 열변은 무슨 말인지는 모르겠지만 아무튼 열정적인 단어들로 구성되어 있었다. 어쩐지 섬뜩함이 흐르는 그 목소리에 잠이 다 달아난 부장 검사는 황망한 시선으로 그녀를 올려다보았다. 신출내기 검사가 이토록 강력하게 자기 의사를 주장하다니, 더군다나 여검사가…….

"아, 그건 우리 담당이 아닌데……."

"어떻게 안 되나요? 이 사건, 제가 꼭 맡고 싶은데……."

그녀의 아기 사슴 밤비 같은 눈망울을 보는 순간, 부장 검사는 지금쯤 도끼눈을 뜨고 딸을 걱정하고 있을 경찰청장의 얼굴이 떠올랐다.

"내 딸, 잘 부탁하네. 자네라면 괜찮겠지?"

부장 검사의 집에도 혜영만 한 딸이 있었다. 하지만 남 같지 않으니 어쩌니를 떠나서 그녀는 경찰청장의 딸이었고, 그는 서류 내용을 확인해 보지 않을 수 없었다.

'살인사건? 왜 하필 이런 걸……'

혜영의 아버지가 그녀를 첨단범죄 수사과에 배치한 것도 험한 사건을 맡지 않도록 하기 위한 배려였다.

그러나 정작 그녀에게는 그것이 독이 되었다. 실무도 못 뛰어, 그렇다고 해서 강력 범죄도 못 맡아. 이럴 거면 대체 왜 검사가 되었다는 말인가?

"부탁드릴게요."

툭 건드리면 울먹일 것 같은 그녀의 눈을 본 부장 검사는 심각한 혼란에 휩싸였다. 물론 그 정도의 직책이라면 경찰청장이라고 해서 단번에 옷을 벗길 만한 자리는 아니었다. 어디까지나 시선, 그리고 인정의 문제인 것이다.

부장 검사는 노쇠한 뇌세포를 혹사시켜 그녀를 기준으로 하나하나 이해득실을 따져보기 시작했다.

그녀는 이 사건을 맡고 싶어한다. 하지만 그걸 허락해 주면 필시 경찰청장인 그녀의 아버지가 자신에게 성질을 낼 것이다. 게다가 이런 사건은 수사과정도 까다롭고, 신출내기인 그녀가 맡을 만한 사건도 아니었다. 괜히 시켰다가 그만 책임을 지게 될 사태가 올 수도 있었다. 그렇다면……

저울이 급속도로 기운다. 그녀의 눈을 한 번 보고 서류철을 한 번 보고, 그녀의 눈을 한 번 보고, 서류철을 한 번 보고……

부장 검사는 이윽고 묵묵히 한숨을 내뱉으며 입을 열었다.

"좋아, 자네가 맡아보게."

"저, 정말이요?"

정말 부장 검사가 허락해 줄 줄은 몰랐는지, 그녀는 깜짝 놀란 표정이었다. 그는 헛기침을 두어 번하며 따뜻한 눈길로 그녀를 응시했다. 어쩌면 잠시 잊고 있었는지도 몰랐다.

열정, Passion.

암, 그렇고 말고. 요즘 젊은이들에게는 그것만큼 중요한 것이 없지. 부장 검사는 그런 생각을 하며 그녀에게 흐뭇한 미소를 지어주었다. 그리고 다시 잠이 들었다.

*   *   *

"나, 이래 봬도 검사거든. 음, 그렇게 새삼스럽다는 듯이 보면 부끄럽잖아."

여자는 그렇게 말하며 고혹적으로 고개를 저었다. 진곤은 순간 무서워졌다. 이 여자는 자신이 여자라는 사실을 이용할 줄 아는 여자다. 솔미에게 당한 이후 진곤은 여자 공포증이 생겼다.

"저 사람을 쫓는 건가…… 왜?"

"그쪽도 제대로 안 가르쳐 줬잖아? 일일이 가르쳐 줄 의무는 없다고 생각되는데?"

"음."

그녀의 말이 사실이었기 때문에 진곤은 입을 다물었다. 여자는 남자가 사라진 골목길을 향해 천천히 걸어가기 시작했다. 심지어 뛰지조차 않았다. 그녀가 저만치나 앞서 나간 뒤에야 진곤은 뒤늦게 정신을 차렸다.

"안 따라올 거야?"

"아."

정상적으로 받아들일 수 없는 상황에 뇌가 따라가지 못하는 것이리라. 진곤은 그렇게 생각하며 혼란을 가까스로 구겨 넣었다.

"이름 정도는 물어볼게. 뭐지?"

"배진곤."

"좋아, 난 신혜영."

혜영은 그렇게 말하고서 터키행진곡의 리듬처럼 흥겹게 발걸음을 맞춰 걷기 시작했다. 범죄자를 쫓는 것이라고는 믿을 수 없을 만큼 경쾌한 발놀림이었다. 검사들은 다 이런 건가?

"달리지 않아도 괜찮은 건가? "

"괜찮아. 저쪽 길은 막다른 골목이거든."

진곤은 깜짝 놀랐다. 막다른 길인 줄 알고서 그리로 유인한 건가? 보아하니 검사라는 그녀는 분명 진곤이 남자를 발견하기 전부터 추적을 계속해 온 것이 틀림없었다.

혜영은 자신의 말을 반증하듯 느긋한 걸음으로 골목길을 돌아 걸어갔다.

그녀는 형사가 아니라 검사다. 여자 혼자는 왠지 불안하다.

게다가 미인이기도 하고. 진곤은 여러 가지 변명을 속으로 덧붙이며 여자의 뒤를 잽싸게 쫓았다. 남자가 도망친 길은 죽 한 길로 연결되어 있었다. 길의 양옆을 막은 담벼락은 평범한 성인 남성의 능력으로는 타넘을 수 없을 만큼 높아 보였다.

혜영의 말이 맞았다.

마지막 커브를 돌았을 때, 골목 안쪽에서 목소리가 들려왔다. 누적된 피로를 한 번에 토해내듯 힘겨운 음색이었다.

"멈춰."

도망자의 목소리는 늘 한결같아. 혜영은 진곤에게나 들릴 법한 작은 목소리로 그렇게 말했다. 진곤은 혹시나 남자가 무기를 들고 있지 않을까 하는 노파심에 그녀의 앞을 막았다.

"남자들은 다 똑같다니까…… 헛짓거리 하지 말고 내 뒤에 붙어 있어. 권총이면 어쩌려구 그래?"

그녀는 이미 총을 빼어 든 채 커브 안쪽으로 뛰어들어 갈 준비를 마치고 있었다. 진곤은 괜스레 민망해져서 앞을 비켜주었다. 고상한 여검사라고는 믿을 수 없을 만큼 영민한 움직임에 감탄하며.

커브 안쪽, 남자는 대체 어떤 준비를 하고 그들을 기다리고 있을까. 물씬 피어오르는 긴장감을 느끼던 진곤이 이 예상치 못한 상황에 어떻게 대처해야 할지 고민하는 동안 혜영이 움직였다. 그녀는 전광석화 같은 몸짓으로 한 바퀴를 구르며 권총을 겨냥했다. 여차하면 바로 방아쇠를 당길 기세였다. 마치 투캅스를 보는 것 같았다.

"꼼짝 마! ······라고 하면 너무 진부한 멘트겠지?"

남자의 안색은 몹시 창백했다.

진곤은 확신했다. 남자는 분명 그때 그 해변에서 본 자다. 오랫동안 감지 않았는지 꼬질꼬질한 머리카락이 두터운 모자 사이로 흘러나와 있었다. 다행히 남자에게는 무기가 없었다.

"나를 노리고 왔나?"

"음, 노렸달까, 어떻달까······."

혜영은 복잡한 표정으로 남자를 쏘아보았다. 영문을 모르고 쫓아온 진곤으로서는 어리둥절할 수밖에 없었다. 이상하게도 남자의 말이 혜영을 가리키는 것 같지 않았던 것이다. 남자는 한참 동안이나 혜영을 바라보더니 이내 푹 한숨을 쉬었다.

"그대들은 아니군. 오히려 잘됐다."

"어?"

남자의 안색은 이제 창백한 정도가 아니라 하얀 페인트를 덧발랐다고 해도 믿을 정도였다. 그 순간 진곤은 자신의 눈을 의심하지 않을 수 없었다. 남자의 신형이 무너지고 있었다. 쓰러진 척 하고 있다가 기습하는 식의 3류 할리우드 액션 같지는 않았다.

그렇게 믿을 수밖에 없는 것이, 쓰러진 남자는 조금의 충격 흡수도 허락하지 않겠다는 듯이 앞으로 코를 박으며 엎어졌기 때문이다. 혜영은 망설이지 않고 자세를 풀더니 남자를 향해 거리낌없이 다가갔다. 그 거침없는 행동에 오히려 진곤이 불안해졌다.

"어, 잠깐만."

그러나 걱정은 기우에 그쳤다. 바싹 다가간 혜영이 남자의 몸을 뒤집는 순간 기절한 사람 특유의 핏기없는 입술이 그대로 드러난 것이다.

다음 순간 혜영의 표정이 심각하게 굳어졌다.

"이 사람, 총에 맞았어."

적은 항상 내부에 있다. 내 안의 적을 말하는 것이 아니다. 내 안의 적과 싸워서 이긴다.

그런 건 공부하기 싫은 청소년들에게나 유익한 말이다. 실체가 없는 적은 현실감이 없다. 정말 무서운 적은 내부에 있지만, 동시에 자신의 밖에 있는 법이다.

혜영은 그런 생각을 하며 유리문을 벌컥 열어젖혔다.

"아, 검사님."

사건에 대한 추가 자료조사를 의뢰한 지 벌써 일주일이 지났는데, 그럴듯한 보고 하나도 들어오지 않고 있었다. 참다못한 신혜영은 결국 수사관들이 사건 조사를 맡긴 강력계를 직접 찾아갔다. 거침없는 그녀의 화사한 발걸음을 따라 뭇 남성들의 시선이 옮겨간다.

불쾌한 눈빛이었다.

어떻게 하면 저 여자를 따먹을 수 있을까, 따위의 구질구질한 생각들로 빈틈없이 메워진 눈동자들. 성인 남자란 족속들은 어찌 그렇게 한결같을까.

"검사님, 아직 자료 조사가……."

"수사관들에게 보고를 받은 것이 벌써 3주 전일 텐데요?"

그리고 이번에도 어김없이 적은 내부에. 혜영은 속으로 이를 바득바득 갈며 속 좋아 보이는 형사를 노려보았다. 능글맞은 미소를 입에 머금은 강력계의 형사들. 빤히 보이는 속들이었다.

2015년. 페미니스트가 사회를 주도하고, 바야흐로 여성 상위 시대의 진정한 막이 열렸다지만 이건 너무 비겁하지 않은가. 왜 이렇게 소심한 방식으로 복수를 강구한단 말인가? 혜영은 입술을 잘근잘근 깨물며 속으로만 욕을 털어놓았다.

남자들 주제에, 그렇게 현 사회 세태가 싫으면 나 말고 사회 제도 자체에 정면으로 저항해 보라고!

"하아……."

아름다운 입술에서 나지막한 한숨이 새어 나온다. 그 달콤함에 취했는지, 순간 눈앞에 있던 형사의 눈이 몽롱하게 변했다.

"아, 뭐. 그래도 굳이 부탁하신다면야… 저녁 정도는 사시겠죠?"

혜영은 직감했다. 이건 단순한 명령 불복종이 아니다. 누군가가 강한 압력을 넣고 있다. 사건의 유출을 막기 위해서.

재빨리 말을 바꾸는 형사. 그녀의 작은 한숨 한 번에 그 일은 공에서 사(私)로 변해 버렸다. 그 시커먼 속을 모를 리가 없는 그녀는 천천히 고개를 저었다.

자신이 여자라는 것을 무기로 사용할 수 있지만, 고작 이런 녀석에게 도움을 청하려고 일일이 그런 짓을 하고 싶지는 않았다. 자존심이 용납하지 않는 것이다.

'이봐, 지금 나 여자라고 무시하는 거야!' 라든지, '니들, 내 한마디면 전부 옷 벗어야 된다는 거 알아, 몰라?!' 라는 유치한 협박을 할 수도 있었지만, 그런 말을 한 후의 파장을 예상한 그녀는 쌍방의 배려 차원에서 그나마 평화적인 단어들을 골라 문장을 만들어냈다.

"됐어요, 이제 도와달라는 말 안 할 테니까. 제가 알아서 해 보죠."

그렇게 차갑게 소리치고 돌아서는데, 역시나 예상했던 수군거림이 공기 속에 녹아 떠돌았다.

"저 봐, 저런 타입의 여자들은 전부 자기가 세상에서 제일 잘난 줄 알지."

"지 혼자서 하긴 뭘 해? 우리가 없으면……."

정말 그 순간만큼은 한 대 날려 버리고 싶었다. 고등학교 시절 괄괄한 성격 때문에 아빠 이름에 먹칠한 적이 한두 번이 아니었기 때문에, 로스쿨에 입학한 후부터 그런 성격을 고치기 위해 부단히 애써왔던 그녀다.

사람들의 시선이란 참 우습다. 정작 당사자들은 인정을 안 하겠지만 얼굴만 예쁘면 성격 같은 건 아무래도 좋다는 인간들로 세상은 가득 차 있다. 그리고 그런 외모가 받쳐 줄수록 새로운 환경에서 새로운 인격을 형성하기란 더욱 쉬워진다.

실제로 그녀는 로스쿨에 입학한 후 내내 '아이스 프린세스'라는 별명으로 불렸다. 얼음공주. 참 그럴듯하면서도 어처구니없는 별명이다. 실제로 고등학교 시절에 비추어 그녀가 변한 것이라고는 입을 다문 것밖에 없었다.

참자.

혜영은 살짝 고개를 돌려 형사들을 한 번씩 쏘아봐 주는 것으로 화풀이를 대신했다. 지금까지 쌓아온 이미지를 고작 형사 몇 명 때문에 그르칠 수는 없었다. 더 이상 이 사회는 그녀의 어리광을 받아줄 만큼 만만하지 않은 것이다.

그녀의 시선을 받은 형사들은 괜한 헛기침을 하며 다시 각자의 업무로 돌아갔다. 괜히 그녀의 미움을 사서 옷을 벗고 싶지 않았기 때문이다. 믿는 구석이 있다고는 해도, 그 백그라운드가 언제까지 자신들을 지켜줄지는 의문이었기에.

*　　　*　　　*

그제야 이해가 갔다. 일부러 두꺼운 트렌치코트를 걸친 이유는 이 상처를 숨기기 위해서였구나. 그렇지만 어지간히 급했던 모양이다. 하필이면 핏빛이 그대로 드러나는 하얀 코트를 입다니.

"그래서, 당신은 형사라 이건가?"

"형사가 아니라 검사. 지금까지 내 얘기를 귓등으로 들었어?"

답답하다는 시선에 진곤이 어깨를 움츠렸다. 그도 그럴 것이 그는 그쪽에 관한 지식이 전혀 없었다. 심지어 그녀의 이야기를 듣기 전까지 검찰청과 경찰청이 같은 곳인 줄 알았으니, 무식도 이런 무식이 없다.

진곤은 눈앞의 여자가 부담스러웠다. 지나치게 여성스러운 듯하면서도, 분위기를 휘어잡는 강함을 품고 있다. 이런 여자와 결혼하게 되는 남자는 분명 평생을 잡혀서 살게 되리라.

"어쨌든, 일단 근처 병원으로 데려가야 할 것 같아."

혜영은 진곤의 등에 업힌 남자를 흘깃 보며 말했다. 응급처치로 손수건으로 상처부위를 막아두긴 했지만, 당연히 그걸로 생명을 연명할 수 있을 리는 없었다. 무려 총에 맞은 상처다.

"총, 이제 집어넣는 게 좋을 것 같은데."

너무 급박하게 흘러가는 상황에 진곤은 코앞에 닥친 상황만을 생각하기에도 벅찼다. 그녀가 어떤 인과를 거쳐 이 남자를 찾게 되었는지, 여기에 어떤 거대한 사건이 연루되어 있는지도 알지 못했다.

"바보야? 어쩜 남자가 그렇게 경계심이 없을까."

"……."

"이 남자, 총에 맞았다구. 그런 눈으로 보지 마. 내 총에 맞은 게 아니라는 건 알고 있잖아?"

"…그래서?"

"어휴, 이 바보. 우리 말고 남자를 노리는 추적자가 있었다는 이야기지."

정신이 번쩍 들었다. 급작스러운 상황에 원활한 사고 전개를 이어가지 못하던 그에게는 충격적인 단언이었다.

'뭐, 제법 맹한 구석이 귀엽기는 하지만……'

혜영은 이 남자가 제법 마음에 들었다. 나름 인텔리를 자부하는 로스쿨 출신 검사로서 여자의 육감을 신용한다는 것은 어쩐지 불가해한 일이었지만 그녀는 자신의 육감을 믿었다. 범죄 관련 직업을 택하게 된 것도 그녀의 그런 육감이 큰 몫을 했으니…….

"없는 것 같네. 아마 이 남자, 꽤 멀리 도망 온 모양이야."

그래 봤자 서울 안에서 놀아나는 꼴이지만. 혜영은 그렇게 의미심장한 말을 덧붙였다.

골목길을 나오자 슬럼가가 나왔다. 서울에도 이런 슬럼가가 있었나? 하는 의문을 덧붙일 틈은 없었다.

"여기, 서울 어디쯤이지?"

"나도 몰라."

진곤은 솔직하게 답했다. 그는 말을 잇는 대신 주변을 살폈다. 반경 내에 근처의 위치를 알 만한 건물이나 간판 같은 것이 없는지를 확인하기 위해서였다.

"병원으로 가면 되지?"

"어?"

"저기."

진곤이 턱짓으로 가리킨 곳에는 하얗게 칠해진 병원 건물이 있었다. 윗부분을 파란색으로 덧칠해 세련미를 보완한 구축물의 중심에는 '상계백병원'이라는 글자가 십자가와 함께 불룩박혀 있었다.

"아, 저기로 가면……."

그때, 등에서 남자의 움직임이 느껴졌다. 미약한 신음 소리가 들리자 확신이 굳었다.

"정신이 들어요?"

방금 전까지 자기를 총으로 쏘려고 했던 여자가 깨어나자마자 태연한 목소리로 묻는다면 어떤 기분일까. 진곤은 그런 생각을 하다가 고개를 설레설레 저었다. 경악하는 것이 당연하다.

"으…… 병원으로 가선 안 돼."

그러나 남자의 반응은 진곤의 예상을 철저하게 빗나가 있었다. 시야가 흐릿한 탓인지는 몰라도, 이렇게까지 경계를 풀고흐물흐물해질 수 있단 말인가?

"안 되다니요. 당신, 총에 맞았다구요."

혜영이 미간을 찌푸리며 말하자, 남자가 힘없이 도리질 쳤다.

"그래도, 안 돼. 차라리 다른 곳으로… 병원만큼은 절대……."

남자는 그 말을 마지막으로 의식을 잃었다.

혜영은 쓰러진 남자의 맥을 짚어보더니 나직하게 한숨을 쉬었다. 눈빛을 받은 진곤의 얼굴이 곤혹스러워졌다. 혜영의 시선이 너무나도 분명했던 것이다.

도와주겠지, 당연히?

진곤은 남자를 업고서 혜영이 끌고 온 승합차를 타고 그녀
의 집으로 갔다. 괜히 복잡한 일에 연루되고 싶은 생각은 없었
지만 그의 등에 업힌 남자에게도, 혜영이라는 여자에게도 쉽
게 발길을 돌리지 못하게 하는 기묘한 뭔가가 있었다.

운명 같은 단순한 단어로 설명할 수 있는 감정이 아니었다.
그것은 좀 더 복잡 미묘한 실타래를 보는 듯한 착잡함에 가까
웠다.

총상은 요행히 급소를 아슬아슬하게 피해 있었다. 게다가
원래는 머리를 노렸던 듯 관통탄이었다. 총상인 만큼 출혈도
심했고, 어설픈 응급처치로 호전될 만큼 만만한 상처도 아니
었지만 총상치고는 경미한 편임에는 틀림없었다.

치료를 위해 상체를 벗겨놓고 보니, 남자의 몸은 소말리아
에서 몇 년쯤 살다가 온 것처럼 비쩍 말라 있었다. 앙상한 광
대뼈가 그대로 드러나는 갸름한 얼굴에 도수가 높은 안경을
쓰고 있었고, 젊은 나이 같은데도 머리숱이 많이 없었다. 아무
리 봐도 어디 연구소에 근무하는 연구원 같은 모양새였다.

"그래서 막연히 그 기억 하나만 믿고 이 남자를 쫓아왔단 말
야?"

남자의 허리에 붕대를 감아주던 진곤은 그녀의 말에 고개를
살짝 까닥였다.

외로운 공기를 달래듯 틀어놓은 텔레비전에서는 한창 뉴

스가 흘러나오고 있었다. 모 국회의원의 의문의 살인사건에 대해 다룬 뉴스였다. 범인은 전혀 범행동기를 찾을 수 없는 20대의 청년. 순하게 생긴 얼굴로 봐서 어떤 이념 따위를 외칠 만한 강단이 있어 보이지도 않았다. 가십거리가 될 만하다.

텔레비전에서 고개를 돌리자 혜영과 정면으로 시선이 마주쳤다. 진곤은 잽싸게 눈을 밑으로 내리깔았다.

"와, 나도 나지만 그쪽도 참 기가 막힌다. 같은 남자한테 운명을 느낀 것도 아니고 어떻게 그런⋯⋯."

"음, 그보다⋯⋯."

진곤은 살짝 얼굴을 붉히며 고개를 들었다. 사실 이야기가 더 있었지만 자신의 어설픈 추리를 말하고 싶지는 않았다. 그가 남자를 쫓아온 결정적인 이유는 그 남자를 본 순간이 하필이면 '그 순간' 이었기 때문이다.

"아니, 정말 이상해. 무슨 초능력자도 아니고⋯ 게임 내에서 한 번 봤을 뿐인데, 단지 그 이유 때문에 이 남자를 쫓아왔다는 게⋯⋯."

스스로도 머리가 나쁘다고 생각하는 진곤이었지만 그렇게까지 노골적으로 말하는데 반발하지 않을 이유가 없었다.

"날 의심하는 거야?"

"아니, 아니야. 그렇게 들렸다면 미안해. 당신이 범인이 아니란 건 알아. 나도 직감이란 게 있다구. 다만 이상하다고 생각했어. 그렇게 스치듯 본 남자를 그렇게까지 뚜렷하게 기억할 수 있다는 게…… 일반인들한테는 불가능한 이야기잖아?"

그녀의 말은 옳았다. 진곤도 고개를 끄덕이는 수밖에 없었다.

"나도 알아. 하지만…… 기억이 났어, 기억이 났다구. 파노라마처럼, 무너진 댐처럼 기억의 홍수 속에서 이 남자의 얼굴이 밀려 나왔어. 그래서 나도 모르게 쫓아온 거야."

"어쩐지 개연성이 없는 이야기이긴 하지만… 사실 뭐, 이 세상이란 곳이 원래부터 개연성이 없는 곳이지. 옆 나라인 중국만 해도 별 희한한 사건이 다 생기니까. 이쯤 되면 이 남자가 이계에서 넘어왔다고 해도 별로 놀라지 않을 것 같아."

진곤은 혜영의 너스레에 쓴웃음을 지었다. 동시에 스스로에게 놀랐다. 이토록 편안하게 여자와 대화해 본 적이 없었던 것이다. 그것도 이런 급박한 상황에서. 진곤은 화제를 바꿨으면 했다. 궁금한 것이 한두 가지가 아니었다.

"그보다 당신 이야기를 듣고 싶어."

"내 이야기?"

생각에 잠겨 있던 그녀는 진곤의 말에 눈을 살짝 치켜뜨더니, 조용한 웃음을 터뜨리며 작게 덧붙였다.

"글쎄, 그런 걸 들어도 별로 재미없을 텐데. 믿지도 않을 것 같고. 그래도 듣고 싶어?"

"책임을 지라는 말인가?"

"어머, 남자가 그런 말을 함부로 하면 곤란해."

"……."

그녀의 말에 진곤은 또다시 얼굴을 붉힌 채 침묵의 향연을 이어갔다. 정말 당해낼 수 없는 여자다. 혜영이 그런 진곤을 재미있다는 듯이 지켜보더니, 입을 열었다.

"좋아, 말해주겠어. 대신 나를 도와줘야 해. 그럴 수 있지?"

진곤은 찰나를 두고 고개를 끄덕였다. 어차피 휘말렸다. 도와주지 않을 수 없는 상황인 것이다.

"그래, 그래야 남자지. 제법 마음에 드는데?"

멋쩍은 표정으로 고개를 돌리는 진곤을 바라보던 혜영은 곤란한지 시선을 창가 쪽으로 돌리더니 이내 문장을 고르기 시작했다. 언제나 그렇지만 뭔가 설명을 시작할 때는 첫 문장 만들기가 제일 힘든 법이다.

"음, 난 그러니까… 에이, 설명하기가 애매하네. 굳이 그럴듯한 단어를 꼽자면…… 그래, 난 사이코메트리야. 사이코메트리가 뭔지 알아?"

진곤은 고개를 끄덕였다.

하지만 이건 너무 만화 같은 전개가 아닌가.

사이코메트리. 언젠가 책에서 읽은 기억이 났다. 특별한 영지(英智) 같은 것을 발휘하는 초능력의 일종. 그중에서도 투시(透視) 계열에 속하는 능력이다.

사람이 머물렀던 장소나 사용했던 물건에는 마치 기억이 냄새처럼 남는데, 그런 흔적들을 통해 피해자의 행방을 추적하는 사람을 두고 사이코메트리라 칭한다. 인간을 넘어선 초감각적 지각을 통해 믿을 수 없는 능력을 발휘하는 자들.

진곤이 알은 체를 해왔다.

"G. 크로켓 정도라면 나도 알고 있어."

"G. 크로아젯이겠지."

괜히 말 꺼냈다가 본전도 못 찾았다. 진곤은 앞으로의 언행에 주의할 것을 굳게 결심했다. 그걸 보던 혜영이 피식 웃었다.

"흥, 그 녀석은 사기꾼이야. 내가 진짜지."

지금이 타이밍이다. 진곤은 안색 하나 변하지 않고 재빠르게 말을 붙였다.

"그런데 사이코메트리가 그렇게 흔한 거였나?"

"모 실험 결과에 의하면 남자는 열 명 중 한 명, 여자는 네 명 중 한 명이 그런 종류의 능력을 가지고 있다지. 사실 그 능력을 자각하고 사용하는 사람은 거의 없지만…… 아주 없는 것도 아니지. 실제로 우리나라만 해도 나 말고도 사이코메트리가 꽤 있어. 사이코메트리끼리는 서로 간에 공유하는 특정한 기운을 느낄 수 있거든. 최근 들어 부쩍 증가한 느낌이지만……."

그녀 또한 그런 케이스였다. 갑자기 예지력이 강해진 것은 언제부터였던가. 스쳐 가는 것은 있었다. 그래, 그 게임을 시작하고부터다.

화제를 돌리는 데 성공했다는 기쁨에 슬그머니 입꼬리가 올라가는 진곤을 본 듯 만 듯, 혜영은 깊게 침잠하는 눈동자로 창밖을 응시했다. 혜영이 그 사건을 맡기로 결심한 것에는 그녀가 가진 영지가 깊이 작용하고 있었다. 사진을 본 순간 느꼈던 기묘한 기시감 같은 것이 그녀의 초감각을 날카롭게 자극했던 것이다.

"그거, 아무 때나 막 발휘되는 거야?"

"음, 확실히 내 의지로 쉽게 컨트롤할 수 있는 건 아니지. 뭐랄까… 청각에 비유할 수 있어. 넌 자신의 의지로 소리를 듣지 않을 수 있어?"

"손으로 귀를 막으면……."

"손을 사용하지 않았을 때의 이야기야. 손을 사용하면 물론 소리를 듣지 않을 수 있겠지. 하지만 보통은 그렇게 하지 않잖아? 듣고 싶은 소리든 듣기 싫은 소리든 인간은 소리를 듣게 되지. 내 초감각도 그와 같아. 일단은 '느끼게' 되는 거야."

"생각보다 편리한 능력은 아닌데…… 불편하지 않아?"

"그렇지. 하지만 그렇게 불편하지는 않아. 청각이 항상 열려 있지 않으면 듣기 싫은 소리와 듣기 좋은 소리의 구별도 없어지겠지. 모든 소리를 다 듣지 않는 한 그런 구별도 이루어질 수 없으니까. 하지만 듣기 싫은 소리도 계속 듣다 보면 익숙해지지? 청각에 신경 쓰지 않는 요령도 생기게 되고. 내 초감각, 영지도 그와 같아."

"다른 형사나 수사관들은 네가 그런 능력을 가지고 있다는 걸 알고 있어?"

진곤은 이미 대답을 알면서도 넌지시 질문을 던졌다.

"당연히 모르지."

"그런 능력이 있다고 왜 수사관들에게 말하지 않았어? 사이코메트리 능력을 쓰면……."

"대한민국, 또는 세계의 수많은 미해결 사건들을 수사할 수 있겠지."

"……."

"하지만 그런 짓을 했다간 내가 위험해진다구."

"왜?"

진곤은 순간 그 의문이 바보 같았다는 것을 깨달았다.

"모르겠어? 그렇게 내가 나서서 사건들을 다 해결하며 다닌다고 생각해 봐. 분명 커다란 사건을 수사할 때마다 난 도구처럼 사용당하겠지. 내 영지의 한계도 명확하지만, 그런 짓을 계속 벌이게 되면 적이 생긴단 말야."

"대한민국 경찰이 그렇게까지 무능하리라고 생각되진 않는데. 당신 하나쯤 보호해 주는 건……."

"뭘 모르나 본데, 적은 외부가 아니라 내부에 있어. 늘 적은 내부에 있지."

무슨 말인가 하고 당황하던 진곤은 뒤늦게 그녀의 말을 눈치 챘다. 적은 내부에 있다.

부정부패를 서슴없이 저지르는 고위층의 인간들이 그녀가 자신의 치부를 캐도록 놓아둘 리가 없다.

그런데 그런 그녀가 독단으로 자신의 능력을 사용해 사건에 뛰어들었다는 것은 무엇을 의미하는 것일까. 심지어 자신의 목숨마저도 등한시한 채.

"이번 사건, 그렇게까지 위험한 사건이야?"

진곤은 남자의 이마에 손을 갖다 대며 말했다. 혈색이 창백해지는 만큼 몸의 열도 점차 빠져나가고 있었다. 이대로라면 죽게 될 것이다.

부디 다시 깨어나 줬으면 좋겠는데…….

혜영이 미미하게 고개를 끄덕이며 말했다.

"무지막지하게 위험한 사건이지, 아마도."

*　　　*　　　*

막상 사건이 벌어진 장소에 도착한 혜영은 커다란 혼란에 휩싸였다. 희뿌연 시야 속에서 굳어져 가는 세련된 형틀의 구조물. 창백한 유리벽이 붉게 물들어가며 광기와 절망의 거대한 덩어리가 되어 피부 세포로 스며들었다.

희미한 현기증과 함께 밀어닥쳐 오는 기억의 단편들. 혜영은 그 뾰족한 가시에 난자당한 채 몸을 부르르 떨었다.

스스로의 몸을 껴안은 두 손이 하얗게 변해간다. 소름 끼칠 만치 강렬한 증오가 그 장소를 혼탁하게 뒤덮고 있었다. 대체 이 강렬한 증오는 어디서부터 온 거지? 대체 왜, 어떤 잘못을 저질렀기에 이런 증오의 대상이 되는 걸까.

마치 폭풍처럼 휘몰아치는 그 감정의 소용돌이를 벗어난 후에야 혜영은 간신히 숨을 몰아쉬었다. 그녀는 사건의 장소마다 비슷한 감정을 함유한 다른 기억의 단편을 읽어냈다.

어두컴컴한 동굴, 희미한 빛이 들어오는 신전, 침침한 수목으로 둘러싸인 열대 우림. 그 기억의 조각들은 마치 현실에는 존재하지 않는 것처럼 미증유의 안개와 함께 감정의 틈새를 부유하고 있었다. 대체 세상의 어디쯤에 있는 장소일지 짐작도 가지 않았다.

게다가 사건이 벌어진 곳은 하나같이 철통같은 경비가 이루어지는 곳이었다.

중국 대사관 앞, 모 기업의 지하주차장, 그리고 국회의사당의 정문……. 의문이 남는 것은 그뿐이 아니었다.

누군가가 이 사건을 은폐하려 하고 있다!

누구도 손대려 하지 않았던 사건, 용의자가 너무도 명백하기에 쉬쉬 덮고 지나가려 했던 사건…….

왜, 증거가 이것밖에 없는 걸까?

상부에 추가 자료를 요청했으나 이런저런 핑계와 함께 거절당했다. 상식적으로 이해가 되지 않았다. 남아 있는 자료가 고작 사진 몇 장과 용의자의 진술을 담은 파일뿐이라니. 사건이 벌어진 장소는 CC TV가 있는 곳도 있었다. 이렇게 중요한 인물들이 살해당했는데 증거가 이것밖에 되지 않을 리가 없는 것이다.

혜영은 별수없이 가지고 있는 증거들을 가지고 사건을 유추해 가기로 했다. 추리는 '연쇄살인'이라는 단어의 의미에서부터 출발했다. 서로 다른 살해사건에, 서로 다른 피해자. 그럼에도 불구하고 연쇄라는 단어가 떠오른 이유는 무엇이었을까.

혜영은 용의자들의 심문 결과를 하나하나 살피고, 프로필들을 세세하게 검토하며 모종의 공통점을 찾아나갔다. 용의자가 다름에도 연쇄라는 말이 떠오른 이유는, 어쩌면 용의자들 사이에 공통점이 있기 때문일지도 모른다는 생각이 들었던 것이다.

그러나 아무것도 발견할 수 없었다. 증거는 완벽하게 포장되어 있었고, 그 증거만 놓고 봤을 때 범인에 대해서는 의심할 여지가 없었다. 어떤 일이 있던 간에, 그 일은 다른 사람의 눈앞에서 '확실하게 일어나 버렸기' 때문이다. 어떤 용의자는 20대의 대학생이었고, 어떤 용의자는 30대의 중년 작가였다. 심지어는 열아홉의 고등학생도 있었다. 그것도 여학생.

"말도 안 돼!"

프로필을 읽으면 읽을수록 기가 막혔다. 이건 있을 수 없는 이야기다. 고작 열아홉 살짜리 여고생이 무슨 배짱으로 대기업의 회장을 암살한다는 말인가? 게다가 범인은 고도의 훈련을 받은 경호원을 둘이나 찔러 죽였다. 다행히 그 사건은 암살 미수에 그쳤지만, 상식적으로 납득할 수 없는 이야기였다.

이건 누명이다. 진짜 범인은 따로 있어. 이런 걸 뉴스에 내보냈단 말야? 그런 생각을 할 수밖에 없었다. 혜영은 결국 머리를 쥐어뜯으며 서류철을 집어 던졌다. 대체, 누가, 왜, 사건을 은폐하려 한단 말인가.

"하아……."

혜영은 냉장고에서 페트병을 꺼내 차가운 녹차를 따랐다. 헝클어진 머리를 뒤로 쓸어 넘기며 소파에 주저앉는다. 텔레비전이 또 뭔가를 지껄여 대고 있었다. 오늘의 뉴스?

"최근 게임 중독 문제가 심각한 사회 문제로 떠오르고 있습니다. 얼마 전 출시된 가상현실 게임 론도의 등장 이후, 일부 민간 단체에서……."

재미없다. 게임 중독이 하루 이틀 얘기도 아니고.

담백한 냉녹차 특유의 향기가 입 안을 채우는 것을 느끼며, 혜영은 천천히 눈을 감았다. 그녀 또한 게임을 좋아했기 때문에 저런 걱정이 기우라는 것을 잘 알고 있었다.

FPS(First Person Shooting)처럼 총기를 사용해 적을 제압하는 게임이나, 실시간 격투 게임이 인기를 끈다고 해서 실제로 총기를 사용하고, 또 격투게임처럼 싸우고 싶어하는 인간은 없다.

인간의 가치관은 현실과 비현실을 두고 철저하게 구분되어 있는 것이다. 어디까지나 게임은 컴퓨터라는 매개를 통해 이루어지는 일종의 환상일 뿐이고, 현실의 연장선이니 어쩌니 하는 그럴듯한 말을 아무리 갖다 붙여도 결국 게임은 게임에 지나지 않는다, 라는 것이 그녀의 지론이었다.

그런데 다음 말이 그녀의 귀를 사로잡았다.

"가상현실 게임의 등장은 기존 젊은 층의 가치관 혼란을 더욱 가중시켜 온라인 범죄뿐만 아니라 버지니아 공대 총기 사건의 공포를 다시 한 번……."

순간 꺼림칙한 전류가 그녀의 뇌리를 훑고 지나갔다. 뭐지, 방금 그건? 뻣뻣하게 굳은 손이 빈 찻잔을 바닥에 내려놓는다. 텅 빈 동공은 뭔가를 빠르게 읽고 있었다. 손가락에서 시작된 떨림은 이내 어깨까지 확대되었다. 그녀는 황급히 방으로 달려갔다.

혜영은 주변인의 진술을 담은 서류를 다시금 펼쳤다. 그리고 일일이 밑줄을 그어가며 읽던 내용 중에서 초록색 형광펜으로 덧칠이 되어 있는 부분을 찾아내었다.

"뭐야…… 이거?"

황망한 목소리가 허탈감에 젖어든다. 설마했지만, 이런 걸 놓칠 줄이야. 어쩌면 자신의 선입견 때문이었는지도 모른다. 아닐 거라는, 그럴 리 없을 거라는…… 혜영은 자신의 주관이 객관적인 정보 파악에 있어 얼마나 큰 장해가 되었는지를 뒤늦게 통감했다.

"그 양반, 게임을 정말 좋아했어요. 심지어는 첫날밤에 일을 치르고 나서도 게임부터 찾았다니까요."

"게임을 얼마나 좋아하는지…… 고1 때부터 그랬어요. 공부하라, 공부하라 해도 항상 컴퓨터만 켜면 게임만……."

"그 녀석, 아주 게임에 미친놈이었어요. 전부터 프로게이머가 되고 싶어했는데……."

모두 다른 용의자들이었음에도 그들의 주변인들이 한 진술에는 공통점이 있었다.

　용의자들은, 모두 게임 중독이었다.

＊　　　＊　　　＊

　이야기를 모두 들은 진곤은 약간 황당하다는 표정이었다. 그는 어느 정도 납득은 하지만 완전히 신용할 수는 없다는 투로 입을 열었다.

　"그래서 고작 그 정보만을 가지고 이 남자를 찾아낸 거야?"

　"무슨 말도 안 되는 소리를. 내가 무슨 초능력자인 줄 알아?"

　"사이코메트리잖아?"

　"여자 네 명 중 한 명은 그런 능력이 있다니까?"

　"그건 네 의견이고…… 아무튼."

　차라리 세상의 모든 소녀들이 타임루프를 한다는 말을 믿겠다. 진곤이 그런 생각을 하는 동안 혜영이 설명을 시작했다.

　"음, 처음 이 남자의 존재를 눈치 챈 것은 사진을 분석하는 와중이었어. 사실 용의자들이 게임 중독이었다는 사실과는 아무 관계도 없지. 게임 중독과 이 사건이 모종의 관련이 있다는 것은 확실하지만, 그건 어디까지나 우연일 가능성도 배제할 수 없을뿐더러 단지 내 의견일 뿐이야. 요즘 대한민국 20대의 30퍼센트가 게임 중독자라는 말이 괜히 나온 게 아니니까."

　그 말을 들은 진곤은 고심하기 시작했다. 말에서 자신이 이곳에 오게 된 실마리라도 찾은 것일까.

"이 남자는 기이하게도 대부분의 사진 속에 찍혀 있었어. 그것도 항상 같은 복장으로. 나 이외의 사람들도 그걸 눈치 챈 것 같지만, 그렇다고 해서 얼굴도 제대로 나와 있지 않은 사진에서 몽타주를 추출해 낼 수는 없었겠지. 범인이라는 확신도 없는데다가……."

그녀가 아니라면 사진에서 남자를 발견했더라도 쫓을 방법이 없었을 것이다. 오직 그녀였기에 가능한 일. 진곤은 문득 그런 말이 떠올랐다.

인간은 항상 주어진 사명을 가지고 태어난다.

"이 남자가 살인사건의 범인이야?"

"이야길 끝까지 들어. 내가 이 남자를 처음 발견한 것은 몇 시간 전이었어. 오늘 뉴스 봤어? 국회의원 살인 미수 사건. 속보가 뜨자마자 바로 이 장소로 달려왔어. 그리고 근방을 이 잡듯이 뒤져서 이 남자의 흔적을 읽어냈어."

"그래서 쫓아왔단 말이군."

"응. 이 남자가 범인이냐고 물어봤지? 내 의견은 'No' 야."

"범인이 아니라고?"

"범죄 현장에 있었다는 것만으로 범인으로 몰아붙일 수 있다면 세상에 그토록 많은 미해결 사건이 존재할 이유가 없지. 다만, 이 남자는 뭔가를 알고 있을 거라는 생각이 들어. 범인이든 범인이랑 관계가 있든, 어떤 식으로든 사건과 연결이 되어 있을 거야. 나는 알 수 있어."

그 정도야 누구나 알 수 있을 것 같은데.

진곤은 입술을 잘근잘근 씹으며 그녀의 말을 경청했다. 이제 어정쩡한 자세로 사건에 대응하는 것은 불가능해졌다. 너무도 확실하게 그는 '휘말려' 버렸다.

"사실, 내 생각에 확신이 없었는데 말이지……."

진곤은 그렇게 말을 꺼냈다.

"내가 회사에서 잘린 이유가… 이 남자를 봤기 때문이 아닌가, 하고 생각하고 있거든."

"그건 또 무슨 소리야?"

혜영이 무슨 미친놈 보듯 그를 바라보자, 진곤은 자신이 정상이라는 것을 증명하려는 듯 빠르게 말을 덧붙였다. 레볼루셔니스트에 처음 입사하고, 게임 속 해변에서 남자를 발견하기까지의 이야기.

혜영은 흥미로운 표정으로 그의 이야기를 듣더니, 레볼루셔니스트가 등장하는 부분에서 표정을 딱딱하게 굳혔다.

"잠깐, 레볼루셔니스트라고? 그거 론도 만든 곳 아냐?"

그녀는 그 말을 꺼내고는 잠자코 입을 다물었다. 그 기이한 침묵에 불안을 느낄 무렵, 혜영이 다시 입을 열었다.

"내가 이 남자를 발견한 곳도 레볼루셔니스트 근처였던 것 같은데……."

게임 속에서 남자를 발견했다. 그리고 에러 메시지가 떴고, 얼마 후 회사에서 잘렸다. 이유는 불명.

"조금 지나친 비약이기는 하지만, 만약 네가 이 남자를 봤기 때문에 잘린 거라면……."

순간 섬뜩함이 가슴을 스쳤다.

"너, 가족 있어?"

"난 고아야."

진곤의 담담한 대답에 혜영이 살짝 미안한 듯 눈을 깔았다.

만약 회사의 기밀을 그가 엿본 것이라면 그를 가만히 놓아
둘 리가 없다. 누군가가 조직의 기밀을 엿보았을 때 조직이 대
상에게 취할 수 있는 행동은 두 가지로 좁혀진다.

자신의 그룹으로 끌어들이는 것과 제거하는 것. 그리고 레
볼루셔니스트는 그런 배진곤을 잘랐다. 단지 이 남자를 게임
속에서 봤다는 이유로. 아무것도 모르는 신입사원인 그를.

"어쩌면 너 지금… 굉장히 위험한 상황인지도 몰라."

심각한 시선을 심각한 표정으로 맞받은 진곤은 주인을 잃고
비탄에 빠진 강아지 같은 눈으로 그녀를 보았다. 어쩌면 좋아.

"푸핫……."

"왜 웃어?"

"아니, 그냥."

혜영은 이렇게 귀여운 남자는 처음이라고 생각했다. 얼마
전 게임 속에서 만났던 그 녀석들도 제법이지만, 이 남자
는…….

그리고 바로 그때.

"으……."

한참 동안 사경을 헤매던 남자가 악몽을 헤치고 깨어났다.

눈꺼풀이 파르르 떨리더니 이내 천천히 들어 올려졌다.

"여긴… 어디?"

다음에는 '나는… 누구?' 라고 할지도 몰라. 혜영은 그런 소리를 잘도 지껄였다. 참 형식적인 질문이었지만, 지금 상황에서 그 이상가는 질문도 없으리라. 남자의 의식이 어느 정도 돌아온 듯하자 혜영이 부지중에 고개를 끄덕였다.

"자세한 건 알 것 없고, 아무튼 안전한 곳이야."

상황을 제대로 알려주지 않은 남자에게 복수하는 듯한 말투였다. 남자가 자리에서 일어나려 하자 진곤이 애써 만류했다. 그러나 남자는 끝내 그의 손길을 뿌리치며 일어나 앉았다.

"안전한 곳?"

처음으로 남자의 얼굴에 표정 같은 것이 나타났다. 그것은 비웃음에 가까웠다. 콜록거리며 피 섞인 기침을 토해낸 그는 초점없는 눈으로 혜영을 바라보았다.

"안전한 곳은… 없다. 빨리 도망쳐야 해."

"그게 무슨……."

"어서, 시간이 없다."

남자는 쥐어짜내듯 말하고는 배를 움켜쥐었다. 스스로도 죽음이 임박했음을 깨달은 것이다. 그때, 초인종이 울렸다.

"계십니까? 택배입니다."

혜영은 일어나서 인터폰에 비치는 남자를 유심히 관찰했다. 자신은 물건을 주문한 적이 없었다. 홈쇼핑이라고는 지독히 싫어하는 그녀였다.

게다가 택배를 붙일 만한 사람도 없다. 연말이나 한가위도 멀었기에 통신회사에서 명절 선물을 붙여줄 일도 없다. 거기에 생각이 미치자 택배회사의 점퍼 사이로 하얀 와이셔츠 깃이 눈에 보였다. 삐죽 솟은 검은 양복의 재킷이 안쪽으로 드러났다. 어설프군.

"놈들이 왔다. 빨리 달아나!"

남자는 쥐어짜듯이 외치며 몸을 힘겹게 가누더니, 다시 픽하고 쓰러져 버렸다. 하지만 어디로? 혜영과 진곤은 동시에 창밖을 보았다. 여긴 2층이다. 혜영은 창밖으로 살짝 얼굴을 내밀어 주택가의 골목길을 확인했다. 모퉁이 옆으로 미심쩍은 검은색 세단이 대기하고 있었다. 그녀는 안력을 집중하여 탑승자를 확인했다.

"안에 아무도 없는 것 같아. 기회라면 지금뿐이야."

현관문이 들썩이고 있었다. 그들은 자신들이 이곳에 있다는 걸 알고 왔다. 진곤이 타이밍 좋게 입을 열었다.

"잠깐만, 이 사람이 혹시나 살인사건의 용의자라면 차라리 저 사람들한테 넘겨주는 게……."

"네 눈엔 이 남자가 용의자처럼 보여? 그리고, 저 사람들이 경찰 같니?"

입을 다물 수밖에 없었다. 남자는 차치하고서라도 밖의 남자들이 경찰처럼 보이지는 않았다.

"제길…… 또 빌어먹을 음모야. 아주 지긋지긋한데."

이런 상황을 여러 번 겪어본 것처럼 말하는 폼이 아주 일품

이었다. 소설에나 나올 법한 상황에서도 혜영은 침착하게 박스에서 로프를 꺼내 창틀에 단단히 묶었다.

과연, 하고 생각해 볼 만한 몸짓이다.

"2층이니까 대충 잡고 뛰어내려. 시간없으니까."

혜영은 그 말을 마치고 먼저 로프를 타고 내려갔다. 여검사 주제에 군인처럼 능숙한 몸놀림이었다. 요즘 여검사들은 다 저런가? 진곤은 입술을 삐죽이며 남자를 안은 채 로프를 잡았다. 군대에서 유격 훈련을 마친 후 처음 잡아보는 로프였다. 우람한 체격의 진곤이었기에, 조금 힘들긴 해도 가벼운 남자를 안고서 줄타기를 하는 것이 어려운 일만은 아니었다.

진곤이 밧줄을 타고 뛰어내릴 무렵, 현관문의 경첩이 폭발할 듯 삐걱거리며 왈칵 문이 열렸다.

바닥에 착지했을 때는 이미 그녀가 자신의 흰색 프라이드를 끌고 대기해 있었다. 남자를 뒷좌석에 밀어 넣은 진곤은 뛰어들 듯 조수석에 탑승했다. 우렁찬 엔진 소리와 함께 피격음이 들려왔다.

총알 몇 발이 차의 트렁크에 맞은 모양이다. 그 소리를 들은 진곤의 까무잡잡한 얼굴이 하얗게 질렸다.

"우리 정말 엄청난 사건에 휘말려 버렸네."

"참, 너 몇 살이야?"

혜영은 눈부신 드리프트를 하는 와중에도 용케 그따위 질문을 던졌다. 진곤은 조금 어이없어 하면서도 지금까지 나이도 모르는 사이에 잘도 대화를 이어갔다 싶은 생각을 했다. 이 여자에겐 그런 신비함이 있었다. 대답이 없자 혜영이 다시 말을 채갔다.

"난 스물여덟. 넌?"

"스물일곱."

"앞으로 누나라고 불러."

이런 상황에도 나이를 챙기는 그녀의 자존심에 조금 당혹스러웠지만 지금 당장 죽을지도 모르는데, 나이 같은 게 뭐가 중요하랴. 그래서 진곤은 이렇게 말해주었다.

"생각해 보고."

*   *   *

음울한 공기가 일정한 밀도를 유지하며 떠다니고 있었다. 채광이 원활하지 못한 듯, 어두운 실내에는 공허를 대신하여 미묘한 긴장감이 흘렀다.

검은색 소파에 대치하듯 앉은 두 남자는 중앙의 체스판을 신중한 눈으로 노려보았다. 아직 게임을 시작하지도 않은 듯 말들은 석상처럼 우두커니 굳어 상대방의 진영을 노려보고 있었다.

시선과 시선이 부딪치며 수많은 수(手)들이 오간다. 폰을 먼저 움직이지 않고는 시작할 수 없다는 걸 알면서 누구도 먼저 손을 내밀지 않는다. 순서조차 알 수 없는 혼란스러운 대치다.

신비한 광채가 일렁이는 젊은 사내의 눈은 어둠 속에서도 요요하게 빛나고 있었다. 그러나 마주 앉은 중후한 인상의 노인 또한 결코 호락호락하지 않았다. 어두침침한 방 안에서도 영롱하게 빛나는 네 개의 별은 그가 군인이라는 것을 말해주고 있었다. 그것도 무시무시한 직위의.

보이지 않는 수 싸움. 애초부터 둘은 체스를 하고 있던 것이 아니었다. 둘은 서로의 눈빛에서, 생각에서 어떤 거대한 흐름을 읽어내고 있었다. 그것은 흡사 작은 전쟁과 같았다.

딸깍.

흐름을 깬 것은 긴장을 뚫고 흘러들어 온 경첩 소리였다. 희미한 복도의 불빛이 흘러들어 옴과 동시에, 옅은 인영이 비쳤다. 클래식한 정장을 단정하게 갖춰 입은 중년인이었다. 그 마저 자리에 들어서자 사회를 대변하는 모든 종류의 상위 클래스가 한 자리에 모두 모인 듯한 공기가 흘렀다.

깨끗한 얼굴과 입에 발린 듯한 미소는 그가 언론 계통에서 일하는 사람이라는 것을 단적으로 암시하고 있었다. 노인은 그런 그의 모습이 못마땅한지 눈썹을 살짝 찡그렸다.

"늦었군. 다른 두 사람은?"

"오늘은 제가 대표로 왔습니다."

"대표라……."

그 읊조림에 언론인이 찔끔하는 기색이었다. 노인은 말을 이었다.

"자네가 다른 두 사람의 의지를 진정 대변할 수 있는가?"

이 일은 보통 심각한 일이 아니라는 것처럼 노인의 표정에는 뜻밖의 진지함이 가득 서려 있었다. 눈빛을 받은 남자는 몹시 부담을 느끼는 것 같았다. 묵묵히 한숨을 내쉰다.

"적어도 민찬기, 그 친구만큼은 제가 대신할 수 있습니다. 하지만 다른 한 사람은……."

"제대로 책임을 져 줬으면 싶네."

"…알겠습니다."

남자가 자리에 착석하자 테이블에 불이 밝혀짐과 동시에 방의 한 칸을 차지하고 있던 고급 브라운관이 켜졌다. 역시나 뉴스가 흘러나오고 있었다. 스피커는 간신히 숨통이 트인 사람처럼 허겁지겁 말을 쏟아내기 시작했다.

세 남자는 그것이 신성한 경전이라도 되는 양 진지한 눈길로 말을 경청했다. 뉴스에서는 살인 사건을 보도하고 있었다. 화면은 거리 곳곳에서 벌어지는 젊은이들의 시위 화면과 의문의 피살 사건을 중점적으로 다루고 있었다. 보도가 계속될수록 방 안의 공기도 차갑게 굳어갔다. 언론인은 특히 송구스러운 표정이었다.

올해는 기묘하게도 시위의 열기가 더 뜨겁다, 라는 식의 말을 쏟아내던 기자는 단출한 인사를 마지막으로 자신의 할당량을 마쳤다.

다시 브라운관이 앵커의 모습을 비추자 언론인이 리모콘을 내밀어 볼륨을 줄였다. 표정이 침통했다. 짧은 정적이 내려앉기 직전 젊은 사내가 입을 열었다.

"할 말 없습니까, 김 사장님?"

김 사장이라 불린 언론인은 큰 죄라도 지은 사람처럼 꾸벅 고개를 숙였다. 노인 또한 그를 불쾌한 표정으로 바라보고 있었다.

"첫 사건으로부터 벌써 한 달입니다. 이제 그들도 눈치를 챘을 겁니다. 언론 플레이를 펼치는 것도 슬슬 한계에 왔습니다."

김 사장은 불안한 듯 입술을 잘근잘근 깨물고 있었다. 그 모습을 보던 노인이 속으로 코웃음을 쳤다. 이 남자는 긴장도 연기하려 하는군. 그런다고 책임이 옅어지는 것은 아니야.

"신 회장님?"

김 사장이 조심스러운 눈길로 젊은 사내를 바라보았다. 그가 가진 힘 또한 막강하지만, 아직 그에게는 미치지 못한다. 명백한 먹이사슬의 피라미드 속에서 그는 좀 더 조심할 필요가 있었다.

"음."

신 회장이라 불린 젊은 남자는 살짝 난색을 표했다. 일순 어둠의 색채가 옅어지는 것 같았다. 뚜렷한 명암 아래에 미려한 사내의 얼굴 윤곽이 드러났다. 성환 그룹의 회장, 신민호.

"아직 시간이 더 필요합니다."

"얼마나?"

"최소한 석 달."

"무립니다, 그건. 잘 아시잖습니까."

김 사장이 비굴한 표정으로 자신의 두 손을 맞잡았다.

그때, 뉴스가 바뀌며 여당과 야당의 대표들이 화면에 잡혔다. 곧 시행될 선거 때문인지 얼굴을 붉힌 채 뭔가를 떠들어대고 있었다. 바나나 하나를 두고 다투는 원숭이들 같은 모양새였다. 조선시대 붕당의 대립도 이토록 비열하진 않았을 것이다.

최근 정권은 급격하게 변동을 일으키고 있었다. 여당과 야당, 양 세력 간의 팽팽한 심리전의 저울이 점차 한쪽으로 기울고 있었던 것이다. 그건 매우 미세한 차이였지만, 언제나 그렇듯 정권이란 그 가벼운 추의 존재에 의해 결정된다. 현재 세(勢)를 얻어가고 있는 쪽은 여당이었다.

"녀석들이 움직이기 시작했더군."

노인의 목소리에 처음으로 착잡함이 깃들었다. 불상 같은 노인도 초조할 때가 있나 보군. 신민호는 그런 생각을 하며 살짝 눈꺼풀을 내리깔았다. 노인은 그의 외조부였다. 58세의 나이로 합참의장에 오른 그의 외조부, 서정후는 현재 허수아비 국방부 장관을 앞에 세워두고 베일의 뒤에서 나라의 국방력을 장악하고 있는 불세출의 인물이었다. 그런 그가 긴장감을 보인다는 것은 그만큼 이 일이 중대사(重大事)라는 것을 의미했다.

녀석들이란 말이 칭하는 바는 너무도 명백하다. 모든 장관들이 여당 쪽에 가담해 있다는 것을 생각해 봤을 때, 그들이 칭하는 적이란······.

"쉽지 않습니다. 아무래도 이번 계획에는 타깃이 한정되어 있어서…….”

"알고 있어. 그래도 어차피 퇴물들은 선거권에서 밀려나게
돼 있어. 선거를 움직이는 쪽은 젊은 층이 될 테니, 신경 쓰지
말게."

한량없는 담담함. 젊은 회장은 그 모습에서 일종의 경외감
까지 느꼈다. 이것은 외로운 싸움인 것이다. 그것은 그 누구보
다도 노인, 서정후 자신이 분명하게 알고 있으리라.

무능력한 대통령에 무능력한 정권. 세상을 포기한 양 건성
으로 움직이는 다른 장관들. 다음번에도 정권을 잡을 수 있으
리라는 보장은 없다. 합참의장의 임기도 얼마 남지 않았다.

그것은 최후의 도박.

자신의 손에 이 노인의 꿈이 걸려 있다. 그것이 일장춘몽으
로 그칠지, 아니면 세기를 가르는 거대한 역사의 일부로 기록
될지…….

젊은 회장 신민호는 놀랍도록 침착한 손놀림으로 폰을 움직
였다. 동시에 상대방의 말이 죽는다. 노인은 당황하지 않고 말
을 움직였다. 그 표홀한 손짓에 감탄할 새도 없이 신민호의 다
음 말이 움직인다.

그 이후로는 일사천리였다. 둘은 마치 서로의 모든 수를 예
상하고 있었다는 듯이 말을 움직이고, 또 움직였다. 마치 유적
의 원형을 복원하는 양 조심스러우면서도 확실한 한 수 한 수
였다.

그러나 몇 분이 지나자 손의 속도는 점차 느려지고, 말을 옮

기는 데 걸리는 시간도 길어졌다. 김 사장은 손에 땀을 쥐게 만드는 긴박감 넘치는 승부를 보며 연신 작은 감탄사를 터뜨렸다.

서정후는 한참 만에 입을 열었다.

"시뮬레이션에는 문제가 없나? 군에서 쓰던 건데, 일반인에게 나쁜 영향을 끼치지 않을지 걱정이 되는군."

웃기는 군. 그런 사소한 것에 신경 쓸 당신이 아니야. 신민호는 슬며시 고개를 끄덕였다. 눈 밑이 살짝 뻣뻣해져 있었다.

"문제없습니다. 그만큼 많은 테스트를 거쳤으니……."

서정후가 급하게 그의 말을 잘랐다.

"저번에 말했던 그들은 어떤가, 이제 접촉했나?"

"아직 접촉하지 않았습니다."

"오래 기다릴 수 없네. 알고 있겠지? 이제 얼마 남지 않았어."

"알고 있습니다."

당신에게도, 그리고 저에게도.

"요즘 안 좋은 이야기가 많이 들려오더군. 윗물이 맑아야 아랫물이 맑은 법. 수질 관리 잊지 말게나."

"명심하겠습니다."

그리고 다음 순간, 노인의 마지막 수가 움직였다. 숭고해 보이기까지 하는 그의 웅장한 손놀림에 김 사장이 흡, 하고 숨을 멈추는 소리가 들려왔다. 체크메이트는 아니었으나, 어느 모로 봐도 신민호가 살아날 길은 보이지 않았다.

"더 필요한가?"

"아니, 됐습니다."

신민호는 순순히 패배를 인정했다. 서정후가 자리에서 일어서자, 김 사장도 기다렸다는 듯이 자리에서 일어섰다. 그로서는 이런 딱딱하고 무거운 자리가 달갑지 않았을 것이다. 인사를 받은 신민호가 가볍게 고개를 끄덕였다.

"전 조금 있다 가겠습니다."

"좋도록 하게."

노인은 내심 의기양양해 보였다. 늙었지만 아직 건재하다는, 젊은 층을 눌렀다는 것에서 오는 쾌감을 즐기고 있는 것일까. 신민호는 무표정한 얼굴로 대답했다.

"멀리 배웅하지 않겠습니다."

능구렁이 같은 영감…….

두 남자가 짧은 그림자와 함께 사라지자, 신민호는 나직하게 한숨을 쉬었다. 깊게 갈무리되어 있던 광기가 다시금 눈 위에 떠오른다. 그는 숨을 길게 들이키고는 끊어내듯이 말했다.

"들리는가? 이제 막 시작이란 말이지."

존재하지 않는 청중에 대한 의문을 품을 새도 없이 그의 하얗고 긴, 그럼에도 불구하고 답지 않게 강인한 손이 움직였다.

손가락은 천천히 체스판의 말을 집었다. 금속과 나무가 부딪치는 소리가 어둠을 부드럽게 유린한다.

그리고 그 말이 옮겨진 순간, 놀랍게도 노인의 말들은 모든 힘을 잃어버렸다. 어느 곳으로 움직여도 피할 수 없는 체크메이트. 그는 간단한 손짓 하나로 상대방의 왕을 죽여 버렸다.

남자의 광기는 다시금 깊게 침잠해 들어간다. 모든 것을 담을 그릇처럼 깊게, 그리고 더 깊게. 한참 만에 자리에서 일어난 남자가 문을 넘어 사라지자, 그곳에는 무기질적인 어둠만이 똬리를 튼 채 죽은 왕의 시체를 고요히 응시하고 있었다.

*   *   *

주거 지역을 벗어난 이후 차는 바로 고속도로에 진입했다. 마음껏 페달을 밟는 옆의 여자를 공포에 젖은 눈길로 훔쳐보던 진곤이 어렵사리 말문을 열었다.

"꼭 터미네이터 영화를 찍는 기분인데."

"그런 거면 차라리 낫겠다."

혜영은 씹던 껌을 창밖으로 퉤, 하고 뱉어버리고는 무시무시한 눈길로 전방을 쏘아봤다.

"차가 그거 밟고 미끄러지지 않을까?"

"알게 뭐야. 쫓아오던 놈들이 그렇게 되면 좋겠는데."

"그렇지만 당신, 검사잖아?"

챙챙챙!

"저는 검사입니다!"

혜영은 뭔가 굉장한 농담이라도 한 것처럼 의기양양하게 웃었다. 진곤은 뭐라고 쏘아주고 싶었으나 좀처럼 문장이 떠오르질 않았다. 대신 입을 연 것은 뒷좌석의 남자였다.

"재미없군."

"당신 들으라고 한 얘기 아니거든?"

그럼 설마 나 들으라고? 진곤이 망상의 나래를 펼치는 사이, 뒷좌석의 남자가 말을 이었다.

"어디로 가는 거지?"

"어디로든. 당신이 도망치라며? 뭐, 당신을 버리고 가는 방법도 충분히 생각해 볼 수 있었지만 버리지 않은 걸 고맙게……."

"이미 늦었어. 날 버려도 녀석들은 쫓아올 거다."

남자는 무시무시한 소리를 내뱉고는 힘겹게 폐를 움켜쥐었다. 지혈제로 막아둔 상처가 터진 모양인지 간헐적으로 새어 나오는 숨소리가 고르지 않았다.

'하나, 둘, 셋…… 젠장, 도대체 몇 대지?'

혜영은 사이드미러에 비치는 검은색 세단들을 흘끔흘끔 살피며 말을 걸었다.

"저 녀석들, 누구야?"

"…나도 확실히는 모른다. 아마 정부 쪽 인간들이 아닐까 싶다."

"요즘은 정부가 할 일이 그렇게 없나?"

혜영은 묵묵히 한숨을 쉬었다. 중요한 증거자료들의 입수를 막아두었을 때부터 어렴풋이 예상은 했다, 높은 곳의 나리들이 관련되었을 거라고. 하지만 그렇다고 해서 상상이 현실이 될 때의 쇼크가 사라지는 것은 아니다.

진곤이 비참한 얼굴로 말했다.

"…우리, 정말 큰일 난 것 같다."

"남자 녀석이, 호들갑 떨지 마."

혜영은 짐짓 태연한 척 말했으나, 실제로는 그녀도 무서워서 쥐구멍에 숨어버리고 싶은 심정이었다. 젊은 혈기에 저지른 사건이라기엔 너무 일이 커져 버렸다.

만약 진짜 정부라면 사태는 정말 심각하다. 기차나 비행기 같은 교통수단은 물론이고 곳곳에 설치된 검문소의 인간들도 조심해야 한다. 모두가 허수아비니 어쩌니 무시하는 정부지만, 실제로 개인이 상대하기엔 너무나도 거대한 단체다. 아니, 애초부터 상대가 안 된다.

"잠깐 사태를 정리해 보자. 당신, 왜 쫓기고 있는 거야?"

그래, 역시 문제는 그거지. 모든 것에는 인과가 있다. 그가 쫓기는 이유를 알아야 이 상황을 빠져나갈 만한 묘수를 생각해 낼 수 있을 것이다. 남자는 흐린 동공으로 혜영과 진곤을 번갈아 보더니, 이내 품속에서 뭔가를 꺼냈다.

"그건 뭐야?"

"이걸 건네주기 전에 너희들이 믿을 수 있는 사람인지 알아야겠다."

병자의 그것이라고는 믿기 힘들 만치 단호한 음색이었다. 진곤과 혜영은 그 박력에 순간 주눅이 들었다.

"어떻게?"

남자는 말없이 혜영과 진곤을 번갈아 보더니, 혜영을 집중해서 쏘아보았다. 백미러를 통해 남자와 시선을 맞추던 혜영이 갑자기 웃음을 터뜨렸다.

"얼굴 뚫리겠다. 지금 뭐야. 눈싸움해서 나한테 이기면 널 믿겠다, 같은 전개는 아니겠지?"

"너한테서 영지가 느껴진다. 넌 내 적인가?"

"뭐야, 너 바보구나?"

남자는 생긴 것답지 않게 의외로 멍청한 것 같다. 혜영은 그렇게 생각하며 말을 이었다.

"내가 적이었다면 넌 이미 죽었을 거야. 그리고 이 상황이 아직도 파악이 안 돼? 우린 너 때문에 지금 위험에 처했다고."

"너는 사이코메트리로군."

남자는 놀랍게도 혜영의 정체를 간파해 냈다. 서로 자기 말만 하는데도 용케 타협 라인이 형성될 분위기였다. 남자는 말 없이 칩을 건넸다. 백문이 불여일견이라고, 아마 그 칩이 그가 쫓기는 이유일 것이다.

"이거 때문에 쫓기는 거야? 이런 거 복사 안 해두고 뭘 했어? 지금 냅다 던져 버리면 저놈들 쫓아오다가 이거 회수하느라 정신없을 텐데."

"그 칩은 복사가 불가능하다."

"평범한 USB 같은데? 그럴 리가……."

진곤이 건네받은 칩을 곁눈질로 확인한 혜영이 불신 가득한 어조로 말했다. 혜영이 조수석 안쪽에 있는 개인용 노트북을 가리키자 진곤이 말귀를 알아듣고 칩을 컴퓨터의 옆면에 꽂았다.

"잠깐, 내가 확인해 볼래."

"…부탁이니까 앞이나 똑바로 봐."

"잠시 운전 좀 맡아줘."

이 여자는 고통 고집이 아니다. 진곤은 묵묵히 한숨을 쉬며 자리를 바꿔주었다. 고속도로인 데다 진곤의 몸집이 워낙 큰 탓에, 핸들이 순간적으로 휘청거렸다. 조수석과 운전석 사이에 낀 둘은 한참이나 끙끙거린 뒤에야 간신히 자리를 바꿀 수 있었다. 혜영이 피식 웃었다.

"어머, 몸을 섞어버렸네."

"…제발 그런 표정으로 무시무시한 소리는 하지 말아줘."

진곤이 얼굴을 붉히며 운전에 집중하는 동안, 혜영이 노트북을 켜고는 칩의 내용을 읽기 시작했다.

무슨 말을 들어도 놀라지 않을 것 같던 눈이, 화등잔만 하게 커지기 시작했다.

"세상에…… 이게 도대체 뭐야?"

순식간에 모니터를 뒤덮은 엄청난 양의 정보에, 혜영의 안색은 관에서 막 나온 사람처럼 파리해져 갔다. 이 모든 사건의 근원이 그 작은 메모리칩 속에 들어 있었다.

다음 순간, 뒷 트렁크 쪽에서 폭음이 터졌다.

"미친놈들……! 도심에서 총격전을!"

남자 또한 이렇게까지 나올 줄은 몰랐는지 몹시 당황한 표정이었다. 그는 결심을 굳힌 듯 트렌치코트의 단추를 잠그고 차의 뒷유리를 깼다.

"무슨 짓이야, 남의 차에!"

"그걸 가지고 도망쳐라. 내가 시간을 벌어줄 테니까."

남자는 그대로 뛰어내릴 기세였다. 당장 말려야 했지만 그럴 여유는 없어 보였다. 무슨 생각이지? 혜영은 다급한 와중에도 핵심을 찔렀다.

"잠깐, 당신은 도대체 누구고, 우린 어디로 가면 되는 거야?"

"나는 진령(眞靈)의 8인 중 하나, 회색안개의 진령, 스피카(Spica)다."

"무슨 헛소리야?"

혜영이 아연한 목소리로 되묻자, 진곤이 그런 건 아무래도 좋다는 듯이 말을 잘랐다.

"그건 됐고, 우린 대체 어디로 가면 됩니까?!"

"어디로?"

"안전한 곳 말입니다!"

"…그런 곳은 없다."

"뭐라고요?"

진곤은 필사적으로 헤엄쳐서 육지에 도착했는데 그곳이 무인도라는 것을 깨달은 침몰함의 선원 같은 심정으로 되물었다.

"죽음을 피해서 도망쳐라. 어디로 달아나든 결국은 죽음을 향하게 되겠지만. 가능한 멀리 돌아가도록."

"그런 식으로 말해주니 도망칠 의지가 사라지려 하네……."

혜영이 허탈한 목소리로 말했다. 남자는 죽음을 각오한 표정이었다. 비장미가 서린 남자의 얼굴은 근엄해 보였다.

남자는 혜영의 말에도 아랑곳 않고 그대로 차 밖으로 뛰어내렸다. 시속 120㎞로 달리고 있었으니 저대로 굴러 떨어지면 반드시 죽는다!

그리고 다음 순간, 남자의 몸이 안개로 변해 사라졌다.

안개는 쾌속하게 날아가 검은색 세단의 앞 유리를 덮쳤다. 검은색 승합차들이 단체로 미끄러지며 도로변에 우두커니 정지했다. 안개를 향해 총탄이 발사되었으나, 애초부터 통할 리 없었다. 총알은 허무하게 안개를 꿰뚫고 허공의 저편으로 사라졌다.

보닛이 파손된 세단에서 내린 푸른 머리의 사내는 선글라스를 벗으며 기괴한 미소를 지었다. 오싹한 한기가 감도는 목소리였다.

"제법이군, 스피카."

사내는 온몸에서 냉기를 발출하고 있었다. 등에 매고 있던 이도류를 손에 쥔 그는 얼음장 같은 눈으로 안개를 쏘아보았다. 곧 안개가 형체를 이루며 트렌치코트의 남자로 화했다. 방금 전의 안개화로 인해 몹시 지쳤는지, 옆구리를 틀어쥔 사내의 안색은 그 이상 나쁠 수 없을 만큼 심각해 보였다.

"진령의 8인 중 가장 약한 너를 보내다니, 영감도 늙었나 보군."

"냉기의 아크룩스(Acrux)……."

스피카는 짓씹듯 말을 내뱉었다. 빙결 계통의 능력을 사용하는 진령인 냉기의 아크룩스. 안개화 능력을 가진 스피카에게 있어서는 최악의 적이었다. 그의 안개화는 아크룩스에게는 제대로 된 힘을 발휘할 수 없다.

"이제는 청호(靑虎)라고 불리고 있지."

"배신자 새끼…… 피스가 사라지면 너희 리메인더도 살아남을 수 없어."

아크룩스는 사뭇 광소를 흘리며 스피카의 말을 받아넘겼다. 그는 이도류 자세를 고쳐 잡으며 휘황한 안광을 빛냈다.

"너의 안개화 능력은 까다롭지만, 내게는 안 통해."

게다가 안개화 능력은 5분 이상 시전할 수 없다. 이미 한계치에 가깝게 이능(異能)을 발휘한 스피카에게 같은 진령 중 하나인 아크룩스는 상대할 수 없는 적이었다.

"그건 해봐야 알겠지."

스피카의 몸이 다시 안개로 변했다. 회색안개의 끝이 송곳처럼 날카롭게 변하더니 스피카의 모든 방위를 점하며 쇄도해 갔다.

그러나 한순간 결빙결계가 펼쳐지며 절반 이상의 송곳이 부서져 나간다. 이어서 이도류의 칼날이 안개의 몸통을 스쳤다.

"무모하긴!"

안개가 괴악한 비명을 지르며 요동쳤다. 아크룩스는 안개의 송곳을 가볍게 피하며 틈을 놓치지 않고 얼음칼을 집어 넣었다. 빙결 저주에 의해 안개의 일부가 결정화되어 부스스 떨어졌다.

공격은 그치지 않았다. 나머지 송곳을 모조리 잘라 버린 아크룩스는 칼날을 세워 단숨에 안개의 몸통을 베었다.

두 토막이 나버린 안개는 몸을 부르르 떨더니 이내 어디론가 사라져 버렸다. 아크룩스는 황급히 주변을 살폈으나 안개의 종적은 묘연했다. 이윽고 배수구를 발견한 아크룩스가 혀를 차며 중얼거렸다.

"쳇, 도망쳤나."

아쉬운 듯 입맛을 다시던 그는 무전기를 꺼내 나직하지만 힘있는 목소리로 보고했다. 아직 끝나지 않았다는 투의 음색으로.

"놓쳤습니다."

EPISODE 014
Farewell, my fairy

　살짝 가열된 공기가 노트북의 잔잔한 소음이 정적 위를 부유하고 있었다. 기계적인 마우스 소리가 종종 리듬을 타듯 규칙적으로 침묵의 음악을 재단했다.

　"으음……."

　의문의 악사(樂士)는 수련이었다. 최근 뉴스를 보지 못한 그는 유명한 포털사이트에 접속하여 인터넷 뉴스를 찾아 읽고 있었다. 개중에서도 주목할 만한 뉴스는 사이버 매춘에 관한 것이었다.

　가상현실 게임 론도가 게이머들의 압도적인 지지를 받고 있는 가운데, 사이버 공간 내에서 불법적인 사이버 매춘이 흥행

하고 있다. 특히 사이버 공간이라는 이점과 실제로 육체관계를 맺지 않는다는 점을 악용하여 게임 속에서 성 관계를 가지고 돈을 받는 10대 소녀들이……

하, 맙소사.

수련은 기사를 보며 자신의 여동생을 떠올렸다. 물론 수연이가 그럴 리는 없겠지만, 론도를 못하게 막은 것은 정말 잘한 일이라는 생각이 들었다. 그다음으로 떠오른 것은 지아였다.

아냐, 괜찮겠지. 적어도 그녀는…….

수련은 애써 입술을 깨물며 계속해서 기사를 읽어갔다. 론도의 대중화 이후 사이버 공간의 윤리성에 대한 논란이 네티즌들 사이에서 심각하게 불거지고 있었다. 순결에 대한 개념이 소실되고, 현실을 도외시한 문란한 관계가 창출되고 있다는 것이었다. 껄떡대기 좋아하는 남자들이야 물론 달가워하겠지만…….

게다가 문제는 그것뿐만이 아니었다. 얼마 전 개정된 민법에 의해 기존의 만 19세 제한이 만 17세로 격하됨으로써 한창 하이틴 로맨스를 즐겨야 할 청소년들이 유해 매체에 노출되고 있었다.

사실상 법이 개정된 것도 기존 세대의 윤리관이 지나치게 투철하다는 것과 이미 초등학생 때 알 걸 다 알아버리는 청소년들의 현 세태를 모른다는 의견으로부터 출발했으나, 그래도 사이버 공간에서 10대 소녀가 매춘 행각을 벌이고 있다는 사실은 가히 충격적인 일이었다. 네티즌들의 댓글도 열화 같았다.

bokhaksang12 : 으아, 죽이던데? 진짜 하는 것 같더라고. ㅋㅋ

upkuk36 : 이럴 줄 알았지. 법 바꾸자고 할 때 알아봤어. -_- 아놔. 나라가 어떻게 되려고 그러는지…….

superb : ㅋㅋㅋ 오늘부터 론도 시작한다.

└ Re. ztarcraft88 : 미친놈.

내용들도 하나같이 가관이었다. 인터넷 사용 인구가 많은 만큼, 어딜 가나 정신 못 차리는 인간들은 늘 있다. 고등학교 때 배웠던 아노미 현상이 새삼 가깝게 느껴졌다.

추측하기 좋아하는 몇몇 네티즌들은 미성년자 보호법 변경 문제로 특히 기성세대의 반발이 강력했음에도 불구하고 법이 변경된 것은 아마도 론도의 출시 때문이 아니었을까, 하고 조심스레 댓글을 달고 있었다. 실제로 론도가 출시된 것은 유해 매체 관련 법규가 변경된 직후였던 것이다.

요즘 어른들은 아이들을 너무 모른다! 하고 강력하게 주장하던 국회의원의 얼굴이 지금도 선했다. 그 인간, 지금은 소리 없이 잠적해 버렸다지.

몇 년 전만 해도 이런 일이 현실의 문제로 등장할 줄은 상상도 못했다. 이로써 아마 론도에 관련된 민간 단체의 시위도 더욱 격해질 것이다. 특히 10대인 딸을 둔 부모들이라면…….

그다음으로 수련의 눈에 띈 기사는 한 남매의 가출 사건이었다. 그 기사는 매우 구석진 곳에 위치하고 있어서, 자세히 보지 않고서는 발견해 낼 수 없는 수준의 헤드라인이었다.

"남매 가출?"

자신도 모르게 그 단어를 중얼거리는 순간, 수련은 끔찍한 망상에 잠겨들었다. 세피로아와 이지너스의 모습이 파노라마처럼 머릿속을 스친다.

가상현실 게임 중독, 남매의 현실에 문란한 종말을 고하다.

평소에 게임을 즐겨하던 E양(22)과 E군(21)은 의붓 남매로 어릴 적부터…….

그 이상 기사의 내용이 눈에 들어오지 않았다. 내용은 하나같이 외설적이고 말도 안 되는 내용으로 가득 차 있었다. 문란한 성생활? 사이버 게임에 의해 비롯된 근친상간의 위협? 빌어먹을!

세상의 그 누가, 그 두 남매를 그런 시선으로 볼 수 있단 말인가. 기자 나리, 당신이 그 둘을 만나봤어?

수련은 헤어지던 날, 세피로아의 표정이 그다지 좋지 못하던 것을 기억해 냈다. 그것도 모르고 잘도 그런 말을 해버렸다니. 이런 멍청이가 따로 없다.

게임에 접속하면 꼭 사과의 편지를 쓰리라. 수련은 그렇게

다짐하며 속으로 가슴을 쥐어뜯었다. 수련은 차마 기사를 다 읽지 못하고 뒤로 가기 버튼을 눌렀다. 가출했단 말인가? 대체, 어디로?

세상에 그 남매가 안주할 수 있을 만한 곳은 어디일까.

수련은 그런 생각을 하며 메인 헤드라인 뉴스를 클릭했다. 여당과 야당의 대립에 관한 내용이었다. 잘은 알지 못했지만 한쪽 입장을 강조하여 쓴 편파 기사임에는 틀림없었다. 기사는 정치에 대해 무지한 수련도 한눈에 알아볼 수 있을 만큼 노골적인 문장들로 구성되어 있었다.

그런데 그때, 갑자기 심장이 한쪽이 뜨겁게 달아올랐다.

"으으……."

뭐지? 무엇 때문이지?

자문할 틈도 없이 감정이 타올랐다. 기사에 찍힌 발언대의 야당 엠블럼을 보는 순간, 그 불씨는 걷잡을 수 없을 만큼 커졌다.

가슴속 깊은 곳으로부터 증오 같은 것이 피어오른다. 마치 본능적인 방어기제에 억눌려 있던 무언가가 족쇄를 풀고 광분하듯이, 미증유의 분노는 심장의 고동을 잠식하고 내부에서 천천히 깨어났다. 붉게 충혈된 두 눈의 수련은 마우스를 붙잡은 채 천천히 자리에서 일어서고 있었다.

천천히 주먹을 쥔다. 주먹은 정확히 노트북의 중심을 겨냥하고 있었다. 시선은 다트처럼 엠블럼에 고정되어 있다. 추악한 감정의 날이 가다듬어진다.

파괴해야 해. 부숴 버려야 해. 세상에서 지워 버려야 해!

죽여, 죽여, 죽여, 죽여, 죽여!

"…오빠?"

순간 청명한 음성이 귓가를 파고들며 정신이 번쩍 들었다. 찬물을 뒤집어쓴 기분이었다. 바싹 달아오른 실핏줄이 가라앉고, 충혈된 두 눈이 자신의 여동생을 바라본다.

"울었어? 왜 눈이 빨개?"

"어?"

수련은 멍청하게 되물었다. 지금 내가 뭘 하는 거지? 맑은 여동생의 시선이 교차하자, 몽롱함과 어리둥절함이 동시에 뇌리 속을 가득 채우며 그를 혼란스럽게 만들었다.

"아하, 야한 거 봤구나? 저질!"

이상하게도 그녀의 농담에 대답해 줄 기운이 없었다. 다시 노트북 화면으로 고개를 돌렸을 때는, 이미 불타오르던 감정의 불씨는 잿더미가 되어 있었다. 그건 대체 뭐였을까.

수련은 꺼림칙한 기분으로 노트북의 종료 버튼을 누르며 방금 전의 일을 반추하려 애썼다. 그런 그가 걱정되는지, 수연이 그의 어깨를 감싸며 물었다.

"왜 그래, 오빠? 삐쳤어?"

"아, 아니…… 그냥."

"에이, 난 다 이해한다구. 엣헴."

뭘 이해한다는 건지는 모르겠지만, 수연은 양손을 허리에 댄 채 아직 발육이 덜 된 가슴을 당당히 폈다. 그 모습이 살짝 앳돼 보여서 수련은 피식 웃고 말았다.

"뭐야, 기분 나빠."

"미안."

"뭐, 그건 됐구…… 참, 오빠 다음 주 일요일에 시간있어? 있는 게 당연하겠지만."

묘하게 기분 나쁜 어조에 수련은 반발해 주고 싶었지만, 그녀의 말이 사실이었기 때문에 반박할 수 없었다.

"음…… 있긴 한데."

"응, 그럼 꼭 비워놔. 알았지?"

신신당부하듯 손가락까지 거는 그녀를 보며, 수련은 엉겁결에 약속을 해버리고 말았다.

"근데 왜?"

"비밀."

수연은 새침하게 윙크하며 부엌을 향해 종종걸음으로 사라졌다.

*　　　　*　　　　*

환한 빛무리가 사라지자, 녹색의 초원이 한눈에 들어왔다. 물감으로 어떤 색을 덧입히더라도 비할 수 없을 만큼 아름다운 천연의 빛깔이었다.

그의 언덕에는 이미 선객이 있었다. 순간 수련은 남자의 등이 아크의 그것처럼 보여 눈을 비볐다. 입에 물린 담배가 풀피

리처럼 보인 것은 한 순간. 남자의 고개가 움직이며 환상이 깨어져 나갔다.

"들어왔군."

"아, 제롬."

수련이 옅게 미소를 지으며 인사했다. 마침 단체 사냥을 다녀오는 길인지, 헨델과 슈왈츠를 비롯한 용병들이 수풀 사이를 헤치며 다가오고 있었다.

"여, 대장! 오늘은 늦었잖아!"

"그래."

수련은 가볍게 고개를 끄덕였다. 헨델은 꽤 괜찮은 무기를 습득했는지 싱글벙글한 표정이었다. 수련은 특급용병이 되어 용병들의 통제권을 완전히 손에 넣은 이후, 용병들의 자아제한을 풀어주었다.

수련 자신이 로그아웃할 시, 용병들이 자유롭게 행동을 하다가 그가 로그인하는 순간 제자리로 돌아오도록 설정해 둔 것이다. 아무 생각 없이 변경한 그 옵션이, 그토록 강력한 용병들의 신뢰를 얻는 기반이 될 줄은 몰랐다.

자신의 자유의사를 존중해 준다고 생각한 용병들의 충성도는 현재 맥스(MAX)에 가깝게 상승해 있었던 것이다.

수련이 제롬의 곁에 앉자 제롬이 휘유, 하고 담배 불을 껐다. 독특한 향초를 넣어 제조했는지 청쾌한 냄새가 났다. 제롬은 수련이 페르비오노를 떠난 직후부터 합류하여 지금까지 여행을 같이해 오고 있었다. 게임 시간으로 약 이 주일의 시간.

수련은 그동안 네크로멘서의 유적과 반시의 묘지를 클리어하는 쾌거를 거두었다. 마침 두 던전이 가까운 곳에 위치한 것도 있고, 몬스터의 레벨 수준이 지금까지 상대했던 어둠의 일곱 수장—데스나이트, 리치 등—들보다 떨어졌던 탓이라고 할 수도 있지만, 결정적으로는 환상술사 제롬의 도움이 컸다.

그의 환상결계가 아니었다면 네크로멘서의 흑마법에 곤욕을 치렀을 것이고, 반시의 스펙터(Specter)들을 쉽게 상대할 수 없었을 것이다. 수련은 지금껏 죽 동행하며 퀘스트를 도와준 제롬에게 내심 감사하고 있었다. 그리고 그를 소개해 준 세피로아도 고마웠다.

세피로아를 떠올리자 얼마 전 봤던 뉴스 내용이 떠올랐다. 조만간 마을에 들러서 전서구를 써야겠다.

"그 아이와 헤어진 후, 계속 침통한 표정이군. 이럴 거면 왜 그 아이를 데려오지 않았나?"

다른 생각을 하고 있었던 수련은 침음성을 흘리며 제롬을 돌아보았다. 그 아이, 하고 칭하는 말이 너무나 명백해서 오히려 감흥이 없었다. 그 무미건조한 미소가 슬퍼 보였는지, 제롬은 역으로 콧방귀를 뀌었다.

"흥, 젊음이란. 정말 요즘 젊은이들은 이해할 수가 없어."

아늑한 바람이 언덕의 아래쪽 능선을 타고 올라와 뺨을 간질였다. 짙은 노을에 달구어진 따스한 바람이었다. 브룸바르트의 언덕은 페르비오노의 그것과는 달랐지만, 그건 그것대로 이건 이것대로 색다른 맛이 있었다. 틈만 나면 잔디 언덕을 찾게 된 것은 언제부터였을까.

"잔디 언덕을 좋아하는 모양이군."

"싫어하지는 않습니다만."

"정말이지, 요즘 젊은이들은 직설적으로 말하는 걸 싫어해. 남자로 태어난 주제에 왜 그렇게 말을 빙빙 돌리는 거지? 싫어하지는 않습니다만?"

"어감상의 문제라고 생각해요."

수련이 이를 드러내고 웃자 제롬도 마주 피식거렸다.

"현실의 잔디 언덕에 누워본 적이 있는가?"

잠시 생각하던 수련은 이내 고개를 저었다. 그런 여유를 품을 만한 시간이 자신의 과거 속에 녹아 있었을 리 없었다.

"그런가. 그럼 이곳이 얼마나 굉장한 곳인지 모르겠군."

풀벌레 소리가 분명하게 들려왔음에도 벌레의 기척은 느껴지지 않는다. 거기서부터 모순이 시작된다.

"현실의 잔디는 너무 현실적이라서 귀찮지. 햇볕의 양도 적당하지 않을 때가 많고, 잔디의 감촉도 일정하지 않아서 까끌까끌한 느낌이 살갗을 베어오거든. 그뿐만 아니야. 제일 고달픈 것은 벌레들이지. 가만히 누워 있다 보면 얼마 지나지 않아 피부가 근질근질해져. 혹시나 이게 거대한 고깃덩어리 같은 것이 아닐까 하고 피부 표면 위로 슬금슬금 기어올라 오는 개미나, 심심한 지네 같은 것들이 사람을 고단하게 만들지."

수련은 지네라는 말에도 아랑곳 않고 태연히 웃었다. 천연덕스럽기까지 한 그 웃음에 제롬이 불퉁한 표정으로 채근을 했다.

"웃을 때가 아닐 텐데?"

"뭐, 물린다고 죽겠습니까."

"흠. 자네, 요즘 젊은이들답지 않군."

"말이 달라지셨는데요."

"나 같은 늙은이들에게 적응하려면 그 정도는 눈감아줄 줄 알아야 하네."

스스로를 늙은이라 칭하고도 아무렇지 않은지, 제롬은 싱겁게 웃었다. 가벼우면서도 중후한, 나이를 추측할 수 없게 만드는 웃음이었다.

"아마 자네는 이미 알고 있는 거겠지? 이곳에는 벌레가 없다는 것을."

수련은 고개를 끄덕였다.

찌르레기도, 사마귀도, 지네도. 어떤 벌레나 곤충도 그곳의 잔디 언덕 위에는 없었다. 아니, 비단 그곳의 잔디 언덕뿐만이 아니었다. 론도에 있는 모든 잔디 위에는 벌레들이 없었다.

"기묘한 곳이지. 무지막지하게 현실적인 것 같으면서도, 정작 결정적인 부분에서는 편의를 위해 현실에서 빗나가 있지. 아주 철저하게 말이야."

"음."

수련은 짧게 침음하며 제롬의 말에 동의를 표했다. 이곳은 무척이나 편의적인 세계였다. 편하고, 안락하고, 한없이 빠져들고 싶은. 그래서 더욱 두려운 공간이었다. 그런 평안은 늘

늪처럼 집요한 구석이 있다. 한순간이라도 정신을 놓아버리면 주객이 전도되어 버린다.

"편지는 썼는가, 그 꼬마 아가씨에게?"

"예."

수련은 고개를 끄덕였다. 노을이 구름을 녹이며 서서히 저물자, 동쪽 하늘에서부터 서서히 어둠이 몰려오기 시작했다. 아직까지는 두 세력의 힘이 팽팽하여 어느 쪽도 쉽게 우세를 점할 수 있을 것 같지 않았으나, 누가 이길지는 명백했다.

수련은 우수에 찬 눈으로 한참 동안이나 그 광경을 바라보고 있었다. 착잡하고, 또 평화로운 마음으로. 급해지면 급해질수록 해결되는 것이 없다는 사실을 그는 잘 알고 있었다.

제롬이 웃었다.

"자네도 참 마조히즘적인 면이 있어. 자신을 못 괴롭혀서 안달이 난 사람 같군. 기억과는 전혀 관계없는 이런 곳에서 지나간 추억을 회상하면 좋은가?"

"마조히즘보단…… 센티멘털 같은데……."

자신의 모습이 제법 멋지다고 생각했던 수련은 제롬의 말에 상처받았다.

"아무튼……."

어둠이 깔리기 전에 마을을 찾아야 할 것 같군. 수련은 제롬이 생략한 뒷말을 어렵지 않게 읽어냈다. 파인더에 의하면 마을까지의 거리는 얼마 남지 않았다. 수련은 자리에서 일어나 용병들을 불러 모았다.

그녀와 함께 있으면, 수련은 종종 자신의 존재마저 잊어버리릴 것만 같은 기분이 되곤 했다. 존재를 잊는다. 그건 죽음과는 다른 것이다. 죽음에 이르는 쾌락과 절정의 쾌락이 동류의 것이라는 학설에 비추어봤을 때, 그런 수련의 기분 또한 어쩌면 쾌락의 일종인지도 몰랐다.

어쩌면 제롬의 말대로 정신적인 마조히즘 같은 것일는지도.

수련은 해저드를 떠나 변경의 리저브로 돌아오는 내내, 단한 번도 지아의 곁을 떠나지 않았다. 욕심이 생겼던 것이다.

함께 있을 수 있다면 다른 건 아무 상관도 없지 않으냐는, 그런 식의 사고가 뇌의 중추를 파고들어 그를 계속해서 혼란시켰다.

그리고 그럴 때면 심장 곳곳이 동시다발적으로 아파왔다. 눅진 솜뭉치처럼 마음이 깊게 가라앉는다. 아직 다 갚지 못한 빚, 지급하지 못한 여동생의 학비. 미용실에 나가서 근육이 뭉친 다리를 주무르며 타인의 머리를 다듬고 계실 어머니.

현실과 희망사항의 간극만큼, 수련은 절망을 맛보았다.

인생이란 늘 선택의 연속이다. 언제까지 이도 저도 아닐 수는 없는 것이다. 그리고 사실 선택이란 그의 의지를 벗어나 정해져 있는 것이나 다름없었다. 그래, 어쩌면 그가 세상에 태어나는 그 순간부터. 하지만, 그래서 더욱. 수련은 이 순간이 조금만 더 지속되기를 진실로 바랐다.

그리고 그 순간에 이르러서야 수련은 심장의 한 귀퉁이에

억지로 몰아붙여 두었던 명제를 다시 꺼내들었다. 자칫하면 그의 모든 존재를 부정할 수 있는, 모든 의지를 망가뜨릴지도 모르는 그 빌어먹을 명제를…….

나는 왜 게임을 하고 있는가…….

단순히 과거의 영광을 되찾기 위해서? 아니면 여동생의 학비를 벌어다 주기 위해서? 형편없는 집안 살림을 위해? 스스로의 허영을 위해? 그것도 아니면, 복수─ 무엇을 위한 복수인가?

나는, 대체, 왜…….

로드 스트림으로 가는 언덕 위에 선 수련은 한참이나 지아와 언덕 아래쪽을 번갈아 보며 망설였다. 저 언덕을 돌아 내려가면 로드 스트림을 건너 브룸바르트로 갈 수 있다.

소녀는 처연하게 웃고 있었다. 마치 언젠가는 이런 날이 오리라는 것을 알았다는 듯이. 발걸음은 쉽게 떨어지지 않는다.

수련은 지아에게 함께 대륙으로 나갈 것을 제안했었다. 이대로 헤어지고 싶지 않다고. 조금만 더 함께하고 싶다고.

그것은 지아가 신관이라거나, 사냥에 도움이 되기 때문이 아니었다. 그건 단지, 그녀가 지아였기 때문이다. 단 한 사람의 존재가 때론 모든 말들을 대변할 이유가 된다.

수련은 자신의 감정을 알았다. 이 소녀와 함께 있고 싶은, 이 소녀와 떨어지고 싶지 않은 자신의 마음. 그러나 수련은 어떤 말로도 그 심정을 형언해 낼 수 없었다. 사람이란 원래 그렇다. 정작 중요한 순간에는 원하는 대사를 끄집어낼 수 없다.

"저는, 떠날 수 없어요."

예감과 예감이 충돌했을 때, 수련은 조금 당황하고 말았다. 어쩌면, 하는 생각이 없었던 것도 아니지만 설마 거절할 거라고는 생각지 못했기 때문이기도 했다.

"아크 오빠가 그랬어요. 밖은 위험하니까, 페르비오노를 벗어나지 말라고……."

밖은 위험하다고? 수련은 조금 의아했다. 확실히 이 마을은 페르비오노 지역 내에서는 비교적 안전한 편에 속했다. 유저의 출입도 드문 데다가 로드 스트림 근처라서 그런지 몬스터의 침입을 대비해 실력있는 용병들이나 경비병들이 제법 많았다.

하지만 그런 건 이유가 될 수 없다. 어디까지나 지아는 유저인 것이다. 유저는 진실한 의미로 죽지 않는다.

"하지만……."

"미안해요. 그래도 저는 이곳에 있어야만 해요."

고개를 푹 숙인 소녀의 표정을 읽을 수 없었다. 보지 않는 것과 볼 수 없는 것은 다르다. 수련은 잘게 입술을 깨물었다.

헤어지고 싶지 않다. 하지만 헤어져야만 한다.

상념이 교차하는 사이, 수련은 어느덧 몸을 돌리고 있었다. 시선 너머로 잔디 언덕이 보인다. 아크, 그리고 지아와 함께 드러누워 있었던 잔디 언덕.

그것은 기억에 새겨져 있다. 자기도 의도하지 않은 사이, 그

조차 의식하지 못한 사이에.

아직은 기억하고 있는 것이다. 언젠가는 잊게 될지도 모르고, 게임에서 나가는 순간 사라질지도 모른다. 하지만 그 기억만큼은 계속해서 그 자리에 존속하고 있다.

그녀의 머리카락을, 깊은 눈빛을, 나긋나긋한 몸짓을…… 모두 잊게 될지도 모른다. 하지만… 그렇다, 적어도 지금은 기억하고 있는 것이다. 수련은 그런 생각을 했다. 어차피 모든 것이 잊혀진다면, 지금 이 순간을 기억하는 것이 중요한 게 아니라 지금 이 순간에 존재하고 있다는 것이 중요한 것이라고.

작별 인사도 없이 천천히 등을 돌린다. 한 걸음을 떼기까지는 상당한 시간이 필요했다. 시원찮은 걸음걸이였다.

그는 가야만 했다. 무엇을 위해서?

그런 게 뭐가 중요하단 말인가. 지금은 다만 앞으로 가야 했다. 가족? 그래, 가족이 있었지. 평생을 가슴에 새겨두겠어. 명예? 명예도 있었지. 아니, 그런 건 중요하지 않아. 복수? 복수 따위…….

용병들은 멍하니 그의 모습을 지켜보고 있었다. 눈빛들이 교차한다. 마스터, 정말 갈 거야? 우리는 괜찮다. 좀 더 있어도 괜찮아. 시간은 아직 많이 남지 않았습니까?

그러나 어떤 것도 그의 발걸음을 붙잡지는 못했다. 소녀의 작은 손이 그의 옷깃을 붙잡기 전까지는.

조금만 힘을 줘도 뿌리칠 수 있는 미약한 힘. 그러나 그 힘은 어떤 강력한 완력으로도 멈출 수 없을 그의 걸음을 멈추고

만다. 우뚝 선 발걸음은 세월처럼 침묵하고 있었다.

수련은 몸을 돌렸다. 힘껏 그녀를 껴안았다. 품속에 안긴 작은 소녀의 몸이 가늘게 떨리고 있었다. 차가운 새벽 공기 속에 소녀가 하얀 입김을 토해낸다.

"조금만 더, 괜찮겠죠?"

물기 어린 소녀의 눈은 애써 웃고 있었다.

새하얀 하늘을 올려다본다. 현실에서는 취한 적 없는 여유를 가진다. 크게 숨을 들이쉬고, 다시 내쉬고. 종종 풀벌레 소리가 뉘엿뉘엿 넘어가는 잔디 사이로 가늘게 들려왔다.

옆에는 소녀, 지아가 누워 있었다. 가녀리게 늘어진 백금발이 볕을 받아 하얗게 반짝거리고 있었다. 작은 어깨를 펴고 손을 뻗은 모습은 숨이 막힐 정도로 아름다웠다. 몇 년 뒤면 감히 쳐다보지도 못할 만큼 절세의 미녀가 되겠지. 문득 눈이 마주쳐 수련은 생긋 미소를 지어주었다.

용병들은 한쪽 구석에 서서 각자의 사명(?)을 수행하고 있었다.

잔디 언덕에 서서 페르비오노의 수도 쪽을 바라보고 있는 슈왈츠. 그 언덕 옆의 나무에 기대어 뭔가를 뜨개질하고 있는 실반(언제나 생각하지만 특이했다). 누구의 기술이 더 뛰어나니 어쩌니 티격태격하고 있는 헨델과 하르발트.

그것은 최초의 평화였다. 한없이 느긋한 정경, 다시는 찾아오지 않을 순백(純白)의 일상.

그때, 수련은 문득 그 말이 하고 싶어졌다. 지금이 아니면 다시는 꺼낼 일이 없을지도 모르는 물음이었다.

"아크는 어떤 사람이야?"

그것은 어떤 어색함 속에서 화젯거리를 찾는 노력을 한 결과물 같은 것이 아니었다. 호흡을 하고 밥을 먹듯 자연스레 흘러나온 말이었다. 말을 내뱉자마자 숨을 다시 들이켰다. 그만큼 질문은 무심결에 내뱉은 것이었기에.

"음……."

그 말은 하지 말았어야 했는지도 모른다.

지아는 한참 동안이나 침묵했다. 고운 소프라노의 콧소리였으나 음색에는 망설임이 깃들어 있었다.

"미안, 말해선 안 되는 거지?"

"……."

반쯤은 떠보는 말이었지만, 예상은 하고 있었다. 실망하지는 않았다. 누구에게나 비밀은 있는 것이다. 수련에게도, 지아에게도, 아크, 혹은 그 누구에게도. 비밀이란 어디에나 있다.

어느 책에선가 본 듯한 기억이 났다.

사람은 진실할 수는 없지만, 정직할 수는 있다고. 수련은 적어도 자신의 정직을 믿었고, 지아 또한 그러리라 믿었다. 무언가를 말하지 못한다고 해서 진심을 위선, 혹은 거짓이라 왜곡할 수는 없다. 그건 상대방에 대한 크나큰 죄다.

"미안해요……."

"아니, 괜찮아."

"그래도, 오빠 좋은 사람이에요. 너무 미워하지 마세요."

가쁜 숨소리처럼 덧붙이는 목소리에 우려가 담겨 있다. 수련은 미소 지었다. 뒤도 돌아보지 않고 걸어가던 아크의 뒷모습이 물결처럼 스쳤다.

"그래, 알아."

손을 내밀어 소녀의 작은 손을 거머쥐었다. 한 손에 쉽게 들어오는 자그마한 손이다.

지킬 수 있을까. 내가 이 작은 소녀를 지킬 수 있을까.

만약 지금 이 순간에 세상이 멈춰 버린다면, 영원히 이 순간만을 살아갈 수 있다면. 수련은 태어나서 처음으로 그런 생각을 했다. 사랑, 그의 입으로 말할 수 있을 만큼 녹록한 단어는 아니었다. 그래도 욕심을 부리고 싶었다.

돌아오지 않는다는, 다시는 이 순간이 돌아오지 않을 것이라는 생각을 할수록 더욱 가슴이 저미고, 애잔해진다.

"다시는 돌아오지 않겠죠?"

소녀도 알고 있었다. 맞잡은 손에 힘이 더해진다.

"믿어요, 그러기에 더욱 소중할 거란 거. 알고 있어요."

마치 그를 안심시키려는 듯, 잔잔하게 울려 퍼지는 그 목소리에 수련은 바보 같게도 눈물이 핑 돌았다.

"그래."

웃어야 한다, 웃어야 해. 수련은 스스로를 자책하면서도 웃을 수 없었다. 어색하게 올라간 입꼬리가 힘겹게 비틀려 있다.

왜 우는 거야. 울지 마. 다시 만날 수 있잖아. 다시는 못 볼 사람처럼 그러면 곤란하다고.

방울방울 떨어지는 눈물이 소녀의 고운 볼을 타고 흐른다. 자그마한 새의 지저귐 같은 아름다운 목소리가 수련의 귓가에 파장처럼 번졌다.

"좋아해요."

맞닿은 손과 손, 이제는 돌아오지 않을 현재, 다음 순간 과거의 일부에 잠겨갈 기억. 그 작은 시간의 간격 속에서 둘은 서로의 마음을 확인했다.

얼마나 시간이 지났을까. 문득 정신을 차렸을 때는 해의 위치가 조금 바뀌어 있었다. 뭉실한 구름이 느릿하게 흐르고 있었다.

"땀나요."

너무 오랫동안 손을 마주 잡고 있었던 탓일까, 지아가 어색하게 웃으며 입을 열었다. 수련이 황급히 손을 놓으려고 하자, 이번에는 지아가 손을 붙잡아온다.

"괜찮아요."

마치 다시는 붙잡을 수 없을 것처럼 지아는 수련의 손을 꼭 붙들고 있었다.

수련은 애써 기분을 가라앉히며 지아의 손을 잡고 자리에서 일어났다. 한쪽 손으로 무게 중심을 잡아야 했기에 일어나는 순간은 어쩐지 꼴이 우스꽝스러웠다.

둘이 다가간 곳은 실반이 있는 자리였다. 실반은 시원한 나무 그늘 아래에서 열심히 손을 움직이고 있었다. 화려하게 여기를 기우고 저기를 기우는 숙달된 기술에 지아가 미미한 탄성을 터뜨린다. 그걸 보던 수련은 어쩌면 실반의 비정상적으로 뛰어난 손재주는 저것에 기인한 것이 아닐까 하는 생각을 했다.

"실반, 뭘 하고 있어?"

"아? 네."

실반은 뜨개질하던 하얀 목도리 같은 것을 들어 보였다.

이상하게 어울린다는 생각을 했다. 사실 슈왈츠 같은 녀석이 뜨개질을 한다는 것은 상상도 할 수 없으니까(헨델과 하르발트? 언급할 가치도 없다).

실반은 수련의 손을 붙잡은 지아를 흘끔 보더니 싱긋 웃는다.

"보기 좋습니다, 마스터."

빙긋 웃는 그의 얼굴을 보던 수련은 묘한 위화감을 느꼈다. 그가 웃는 모습을 처음 본 것은 아니었으나, 그래도 그가 그렇게도 웃을 수 있다는 사실이 놀라웠다.

"고마워."

그때, 멀리서 장작불을 지핀 헨델이 손짓하며 수련들을 불렀다.

"대장, 이리 와서 같이 먹자! 아가씨도 같이! 실반, 넌 빼고!"

모락모락 김이 솟아나더니, 이내 향긋한 음식 냄새로 바뀌었다. 헨델은 최근 지아에게 요리를 배우고 있었다. 고향에 돌아가면 그레텔에게 맛있는 과자를 해준다나 어쩐다나 헛소리를 하기도 했다. 그것은 실반이 뜨개질을 좋아한다는 것만큼이나 충격적인 사건이었지만, 이제는 별로 놀랍지도 않았다. 얼마 전 하르발트가 자신의 특기가 빨래라고 선언했기 때문이었다. 물론 그 충격 발언 이후 용병단의 빨래 담당은 하르발트가 되었다.

슈왈츠는 묵묵히 닭고기를 뜯고, 하르발트는 헨델이 만든 팬케이크를 허겁지겁 먹어치우고 있었다. 실반이 정말 오지 않자 헨델은 황당한 얼굴로 그를 데리러 갔고, 지아는 다소곳이 앉아 수프를 떠먹었다.

별빛이 영롱하게 아른거렸다. 버릇처럼 시리우스를 찾아보았으나, 하늘 어디에서도 늑대별의 흔적은 찾을 수 없었다. 수련은 대신 개중에 제일 밝은 별에 시리우스라는 이름을 붙여 주었다.

장작이 타는 소리가 규칙적으로 울려 퍼지며, 잔잔한 밤의 운율을 더해갔다. 운치있는 밤이란 표현은 이럴 때 쓰는 건가 보다. 수련은 그렇게 생각하며 웃었다.

그런 기꺼운 감정을 받아들인 것은 4년 만에 거의 처음이었다. 그는 지금, 자신이 행복하다고 생각했다.

수련은 밤에 떠나기로 했다. 다음날 아침 해를 함께 맞이한다면 떠날 수 없을 것 같은 기분이 들었기 때문이다. 짐을 챙기고 잿더미를 밟아 불씨를 끄면서도, 수련은 서글픈 달빛 아래에 언뜻언뜻 비치는 지아의 얼굴을 훔쳐보았다.

얼굴을 발갛게 물들인 채 고개를 숙이는 모습이 또 얼마나 귀여운지…… 용병들의 투덜거림에도 불구하고 수련은 그 모습에서 눈을 뗄 수 없었다.

그리고 이별의 시간이 찾아왔다.

"어렵지만… 저, 기다릴 수 있어요."

귓속말을 할 수 있다면 좋겠지만, 아마 리저브 바깥 지역으로 나가는 순간 귓속말은 제 기능을 발휘하지 못할 것이다. 귓속말이 가능한 것은 어디까지나 '같은 지역에 속해 있는' 이라는 제한 조건이 붙어 있을 때 가능한 이야기다.

수련은 고개를 끄덕였다. 하얗고 조그맣던 손이 점차 멀어져 간다. 단지 손을 놓았을 뿐인데 영원의 거리가 생긴 것 같았다. 아쉬움을 머금고 발걸음을 돌리려던 찰나,

"잠깐만요."

실반이 수련을 제지했다. 그리고 자신의 품에서 뭔가를 꺼냈다. 며칠 전부터 뜨개질하던 옷감이었다. 그의 손에는 두 개의 하늘색 목도리가 쥐어져 있었다.

"하나는 마스터에게, 하나는 아가씨에게 드리는 선물입니다."

실반은 예의 베스트 스마일과 함께 지아와 수련의 손에 목도리를 쥐어주었다. 부드러운 옷감의 감촉이 손끝에서부터 감겨들었다. 그걸로 약속이 생겨 버렸다. 혹시라도 파괴당한다면 한 인간으로서는 감내하기 힘든 잔혹한 약속이 목도리를 통해 맺어졌다.

수련은 미소로 고마움을 표시했다. 지아 또한 실반을 향해 꾸벅 감사의 인사를 올렸다. 늘 창백하던 실반의 얼굴에 처음으로 홍조가 떠올랐다. 자의로 누군가에게 선의를 베푸는 것이 아직은 어색한 것일까?

"그럼……."

수련은 길게 눈꺼풀을 내리깐 채 품속에 가볍게 들어오는 소녀의 매끈한 이마에 입을 맞췄다. 말을 더할 찰나를 주지 않고 매정히 돌아선다. 수련은 떨지 않기 위해 최선을 다해 걸어갔다. 아크도 이런 기분이었을까, 아니면…….

한 걸음, 두 걸음…… 자박거리는 소리가 멀어지고, 캄캄한 숲 속으로 잠겨 들어간다. 그렇게 수련은 떠났다.

고색창연한 달빛 아래, 하늘빛 목도리를 두른 소녀는 사라진 그의 그림자를 바라보고 있었다. 별빛의 숨결이 불길한 어둠을 적시고, 차가운 바람이 옷깃 사이로 스며들어 살을 에도록 하염없이 바라보았다.

마치 다시는 만나지 못할 사람처럼, 그렇게 하염없이…….

그렇게 한참 동안 발을 움직이던 수련은 로드 스트림의 중심부에 이르러서야 발걸음을 멈췄다. 그것은 어떤 의미에서 매우 공교로웠다. 그가 멈춘 곳은 한때 금발의 아크가 발걸음을 멈춘 곳과 같았던 것이다.

차이점이 있다면 아크가 그곳에 도착한 시간은 한낮이었고, 수련이 그곳에 도착한 시간은 어두컴컴한 밤이었다는 것.

무척이나 대비되는 두 사람……

누구도 알아채지 못했지만 둘은 기묘하게 닮아 있었다. 외형이나 겉모습이 아닌 분위기에 관한 이야기다. 살짝 넋을 잃은 채 고개를 들어 하늘을 보는 것 하며, 숨죽인 채 울어 젖히는 숲의 소리에 귀를 기울이는 것 하며…… 심지어 청중을 알수 없는 혼잣말을 중얼거리는 것에 이르기까지.

"무슨 사정인지는 모르겠지만……."

수련은 퉁명스럽게 말끝을 늘였다. 그 모습에 용병들의 반응이 엇갈렸다. 슈왈츠와 하르발트가 방어적인 눈길로 경계를 곧추세우는 한편, 실반과 헨델은 의아한 얼굴이었다. 헨델이 뭐라 입을 열려는 찰나, 수련의 말이 이어졌다.

"그만 나오도록 하지. 나는 지금 몹시 기분이 나빠."

비탄에 젖어 있을 거라고 생각했던 그의 입에서 그런 문장이 튀어나올 줄은 아무도 몰랐다. 그럼에도 불구하고 수련은 그렇게 말했다. 존재하지 않는 청중을 향해서.

그리고 청중은 어둠 속에서 모습을 드러내었다. 백포로 온몸을 휘감은 남자. 그는 정제된 광기가 투영된 눈동자로 수련을 바라보고 있었다. 헨델이 성급하게 칼자루로 손을 옮기려는 것을 슈왈츠가 제지했다. 백포인은 천천히 입을 열었다.

"……언제부터?"

"얼마 되지 않았다."

목소리는 날카롭게 벤 나무 단면마냥 딱딱했다.

수련은 마스터의 경지에 오른 순간부터 지아의 곁을 지키는 한 인영의 존재를 눈치 챘었다. 주위를 날카로운 눈으로 경계하기 시작한 것도 그때부터였다. 하지만 시간이 흐르면서 수련은 그가 공격할 의사가 없다는 것을 깨달았다. 그는 늘 수련과 지아를 겉돌고 있었고, 그 행동은 무언가를 지키려는 자의 그것에 가까웠다.

"그렇군. 마스터가 되고부터인가…… 예정보다도 훨씬 빠르군."

고저없는 감탄사였다. 수련은 시선이 부딪치는 것을 피하지 않았다. 그의 존재를 느끼지 못했더라면, 용병들 중 한 명을 시켜 지아를 지키라고 했을 것이다.

수련은 본능적으로 그가 아크의 수하라는 것을 깨달았다. 이해할 것 같으면서도, 한편으로는 불가해했다. 게임 속에서까지 그토록 필사적으로 여동생을 지킬 필요가 있었을까? 다른 한편으로 떠오른 감정은 배신감.

아크는 수련을 믿지 못한 것이다.

"당신은, 지아의 가디언(Guardian)인가?"

지아의 이름이 나오자 백포인이 사나운 이빨을 드러내었다. 공기에 살기가 감돌자 용병들도 긴장하기 시작했다.

"아가씨를 건드리지 않는 편이 좋을 것이다."

그렇군. 수련은 짐작했다는 듯이 고개를 끄덕였다. 이 남자는 지아를 지키고 있다. 남자의 흉흉한 살기에도 수련은 조금도 물러서지 않은 채 입을 움직였다.

"아크가 평범한 자가 아니라는 것은 알고 있었지만……."

수련은 엄밀히 말해 아크에 대한 의심을 완전히 걷어낸 것이 아니었다. 아크의 정체는 알 수 없었지만 최소한의 경계조차 늦출 수는 없었다. 그는 어디까지나 남이었으며 본능적으로 뇌리를 울리는 경종을 수련은 외면할 수 없었다.

그리고 그 순간, 수련에게서 강력한 살기가 방출되었다. 순간적으로 백포인이 어깨를 움찔하며 한 걸음을 물러섰다. 믿을 수 없었다. 분명 지금의 수련은 그를 이길 수 없다.

다음 순간 백포인은 깨달았다. 수련의 그것은 단순한 육체적, 혹은 정신적 강함의 문제가 아니다. 그것은 무언가를 지키고자 하는 의지, 기백(氣魄)의 문제.

백포인이 상한 자존심을 복구하기도 전에 수련의 입에서 강렬한 육성이 터져 나왔다.

"잘 지켜라. 아니면 네가 나한테 죽을 테니까."

"……."

수련은 백포인을 노려보며 그 말을 남긴 후, 천천히 돌아 숲길 사이로 사라졌다. 그를 호위하는 네 명의 용병도 하나둘씩 없어지기 시작했다. 마지막으로 숲 속으로 뛰어들던 헨델이 혀를 날름 내밀고는 재빨리 꽁무니를 뺐다.

잠시 무안한 정적이 흐르고, 백포인은 자신의 주변을 뒤덮던 투기(鬪氣)를 회수했다.

"과연……."

백포인은 담담한 눈길로 수련 일행이 사라진 숲길을 바라보다가 그대로 어둠 속으로 녹아들었다. 그림자 없는 달빛만이 외로이 남아 차가운 밤을 비추고 있었다.

수련이 브룸바르트의 수도인 칸디둠(Candidum)에 도착한 것은 페르비오노를 떠난 지 게임 시간으로 약 한 달 반가량이 경과한 후였다. 조만간 개최 예정인 브룸바르트 내전 이벤트 까지는 게임 시간으로 약 한 달여 시간이 더 필요했다.

수련은 지난 몇 주 동안 제롬과 함께하며 추가로 언데드 던전인 '뱀파이어의 동굴'을 클리어하는 데 성공했다. 제롬의 능력은 필요할 때마다 적재적소에서 그 빛을 발했다. 자신의 환검으로는 도저히 흉내 낼 수 없는 아찔한 수준의 환영 구사력을 보며, 수련은 그의 레벨이 결코 자신의 아래가 아니라는 것을 절감했다.

페르비오노 이벤트에서 보여주었던 능력은 그야말로 빙산의 일각에 지나지 않았던 것이다. 한 번은 그에게 대련을 요청한 적도 있었다. 마법사와 검사의 싸움인 만큼 대인전에 약한 제롬에게 불리한 전투였지만, 그는 흔쾌히 수련의 제의를 받아들였다.

제롬과 수련은 여행 기간 중 총 일곱 번의 대련을 했다. 물론 일곱 번 모두 수련이 이겼다. 하지만 수련은 대련에서 승리한 후에도 어쩐지 뒤숭숭한 느낌을 지울 수가 없었다.

첫 대련에서 제롬은 1분 만에 패했고, 두 번째 대련에서는 3분, 세 번째 대련에서는 5분이 걸렸다. 처음에는 제롬이 대런에 익숙해지는 과정에서 실력이 오르는 모양이라고 생각했으나, 다섯 번째 대련에서 수련은 제롬의 진가를 눈치 채고 말았다. 지금까지 적당히 봐주면서 하던 대련과는 달리, 수련은 다섯 번째 대련에서 자신의 본 실력을 여과없이 드러냈던 것이다.

제롬은 네 번째 대련에서 걸린 시간보다 정확히 2분을 더 버텼다. 그때 수련은 처음으로 생각했다. 이 남자는 뭔가를 숨기고 있구나 하고. 섭섭하지는 않았다. 캐물을 생각도 없었다. 늘 그랬지만 수련은 누군가의 비밀을 꼬치꼬치 캐내어 관계를 그르치는 것이 싫었다.

"그럼, 여기서 헤어지도록 하지."

칸디둠에 도착하자마자 제롬은 그런 말을 꺼냈다. 때가 되었으니 떠난다는 듯한 그의 얼굴이 수련의 가슴을 아프게 만들었다. 함께한 시간은 우정에 비례하지 않는다는 말이 있는데, 마음을 주려고 애쓰건 혹은 그렇지 않건 꽤 오랜 시간을 함께한 사람이라면 반드시 이별의 고통이 뒤따른다.

"그런 표정 짓지 말게."

수련의 표정이 어두워 보였는지, 제롬이 타이르듯 입을 열었다.

"이런 이별에 익숙해지는 편이 좋아. 이곳에서는 늘 그렇거든. 세피로아나, 이지너스나, 지아라는 그 여자 아이나……."

이름을 언급할 때마다 애틋함이 가슴을 후벼 판다. 지독했다.

"그러고 보니 자네, 온라인 게임은 처음인가?"

"RTS라면 조금 해봤습니다만……."

그 말에 제롬의 눈이 살짝 가늘어졌다.

"온라인 게임에서의 인간관계란 매우 빈약한 거야. 허공에 탑을 쌓은 사상누각(沙上樓閣) 같은 거지. 슬프지만 정말 별거 아닌 인연들이 대부분이야. 한 달만 지나도 까맣게 잊어버려서 생각도 나지 않는 사람이 허다하니까. 게임을 한다는 건 어떤 측면에서 여행을 떠나는 것과도 비슷해. 현실에서 만나는 친구들과는 다르지. 스치고, 스치고, 또 스쳐 가고."

수련은 조금 화가 났으나 연장자인 그를 최대한 배려하며 입을 열었다.

"아직 이런 종류의 게임을 많이 해보진 못했지만, 제 인연들은 다르다고 생각합니다."

"누구나 그렇게 생각하지, 자기 인연은 특별하다고. 나도 그랬어."

수련은 입술을 깨물었다. 제롬은 예의 향초가 들어간 시가를 피웠다. 보이지 않는 연기를 크게 들이마시고, 다시 내뱉는다.

"꽤 오랫동안 게임을 해왔었지만, 특별하다고 말할 수 있는 인연은 정말로 몇 되지 않지."

어쩐지 쓸쓸한 그 얼굴에 수련은 그 인연 가운데 자신이 들어 있었으면, 하고 소망했다.

"대륙 중남부로 내려간다고 했나?"

"마지막 던전이 그곳에 있으니까요."

이제 퀘스트 목록에 남은 언데드 로드는 미궁의 데몬. 데스 나이트 로드나 리치와 함께 암흑계열 몬스터 중에서 거의 최강이라 꼽히는 몬스터였다. 데몬의 미궁은 브룸바르트 남부와 신성국가 라노르를 양단하는 로드 플레인의 상류에 위치하고 있었다.

"그럼 마침 잘됐군. 남부의 라노르를 경유해서 올라가게. 마침 근처에 내 친구가 있으니 도움을 받을 수 있을 걸세. 친구에겐 미리 연락해 두도록 하지."

"친구요?"

괜찮다고 말하고 싶었으나, 제롬의 친구라니 호기심이 생겼다. 세피로아와 이지너스, 제롬. 이번엔 또 누구를 만날 것인가. 수련은 무심코 손가락을 꼽아보며 그동안 만나왔던 사람들의 수를 세어보았다.

"가보면 알게 될 거야. 인생이란 늘 그렇잖은가?"

그의 말투에서 느껴지는 익숙함에 수련은 순간 어깨를 움츠렸으나, 이내 원래의 기색을 되찾았다. 왜 오택성과 나훈영이 연상되었던 걸까.

"그럼."

제롬은 말과 함께 등을 돌린 채 손을 들어 보였다. 구차하게 시간을 끌지 않겠다는 의지가 확고하게 느껴졌기에 수련은 멀리 배웅하지 않았다. 그러나 커다란 건물의 모퉁이를 돌아 사라지는 제롬이 마지막으로 남긴 말이 돌아서려는 수련의 걸음을 우뚝 멈춰 서게 만들었다. 그의 말은 다음과 같았다.

"참, 다음 주 월요일 밤 열 시. 잊지 말게."

가슴에 차가운 결정이 스친다. 수련은 의식할 새도 없이 발걸음을 돌려 그의 뒤를 쫓았다. 허겁지겁 모퉁이를 돌아 그의 종적을 두리번거렸으나, 당연하게도 그는 이미 사라지고 없었다.

"그랬던가……."

수련은 그제야 생각했다.

그가, 제롬이 바로 카오스블랙(Chaosblack)이었을 것이라고.

브룸바르트 남부 대륙을 횡단하는 데는 그리 오랜 시간이 걸리지 않았다. 가장 많은 유저가 시작한 브룸바르트인 만큼, 개척률 또한 높았던 것이다. 이미 영토를 다스리는 각 지방의 주요 귀족들이 정해졌음은 물론이고, 유저 중에서는 공작령을 받은 자까지 있었다.

물론 영토를 다스리는 영주는 대부분 거대 길드의 길드 마스터였다. 게임 초반부터 이권 획득에 열을 올리던 성과가 본격적인 빛을 발하기 시작한 것이다.

수련과 용병들은 유저들의 이목을 끌지 않기 위해서 회색망토로 몸을 감추고 다녔다. 그들이 착용하고 다니던 플레이트 아머가 방송화면에 찍혔기 때문이다.

"대장, 이거 언제까지 하고 다녀야 돼?"

"평생."

간단한 한마디로 헨델의 기대를 일축해 버린 수련은 마을의 광장 주변을 서성거리며 대장간을 찾았다(왠지 바바리맨이 된 기분이라는 둥 어떻다는 둥 지껄이는 헨델의 말은 일체 무시했다).

수련이 브룸바르트의 외지 마을이라고 할 수 있는 남부 변경까지 내려온 이유 중의 하나는, 마스터 급 아이템인 데스나이트 세트의 수리를 맡기기 위해서였다. A급 세트 아이템인 데스나이트 세트의 수리를 위해서는 최소한 마스터 급, 혹은 익스퍼트 최상급 수준의 대장장이가 필요했으나 상대적으로 생활직 마스터들의 비율이 낮았던 탓에 수련은 결국 데스나이트 세트의 수리를 차일피일 미룰 수밖에 없었다.

물론 칸디둠이나 해저드에 생활직 마스터가 없는 것은 아니었지만, 유저의 특성상 항시 접속해 있는 것이 아니었기에 만나기가 까다로웠던 것이다.

적어도 대장장이의 마스터인 블랙 스미스 급의 유저면 거대한 상단이나 장인연합에 가입해 있을 법도 한데, 그쪽 계통의 종사자들은 모조리 외골수인지 도무지 흔적을 찾을 수가 없었다. 게다가 기껏 찾아낸 익스퍼트 최상급의 장인들은 이미 예약 주문이 잔뜩 밀려 있었고, 상대적으로 돈이 안 되는 수리 쪽은 기피하고 있었다.

페르비오노의 수도인 해저드나, 브룸바르트의 수도인 칸디둠에서도 마스터 급의 장인을 만나지 못했는데 이런 외지까지와서 만날 수 있겠느냐, 하는 의문이 생길 수도 있었지만 수련은 확신을 가지고 브룸바르트 변경 마을인 '카잠'을 찾아왔다.

그가 찾는 것은 카잠의 블랙 스미스, 드워프의 은둔 장인인 NPC 아이가이온이었다. 유저에 비해서 NPC의 개체가 많았음에도 불구하고, 아직까지 유명한 NPC 장인들은 유저들에 비해 알려진 바가 없었다.

'이 근처였던 것 같은데……'

수련은 과거 인프라블랙에서 입수했던 정보를 되새기며 이곳저곳을 갸웃거렸다. 정보에 의하면 아이가이온은 드워프의 블랙 스미스들 중에서도 '관'의 칭호를 받은 자로, 드워프의 최고 장인인 '칸'을 제외하고는 최고의 실력을 갖춘 5인의 장인 중 한 명이라고 했다. 다만 성격이 괴팍하여 어디에서 무슨 짓을 하고 있을지 알 수 없다는…….

"…라고는 하지만, 너무 간단하군."

광장의 바로 옆에 '아이가이온의 대장간'이라는 표어가 당당히 붙어 있었던 것이다. 수련은 이렇게 떡하니 놓여 있는 대장간이 왜 인프라블랙에서 A급 정보로 유통되는 것일까, 하고 고민하며 가게 앞에 섰다. 가까이 다가서자 초라해 보이는 간판은 벌써 몇 년째 먼지를 닦지 않았는지 새카맣게 변색되어 있었다. 어쩐지 그 모습이 폐기된 소극장을 연상시켜서 기괴한 분위기를 연출하고 있었다. 왠지 들어가기 싫어지는 외형이다.

몇 년이나 이 근방에서 대장간을 운영했다면 분명 유명한 장인일 텐데…… 왜 손님이 아무도 없는 거지?

그때 유저 몇몇의 경악성이 수련의 귓가에 스며들었다. 잔뜩 겁먹은 표정으로 두런거리는 꼴이 보통 심각한 것이 아니었다.

"저거 봐, 저 사람…… 저 가게에 들어갈 셈인가 봐!"

"헉! 18982 번째 용자인가!"

"헉! 그걸 네가 어떻게 아냐?"

"설정이야."

무슨 말인지 알 수 없었던 수련은 그들에게 힐끗 눈길을 주며 혹시나 헨델 등이 들어와서 오옹, 이라던가 하는 헛소리를 늘어놓지 못하도록 밖에 세워둔 후 가게의 문을 열었다. 경첩에 기름을 바르지 않은 지도 오래된 듯, 끔찍한 소리가 났다.

청소를 좀처럼 하지 않는지, 실내에서는 심한 곰팡내와 함께 먼지가 떠돌고 있었다. 수련은 그 매캐함에 연신 밭은기침을 쏟아내며 주인을 찾았다.

"계십니까?"

"……."

마침 아이가이온이 자리를 비웠는지 가게 내부에는 인기척이 없었다. 수련은 의아함에 고개를 갸웃거리며 내부의 진열장을 둘러보았다. 형편없는 가게의 몰골과는 다르게, 본인의 작품으로 보이는 무기들은 꽤 괜찮은 것들이 많았다. 무기들은 특이하게도 천편일률적으로 검정 일색이었고, 개중에는 레어 급의 성능을 가진 것으로 추정되는 아이템들도 있어서, 수련의 눈길을 샀다.

"이렇게 좋은 아이템들만 있는데…… 왜 손님이 없지?"

하다못해 도둑이라도 들 법한데.

아이템들은 질에 비해서 보안 상태가 형편없어 보였다. 주인장조차 가게를 비우고 있을 정도면 씨프(Thief)로 전직한 고급 유저가 스킬을 사용해 몇 개의 아이템을 훔쳐 달아나더라도 전혀 이상할 게 없었다. 그러던 수련은 아이템의 밑에 달려 있는 가격표를 보고 석상처럼 굳어졌다.

십만 골드.

…갑자기 아무도 물건을 사려 하지 않는 이유가 이해되기 시작했다. 수련은 황망한 표정으로 다른 무기들을 둘러보았으나, 충격적이게도 방금 전 그 무기보다 더 싼 물건은 존재하지 않았다. 십만 골드면 현금으로만 계산해도 2억 5천이었다(최근 골드가 많이 풀려서 현금과의 비율이 4:1이 되었다). 아무리 무기가 좋아도 어느 누가 미쳤다고 그만큼의 골드를 지불한단 말인가.

"…십만이면 S급 유니크도 사겠다."

수련은 그렇게 중얼거리며 무심결에 무기의 표면에 손을 갖다 대었다. 비록 그가 가진 인퀴지터나 레퀴엠에 비할 바는 아니지만, 칼날에 손을 대는 순간 섬뜩할 만치 차가운 예기가 스며들었다. 과연 훌륭하다…….

그런데 다음 순간, 검은 연기와 함께 무기를 걸어놓은 선반 안쪽에서부터 지독한 가스가 새어 나왔다.

"읍?!"

수련은 반사적으로 코를 틀어쥐며 순식간에 몇 걸음을 물러섰다. 그러나 검은 연기는 마치 그의 존재를 감지하듯 수련을 따라 천천히 다가서고 있었다. 연기의 일부가 그의 겉옷으로 스며들며 천을 부식시키기 시작했다. 다섯 걸음을 더 물러선 후에야 연기는 진정한 듯 다시 선반의 안쪽으로 빨려 들어갔다.

그제야 참았던 숨을 뱉어낸다. 뜻밖의 기습에 해독제를 마시며 생명력을 확인하던 수련은 경악하고 말았다. 생명력이 절반이나 떨어져 있었던 것이다.

대체 얼마나 지독한 독이길래…….

마스터의 경지에 이르러 웬만한 하급의 독쯤은 기초면역력으로 저항할 수 있게 된 그의 생명력을 찰나 동안 반이나 깎을 정도면, 어지간한 익스퍼트나 타 계열의 유저였다면 비명도 지르지 못하고 횡사했을 것이다.

수련은 분한 심정으로 화풀이할 대상을 찾았으나, 여전히 주인의 인기척은 느껴지지 않았다. 그는 애꿎은 카운터 테이블을 내려쳤다.

"아무도 안 계십니까!"

그런데 운도 지지리도 없는지, 이번에는 카운터의 테이블을 내려치며 옆에 걸어둔 방패를 건드리고 말았다. 혹시 이번에도, 하는 불길한 느낌이 들어 황급히 몇 걸음을 물러서는데, 역시나 빌어먹을 예상은 들어맞았다.

방패의 뒤쪽에 숨겨져 있던 통으로부터 큼지막한 벌레들이 날아오르고 있었다. 얼핏 봐도 열댓 마리는 되는 듯했는데, 수련은 어렵지 않게 그 벌레들을 알아볼 수 있었다. 주먹만 한 몸집과 새하얀 빙설로 빚은 듯한 투명한 네 장의 날개. 그리고 새파란 보석을 깎아 만든 듯한 눈. 정확히 말하면 그건 벌레가 아니라 몬스터였다.

북해(北海)의 얼음파리.

북부 뤼넨바르의 겨울호수 부근에 종종 나타난다는 이 초소형 몬스터는, 선공형(先攻形) 몬스터가 아님에도 강력한 침을 가지고 있었다. 파리가 무슨 침을 가지고 있는지, 왜 얼음벌이 아니라 얼음파리인지는 알 수 없었지만(알 바도 아니다), 어쨌든 오랜 세월 겨울호수 변경에서 서식하는 동안 침의 끝에 모인 지독한 한기는 쏘일 시 극한의 고통을 유발하며 피해자를 한독(寒毒)의 고통 속으로 몰아넣는다고 알려져 있었다.

나타난 얼음파리는 총 열한 마리. 저것들한테 모두 쏘인다면 아무리 수련이라고 해도 살 수 있다는 보장이 없었다. 하지만 수련은 안심했다. 어디까지나 얼음파리는 비선공(非先攻) 몬스터였다. 그렇다는 말은 먼저 건드리지 않는 한 결코 그를 공격해 오지 않는다는 의미였다. 비록 방패를 건드리기는 했지만 겨우 그 정도로 파리가 화가 나서 달려들 일은 없었다.

그러나 이 양순한 얼음파리도 종종 선공을 가하는 경우가 있는데, 바로 뤼넨바르의 얼음나무 숲에 기생하는 포이즌 스컹크를 만났을 때였다. 제게마(제발 편하게 게임하고 싶은 마법사들의 모임)의 학설에 의하면, 포이즌 스컹크의 지독한 독가스에는 얼음파리의 중추 신경을 자극해서 호전적으로 만드는 성질이…….

'잠깐, 설마 방금 그 가스…….'

수련이 아뿔싸, 하고 속으로 되뇌는 순간 얼음파리가 공습을 가해왔다. 그래 봬도 무려 7레벨이나 되는 데다가, 표적이 워낙 작아서 겨냥하기도 까다로운 몬스터였다. 게다가 잽싼 움직임까지!

그러나 이번에는 상대를 잘못 만났다. 검을 휘두르기에 까다로운 좁은 반경, 피할 곳도 없는 실내였으나 수련은 마스터였다. 모든 직업을 통틀어 지고의 경지에 오른 자들에게만 붙여지는 호칭인 마스터.

전방 좌측에서 세 마리의 얼음파리가, 우측 하단에서 네 마리의 얼음파리가 침을 세우고 돌격해 들어왔다. 가히 쇄도라는 말이 어울릴 만큼 빠른 속력이었으나, 수련은 반걸음을 물러서서 우측의 공격을, 허리를 가볍게 꺾어 좌측의 공격을 피해냈다. 그리고 그와 동시에 바늘 같은 섬광이 발출했다. 섬광영의 수법이었다.

기세등등하여 수련을 향해 날아들던 얼음파리들은 허무하게 갈기갈기 찢겨 초록색 입자를 쏟아내며 분쇄되어 버렸다.

'아까 유저들의 반응도 이해가 가는군…….'

이 정도로 방범 시설이 철저하다면 웬만한 유저들은 뼈도 못 추렸으리라. 수련은 뒤이어 벌컥 열린 천장에서 쏟아진 화살들을 막아내며 인상을 찌푸렸다.

"손님 대접이 과하군요."

그 순간, 가게 안쪽의 내실 문이 발칵 열리며 큼지막한 도끼가 뛰쳐나왔다. 은은한 내력이 휘감겨 있는 걸로 미루어봐서 낮게 잡아도 익스퍼트 최상급의 실력자였다. 역시 호전적인 드워프라서 그런지 전투 능력도 출중하다.

도끼의 흉악한 날이 코앞까지 다가왔을 무렵, 수련의 오른쪽 허리에서 번개 같은 섬광이 뽑혀 나왔다. 빙한의 신성(神聖)을 풀풀 날리는 순백의 칼날이 가볍게 도끼를 튕겨냈다. 땅딸막한 인영이 휘청거리며 일필휘지로 그린 양 시원스레 뻗은 눈썹이 크게 꿈틀거렸다. 드센 얼굴에 어울리는 박력이 목소리에 담겨 있었다.

"넌 누구냐!"

"드워프들의 판— 아이가이온 입니까?"

수련의 목소리에도 결코 호의는 담겨 있지 않았다. 아마 그가 아이가이온이리라. 수련은 당연한 확신을 하며 분노를 삼켰다. 지금까지 가게에 있었으면서 상대방을 시험해 보기 위해 잠자코 있었단 말인가.

수련은 강한 살기를 방출했다. 지금까지는 눈에 띄지 않기 위해서 기운을 갈무리하고 있었으나, 상대가 이 정도로 막무가내라면 이렇게 하지 않고서야 방법이 없다. 아이가이온의 안색이 대변함과 동시에 그의 살기를 느낀 밖의 용병들이 내부로 뛰어들었다.

용병들을 본 아이가이온의 안색은 더욱 나빠졌다. 전의를 상실한 듯 전투적인 자세를 취하고 있던 그의 도끼자루가 축

늘어졌다.

"마스터가 셋에, 익스퍼트 최상급이 둘? 왕실이라도 침공할 생각인가?"

"수리를 맡기러 왔습니다."

굳은 수련의 얼굴을 보던 아이가이온은 대뜸 헛기침을 하며 입술을 비죽였다. 칼자루가 자신에게 있다는 것을 눈치 챈 것이다.

"마스터가 사용하는 무기라면 확실히 수리할 만한 장인이 흔치 않겠지. 어떤 무기인가? 아무리 마스터의 무기라고 해도 난 아무 거나 수리해 줄 만큼 관대한 늙은이가 아니네."

수련의 살기 탓에 한풀 꺾였던 오만한 자존심이 다시 눈을 뜬 것일까. 좀 전의 치욕을 복수하려는 것처럼 아이가이온은 게슴츠레 눈을 뜬 채 거만한 표정을 지어 보였다. 수련은 말없이 갑옷과 검을 뽑아 그에게 보여주었다.

"이, 이건?"

장인 아이가이온은 휘둥그레진 눈으로 물건들을 받았다. 북극에서 자라나는 극한의 결정을 빚어 만든 성검과 어둠을 재단하기 위해 만들어진 이단심문용 마검. 게다가 암흑의 기사인 데스나이트가 사용하는 갑옷…….

120년의 세월을 사는 동안 별의별 무기를 다 건드려 본 블랙스미스로서, 이름하야 '시커먼쓰' ―왜 그런 별명이 붙었는지에 대해서는 일단 차치하고― 라 불리는 아이가이온이었지만 이런 아이템을 맡아보기는 처음이었다. 자신이 전력을 다한다고 해도, 과연 이 정도 수준의 무기와 방어구를 제련해 낼 수 있을지 의문이었다. 그런 생각을 하자 괜히 자존심에 금이 갔다.

"흠, 검은색이 맘에 드는군."

"수리해 주실 겁니까?"

"이 검의 이름이 무엇인가? 내 대(代)에 나온 검은 아닌 것 같은데."

장인이 인퀴지터를 가리키며 말하자 수련이 고개를 끄덕이며 말했다. 검에 얽힌 신화 따위 그가 알 바가 아니었으나, 어쨌든 인퀴지터는 대단한 검이었으니까.

"그럴 겁니다. 검의 이름은 인퀴지터라고 합니다. 혼돈의 샴쉬르, 인퀴지터."

"이 검이 인퀴지터라고?"

수련은 괜히 심각한 척 운을 띄웠다. 어쩌면 검의 유래에 관해 그가 알고 있을지도 모른다는 기대 때문이었다. 그리고 예상대로 아이가이온은 대경실색하며 호들갑을 떨었다.

"그렇군. 이게 바로 백 년 전에 행방불명되었다는 그 검이로군. 정령의 축복으로 빚어졌다던 '하늘언덕의 밀리오르' 이후 이런 대단한 무기는 처음 보는군."

"그건 뭡니까?"

수련은 생소한 무기의 이름에 대뜸 질문을 던졌다. 하늘언덕의 밀리오르… 파비앙의 삼신기를 말하는 것일까? 수련은 레퀴엠을 하사받을 때 엿들었던 대화를 떠올렸다.

"아, 하늘언덕의 밀리오르 말인가? 정령의 사신기(四神器)에

속하는 절세의 보검이지. 나도 자세한 것은 모른다네. 정령의 사신기나 고대의 신기, 파비앙의 삼신기 같은 것은 작금의 칸이라 해도 잘 알지 못할 걸세. 이미 오래전에 소실된 무기들이니까."

"방금 하늘언덕의 밀리오르를 직접 보셨다는 듯이 말씀하신 것 같습니다만……"

"아, 실은 얼마 전에 밀리오르의 소유자가 이곳에 찾아왔었네. 덕분에 십 년 만에 처음으로 수리를 해주었지. 그 탄력있는 검신과 부드러운 그립의 맛이란…… 크으! 그건 마치 도도한 아가씨를 확 잡아채는 그런 기분이었……!"

아이가이온은 그 순간의 황홀함을 되새기는 양, 흐뭇하게 눈을 깜빡이며 주먹을 부르쥐었다. 대륙에 존재하는 모든 드워프 장인이 이런 변태 기질을 갖고 있다면 이건 좀 심각한 문제다. 변태 드워프는 이내 추태를 깨닫고 헛기침을 하며 인퀴지터의 검신을 쓸어보았다.

"자네의 인퀴지터를 정령의 사신기에 비할 수 있을지는 잘 모르겠네. 솔직히 둘 다 내 역량을 뛰어넘은 무기들이라…… 그래도 이 정도 검이면 정령의 사신기에는 못 미치더라도 보기 드문 절세의 검이지. 이런 무기를 수리하게 되어서 영광이군."

이어진 그의 말에 수련은 자존심이 조금 상했다. 물론 수련의 랭킹이 랭킹인 만큼 그보다 더 좋은 무기를 가지고 있는 유저가 있을 수도 있었다.

"혹시, 그 무기를 가져온 사람의 이름을 기억하십니까?"

수련은 다그치듯 물었다. 자신보다 강한 사내라면 누구일까. 마에스트로? 아니면, 벨라로메? 어쩌면 아크나 나훈영일 수도 있었다.

"흠, 나도 잘 몰라. 이름이 알…… 뭐였던 것 같은데. 행색을 보아하니 대륙 동남부에서 온 자 같더군. 모자를 쓰고 있어서 잘 기억은 안 나네만… 머리카락 색깔이 아마 초록색이었던 것 같네."

알……. 수련은 한 사람의 이름이 떠올랐으나 확신하지는 못했다. 하지만 마음속에 기억해 두었다. 가정에 불과하지만 가능성은 있었다. 어느덧 장인의 눈길은 성검 레퀴엠을 훑고 있었다.

"이건 페르비오노 왕실의 보검이로군. 극한의 레퀴엠…… 안타깝지만 이건 수리해 줄 수 없네."

"왜죠?"

"난 하얀색을 싫어하거든. …농담일세, 그런 표정 짓지 말게."

농담이 아닌 것 같아 수련이 계속해서 노려보자, 아이가이온이 한숨을 지으며 말했다.

"성검 레퀴엠은 수리할 필요가 없는 검이라네. 레퀴엠을 이루고 있는 것은 금속이 아니니까."

"아……!"

아이가이온은 검의 표면을 부드럽게 쓸어내리며 말했다.

"이 검은 얼음의 결정으로 만들어진 것일세. 그것도 굉장히 응축된 결정체지. 신의 축복이 내려진 성검이기 때문에 웬만한 충격으로는 날이 상하지도 않을뿐더러, 날이 상하더라도 북방의 눈 속에 하루 이틀쯤 묻어두면 순식간에 복구될 거야."

그는 그렇게 말하며 연이어 손을 저어 보였다. 그리고는 엄숙하게 덧붙였다.

"절대 내 실력이 부족해서가 아닐세. 이런 검을 제련하려면 북극까지 올라가야 하는데, 나는 그렇게 시간이 많은 사람이 아니거든."

"아, 네."

수련은 마지못해 고개를 끄덕여 주었다. 아직 그에게 부탁할 것이 있었기 때문이다.

"참, 그리고 용병들이 쓸 무기를 좀 만들어주십시오."

그 말에 아이가이온이 조금 당황하는 것 같았다. 그는 슬쩍 눈짓을 주며 무기의 가격표에 시선을 주었다.

"어, 흠. 저 가격을 보고도 말인가?"

"백 골드 드리겠습니다."

장인의 표정이 황당하게 변했다. 고작 백 골드?

"고작 백 골드로 익스퍼트 최상급과 마스터들이 사용할 수 있는 무기를 만들라고?"

수련도 덩달아 기가 막혔다. 백 골드면 그래도 현금으로 계산했을 때 25만원이나 된다. 현재 그가 가진 금액의 총합이 백이십 골드라는 것을 미루어 생각하면 수련에게는 피 같은 액수였다.

"백 골드면 충분하다고 생각하는데요."

수련이 무시무시한 눈초리로 쏘아보자 의기양양하던 아이가이온도 살짝 꼬리를 내리며 눈치를 보았다.

"으흠. 확실히 백 골드면 적은 액수는 아니지만, 마스터가 사용할 만한 무기를 만들기엔 턱없이 부족한 돈일세."

"그래도 어떻게 안 되겠습니까?"

수련이 간곡하게 청하자, 아이가이온도 조금은 마음이 흔들렸는지 고심하는 기색을 보였다. 한참이나 턱을 긁으며 끙끙거리던 그가 마침내 해답을 내놓았다.

"백 골드로 마스터가 쓸 만한 무기를 만드는 것은 무릴세. 다만, 무기를 만들 수 있을 만한 원석(原石)을 가져온다면 만들어 줄 수는 있네."

"광석이라면……."

마스터의 검압을 능히 감당할 수 있을 만한 강도의 금속. 인퀴지터를 이루고 있는 마왕의 뼈나 레퀴엠을 구성하는 극한의 결정 같은 특별한 경우를 제외하고, 그 정도의 강도를 갖춘 금속은 정말 몇 되지 않았다. 수련은 개중에 가장 먼저 떠오르는 금속의 이름을 말했다.

"미스릴."

아이가이온은 고개를 끄덕였다.

"그래, 미스릴 아니면 오리하르콘을 구해오게. 그렇다면 자네들에게 무기를 만들어주지. 그리고 이 물건들의 수리는…… 내일쯤 찾아오면 될 걸세."

아이가이온은 그 말을 끝으로 축객령을 내렸다. 수련은 용병들을 이끌고 조용히 대장간을 나왔다. 브룸바르트 중남부 근방에서 미스릴을 구할 수 있는 곳은 한 군데밖에 없었다.

로드 플레인.

*　　　　*　　　　*

—접속 시간이 6시간을 초과하셨습니다.

수련은 메시지와 동시에 접속을 종료했다. 아무리 큐브를 사용해서 게임을 한다지만, 론도처럼 정신력을 많이 소비하는 게임을 오랫동안 붙잡고 있으면 뇌가 쉽게 피로해진다. 일반인에 비해서 그런 쪽의 뇌 활동량이 많은 프로게이머라도 마찬가지.

큐브에서 나온 수련은 간단히 몸을 풀어주며 마사지를 했다. 학교에서 돌아온 여동생은 피곤했는지 엎드려서 졸고 있었다. 수련은 이불을 꺼내어 수연의 몸에 덮어주었다.

"으음……."

여동생이 몸을 뒤척이며 자연스레 그에게 안겨왔다. 수련은 이불에 감싸인 그녀의 몸을 안아 들고 폭신한 이불 위에 내려놓았다.

"많이 무거워졌네……."

자면서도 그 말을 들었는지, 수연의 고운 아미가 살짝 찌푸려졌다. 수련은 그 광경을 보며 피식 웃다가 이내 시계를 보고

기겁했다.

PM 10:46.

"아차차……."

수련은 오늘이 인프라블랙에 명시되어 있던 그날이었다는 것을 간신히 기억해 냈다. 미리 메모도 해뒀었는데, 바보같이 깜빡하고 말았다.

수련은 황급히 노트북을 부팅한 후, 인터넷을 켜고 인프라블랙 사이트에 접속했다. 사이트에는 여전히 페이지를 찾을 수 없습니다, 라는 메시지만이 허랑하게 떠올라 있었다.

이미 모두 로그아웃했을까……?

수련은 익숙한 손놀림으로 동서남북에 위치한 작은 링크를 찾아 한 번씩 눌렀다. 그러자 화면이 바뀌며 채팅방으로 들어갈 수 있는 링크가 떴다. 링크 옆에는 작은 창으로 현재 접속 중인 인원이 보였다.

2명.

아마 인프라블랙과 카오스블랙이겠지. 수련은 조심스레 마우스 커서를 옮겨 링크를 눌렀다.

[Black #1님께서 입장하셨습니다.]

예상대로 오른쪽의 명단에는 카오스블랙과 인프라블랙이 보였다. 그리고 오른쪽의 가장 하단에 블랙 원, 수련의 임시 아이디가 출력되어 있었다.

한참이 지나도 아무도 인사를 해오지 않았다. 수련은 무슨 말을 타이핑해야 할까 한참을 고민하다가 이곳에서는 원래 안

녕, 이라든가 하이, 같은 인사를 하지 않았다는 것을 깨달았다. 바보같이 꽤 오랫동안 들어오지 않은 탓에 잊고 있었다.

—들어오자마자 잠수인가요?

뜻밖에도 먼저 타이핑을 해온 것은 infrablack이었다. 인프라블랙이 말을 하다니! 인프라블랙에 가입한 후 인프라블랙 본인이 말을 하는 것을 단 한 번도 보지 못했던 수련이었기에 그 놀라움은 더했다. 그는 인프라블랙이라는 인물은 사실 가상의 허깨비에 불과하며, 실제로 상황을 주도하는 것은 카오스블랙일 거라는 상상까지 했던 것이다. 실제로 그에게 인프라블랙에 가입할 것을 제의해 온 것도 발신인이 카오스블랙으로 된 메일이었다.

—아닙니다. 단지… 뜻밖이군요. 인프라블랙이 말을 하다니.

다른 사람들이 봤다면 무미건조한 채팅이라고 한두 마디쯤 쏘아붙일 법도 했다. 하지만 단 하나의 이모티콘도 찾을 수 없는 삭막한 채팅창.

—에, 저라고 해서 마네킹은 아니랍니다.

두 번째 메시지를 확인한 수련은 두 배쯤 더 놀랐다. 자신이 상상했던 인프라블랙에 전혀 어울리지 않는 이미지였던 것이다. 만약 인프라블랙이 실재하는 자라면, 그는 분명 중후한 말투를 쓰는 남자일 거라고 생각했던 까닭이다.

물론 그 추측을 이 정도로 부정하기란 조금 힘들겠지만, 수련은 그 순간 어쩌면 인프라블랙은 여자일지도 모른다는 생각을 했다.

—늦었군.

　잇따라 말을 꺼낸 것은 카오스블랙이었다. 수련은 살짝 웃으며 타이핑을 시작했다. 그러나 막상 메시지를 입력한 후 엔터를 누르려니 조금 망설임이 더해졌다. 과연 이 말을 쓰는 것이 자신에게 도움이 될 것인가, 되지 않을 것인가에 대한 의문이 속에서 빗발쳤다.

　수련은 보통 말하기 전에 세 번쯤 생각하는 버릇이 있었다. 현실에서도 그런데, 엔터를 치지 않고는 말을 전달할 수 없는 채팅창에서야 오죽할까. 결국 수련은 결단을 내렸다.

　—당신, 제롬이죠?

　—그렇게도 불리지.

　모니터 건너편의 남자는 아마 웃고 있을 것이다. 그런 생각을 하자 불현듯 유쾌해졌다. 수련은 그들의 정체를 물어볼까 하다가 쓰던 메시지를 지우고 다른 메시지를 타이핑했다.

　—다른 블랙 멤버들은 어디에 있죠?

　—다른 멤버들은 이미 나갔네. 그리고… 다시는 오지 않겠지.

　—무슨 말이죠, 그건?

　—인프라블랙은 오늘부로 해산이란 의미지.

　이번 쇼크가 제일 컸다. 어쩐지 오늘은 놀랄 일만 있다.

　—왜죠?

　—간단하네. 인프라블랙의 존재 의미가 이제 없어졌으니까.

　인프라블랙의 존재 의미. 그건 상호 간의 정보 교환이 전부가 아니었던가? 수련은 속으로 그런 질문을 던지며 아랫입술을 빨았다.

　론도는 아직 건재하고, 가상현실 게임 시장은 앞으로도 계속 커져 갈 것이다. 그라운드가 아직 무한한 가능성을 품고 있는데, 왜 존재 의미가 없어졌다는 거지?

　그렇다는 것은… 인프라블랙의 존재 의미가 수련이 생각한 것과는 다르다는 것. 수련은 의표를 찔렸다.

　―절 부른 목적이 뭡니까?

　―제안할 것이 있네.

　카오스블랙은 첫 인사 이후 줄곧 침묵하고 있는 인프라블랙을 대신해 말했다. 확실히 친근한 말투의 인프라블랙보다는 카오스블랙 쪽의 말이 더 카리스마가 있었다.

　―선택권은 제게 있겠죠?

　수련은 카오스블랙의 의중을 파악하려 애쓰며 조심스레 말문을 던졌다. 그러나 아무것도 파악해 낼 수 없었다. 이래서 채팅은 너무 불편하다. 현실이나 가상현실 게임처럼 사소한 행위에서 그 이상의 것을 읽어내기가 버겁다. 채팅에서는 상대방이 취사 선택하여 내놓는 정보만을 가지고 그의 심리를 읽어야 한다. 그리고 사실상 그것은 불가능했다. 자기 무덤을 자기가 파는 꼴이다.

　수련은 너무 주관적으로 파고들지 않으려 노력하며, 동시에 객관적인 측면에서 그의 메시지 하나하나를 분석했다. 하지만 카오스블랙은, 제롬은 너무 치밀했다.

　'내게 접근한 것도 속셈이 있었던 걸까.'

그런 생각만으로도 수련은 지금까지 제롬에게 품어왔던 호의가 산산이 깨어져 나가는 것을 느꼈다. 수련은 그런 스스로에게 자괴감을 느낌과 동시에 깊은 배신감을 느꼈다.

　―선택권이야 언제나 자네에게 있었지. 당연한 것 아닌가? 그게 인프라블랙이니까.

　―그랬죠.

　수련은 무덤덤하게 답했다. 상대방이 사적인 감정을 죽여낸 만큼 그 또한 상처를 입으면서 감정을 죽여야 했다. 사멸한 감정의 잔재가 잿더미가 되어 마음속을 어지럽힌다.

　―제안 내용은 말할 수 없네. 어처구니없는 말이지만, 우리를 믿고 이 제안을 받아들여 줬으면 좋겠네.

　카오스블랙은 계속해서 말했다.

　―아주 중요한 일이지. 론도, 나아가서 한국, 어쩌면 세계에 커다란 파장을 몰고 올지도 모를 만큼 엄청난 일이야. 보수는…… 그래, 보수는 확실히 장담할 수 있네. 하지만…….

　수련은 입술을 깨물었다. 그건 말도 안 되는 조건이었다. 모순이었다. 제안을 하는 입장인 주제에 제안 내용을 말할 수 없고, 막연한 장담을 하는 데다가 구차한 신뢰를 강요하다니. 솔직히 말해서 기가 막힐 정도였다. 좀 전의 배신감 탓인지, 수련은 그 말에서 미묘한 적개심을 불태우며 타이핑하기 시작했다. 아니, 시작하려고 했다. 적어도 그다음 말을 읽지 않았더라면.

　―목숨은 장담할 수 없어.

　뒷목이 뻣뻣하게 굳어왔다. 왜 여기서 목숨이 나오는 걸까?

수련은 쓰던 말을 지우고 대신 다른 메시지를 타이핑했다.

—게임에 관련된 일입니까?

게임에 관련된 일인데 목숨이 위험하다고? 수련은 고개를 절레절레 흔들었다. 그런 일이 있을 리 없다. 어차피 그가 자신에게 부탁하려 하는 것은 론도 내부에 관련된 일일 것이다.

최근 근처에서 일어나는 일들로 미루어봤을 때 어떤 음모가 있을지도 모른다는 생각을 한 적은 있었으나, 확신을 굳히기에는 약간 시기상조라는 느낌이 있었다. 그런데 갑작스레 목숨이라니? 고작 게임에서 무슨 목숨이란 말인가.

본능적으로 이번 일은 위험하다는 느낌이 왔다. 그것도 굉장히.

—그래, 게임에 관련된 일이지.

명확한 그의 말에 수련은 수많은 물음표를 달고 치솟는 의문들을 가라앉히느라 부단히 애를 써야만 했다. 무슨 목숨을 말하는 것일까, 캐릭터의 목숨 말인가?

'캐릭터의 목숨을 말하는 겁니까?'

그러나 수련은 그 말을 타이핑할 수 없었다. 이상하게도 그런 메시지를 타이핑해 버리면, 그런 말을 꺼냈던 카오스블랙의 의지마저 하찮게 변해 버릴 것 같았다.

얼결에 카오스블랙의 진지함에 휘말려 버린 것이다. 수련은 심란해졌다. 이런 식은 곤란하다. 얕은 침묵이 내려앉았다.

수련은 카오스블랙의 마지막 말을 몇 번이나 다시 읽어보았다. 목숨은 장담할 수 없어. 그래, 게임에 관련된 일이지⋯⋯.

지금 모니터 너머에서 자신에게 메시지를 입력하고 있는 사람은 대체 누구인가……

침묵의 깊이가 더해져 한층 괴리감을 불러일으킬 무렵, 카오스블랙이 다음 말을 타이핑했다. 결정적인 문장이었다.

—나를, 아니, 우리를, 인프라블랙을 도와주겠나?

수련은 한참을 고민했다. 사실 답은 이미 정해져 있었다. 그의 망설임은 오직 제롬이라는 존재 자체에 기인하고 있었던 것이다. 수련은 질문으로 질문에 답했다.

—다른 블랙 멤버들에게도 같은 제안을 했습니까?

카오스블랙은 조금 망설이는 듯했다.

—그래.

—대답은?

—모두 거절했네.

말에서는 한 치의 거짓도 찾아볼 수 없었다. 만약 모두 받아들였다고 했으면 그를 의심할 수밖에 없었을 것이다. 하지만 모두 거절했다. 그래, 모두 거절하는 것이 당연한 것이다.

—마지막으로 하나만 묻겠습니다.

수련은 속으로 천천히 문장을 다듬었다. 그가 진정으로 던지고 싶었던 말이 그 문장 속에 모두 녹아들어 있었다.

—그 제안, 아니, 부탁이라고 하는 게 더 어울리겠군요. 한 '개인'이 하는 겁니까, 아니면…… '카오스블랙'으로서 하는 겁니까?

그 말에 꽤 오랫동안 침묵이 내려앉았다. 카오스블랙은 마치 그 정적의 깊이를 재는, 침묵의 재단사처럼 적막을 조율하고 있었다. 목울대로 꿀꺽하고 침이 넘어갔다. 초침의 간격에 무시무시한 긴장감이 서려 있었다. 얼마나 시간이 흘렀을까. 이윽고, 카오스블랙이 메시지를 타이핑했다.

　—카오스블랙으로서.

　—거절합니다.

　섬광 같은 답변이었다. 마치 그의 대답을 알고 있었다는 듯이. 분위기가 무거워졌다. 하지만 아무도 서로를 탓하지 않았다. 그건 처음부터 그렇게 정해져 있었다. 적막을 깬 것은 수련이었다.

　—다시 만날 수 있을까요?

　—아마도…… 어쩌면 빠른 시일 내에.

　카오스블랙은 그렇게 대답했다. 수련은 눈꺼풀을 살짝 내리깐 채 한참 동안이나 메시지를 썼다가 지웠다가를 반복했다. 잠시 후 떠오른 메시지는 다음과 같았다.

　—다음에 만날 때는, 당신이 제롬이기를 바랍니다.

　[Black #1님께서 퇴실하셨습니다.]

　알림메시지가 뜬 이후, 한참 동안이나 채팅창에는 아무런 메시지도 올라오지 않았다. 그곳은 원래 그런 침묵의 세계였다는 것처럼, 원래 그런 침묵이 어울리는 곳이었다는 것처럼…….

　인프라블랙은 그런 침묵을 흥얼거리듯 메시지를 타이핑했다.

　—역시, 재미있는 분이네요. 제가 생각했던 만큼.

―그렇습니까?

그, 혹은 그녀의 말에 카오스블랙은 조금 놀란 것 같았다. 생각했던 것만큼? 카오스블랙은 주저없이 운을 띄웠다.

―그를 알고 계십니까?

―조금은요.

채팅창은 말이 없다. 서로가 고르고 골라서 만들어낸 단어를 제외하고는 그 어떤 것도 보여주지 않는다. 어떤 포커페이스가 이토록 무심할 수 있을까. 그러나 다음에 카오스블랙이 타이핑한 메시지에는 분명한 감정이 실려 있었다.

―미소 짓고 계시군요.

―네?

―그런 건 쉽게 알 수 있습니다.

갑자기 분위기가 어색해졌다. 상대방의 감정을 읽었다고 자신하는 카오스블랙과 그런 주장을 인정하지 않으려는 듯 침묵하는 인프라블랙. 다음 순간, 인프라블랙의 웃음소리가 들리는 것 같았다.

―역시…… 카오스블랙은 너무 날카로워요.

―저도 감이란 게 있으니까요.

―원래는 없었잖아요?

―아무래도, 저 젊은이랑 붙어 다니다 보니 생긴 것 같습니다.

인프라블랙이 후후, 하고 작게 웃었다. 물론 그것은 카오스블랙이 전적으로 그렇게 느꼈다는 의미다. 인프라블랙은 가벼워진 분위기를 일소하듯 말을 이었다.

―최근 피스 내부의 움직임은 어떤가요?

―심상치 않습니다. 파벌이 나눠지려는 분위기입니다.

―그런가요? 역시 어쩔 수 없는 건가 보군요.

카오스블랙은 대답하지 않았다. 그러나 그 무거운 침묵이 사태의 심각성을 반증해주고 있었다. 때로는 말하지 않아도 알 수 있는 것이 있다. 아니, 말하지 않기에 더욱 실감나게 느낄 수 있다.

―참, 저도 한 가지만 물어봐도 될까요?

―그러시지요.

―왜 그에게 개인으로서 부탁하지 않았나요?

―그와의 유대를 쌓기에는 너무 짧은 시간이었습니다. 그리고 관계를 망치고 싶지도 않았고요.

―그런가요.

인프라블랙은 불가해한 기색으로 입을 다물었다. 그는 모르는 세계인 것일까. 제롬, 카오스블랙이 말했다.

―뒤를 부탁합니다, 인프라블랙. 슬슬 전력이 부족해서…….

―걱정 마세요. 부디 살펴가시길.

[Chaosblack님께서 퇴실하셨습니다.]

채팅방에는 깊은 공허만이 감돌았다. 홀로 남은 인프라블랙은 무엇을 걱정하고 있는지 새하얀 여백 속에서 고독한 침묵을 유지하고 있었다. 무엇이 그리 걱정스러운지…….

EPISODE **015**

Chaos knight

　하늘은 처참할 정도로 새파랬다. 어쩌면 오늘부로 게임을 접어야 할지도 모른다. 가슴 가득 불안을 짊어진 청년 유호는 아찔한 심정을 품고서 어렵사리 발걸음을 옮겼다.

　'어쩌다가 이런 지경에 처했을까!'

　비실비실 힘없이 늘어진 야자수의 잎을 걷어내자, 앞길을 걸어가는 원정대 일행이 보였다. 유호는 입술을 잘근잘근 씹으며 이리저리 눈치를 보기 시작했다. 지금 숲길로 몰래 빠지면 도망갈 수 있을까? 그러나 결단을 내리기도 전에 그의 뒤를 쫓아오던 원정대의 후미가 그를 발견했다. 만면에 싱긋 웃음을 머금은 채로.

　"카오스 나이트, 어서 가시지요."

니들은 속 편해서 좋겠다. 유호는 얄미운 그 얼굴을 한 대 때려주고 싶은 충동을 간신히 참으며 다시 발걸음을 떼었다.

내가 미쳤지. 왜 그런 말을 해가지고! 한순간의 욕심을 이기지 못하고 저지른 실수는 정말 치명적이었다.

"카오스 나이트를 뵙게 되다니, 정말 영광입니다."

유호는 옆에서 알랑거리는 유저를 바라보며 쓴웃음을 지었다.

카오스 나이트는 무슨 카오스 나이트!

유호는 한숨을 푹푹 내쉬며 이 일의 근원지나 다름없는 자신의 갑옷을 슬쩍 노려봐 주었다.

최근 론도의 최대 화젯거리라면, 단연 다섯 손가락 안에 '카오스 나이트' 라는 이름을 꼽을 수 있었다. 카오스 나이트. 얼마 전 페르비오노의 수도에 나타난 이 의문의 유저는, 단 4인의 동료를 대동하고서 왕성에 출몰한 언데드 로드인 리치와 스켈레톤 로드를 가볍게 베어 넘겨 버렸다고 했다.

처음 그 이야기를 들었을 때, 유호는 심각한 수준의 질투와 동경을 함께 품었다. 대학생 유호는 소년 시절부터 히어로를 좋아했다. 거미줄을 뿜어 도시를 활공하며 악을 물리치는 스파이더맨, 손등에서 크로우를 뽑아 적을 베는 뮤턴트 울버린, 최후의 순간에도 엄지손가락을 들어 보인 채 소멸하는 터미네이터…… 그들은 소년의 영웅들이었다.

유호는 영웅이 되고 싶었다. 그는 태어날 때부터 약골이었고, 좀처럼 노력도 하지 않은 채 망상만 품는 스타일의 인간이었다. 스스로도 그것을 잘 알고 있었으나, 동경과 집착은 원래 스스로의 현실을 자각하지 못하게 만드는 기묘한 힘이 있다.

"야야, 나 좀 먼저 먹자. 비켜봐."

고등학교에 올라온 후, 그런 유호의 극단적인 동경은 더욱 심각해졌다. 사소한 행위에도 한심한 자신에게 화가 치밀어 올랐고, 시간이 지날수록 학교는 약육강식의 세계인 것처럼 느껴졌다.

종이 울리자마자 죽어라 달려서 비교적 급식대의 앞줄을 차지한 그의 노력을 눈앞의 거대한 소년은 너무도 간단한 한마디로 무력화시켜 버렸다. 으스대듯 기분 나쁘게 웃는 놈의 코를 짓뭉개 버리고 싶었다. 하지만…….

"야, 나도 좀……."

"짜식, 고맙다."

한 놈이라면 별문제가 되지 않는다. 하지만 그런 놈에게는 늘 패거리들이 들러붙게 마련이었다. 녀석들은 마치 유호가 봉이라도 되는 것처럼 싱글거리며 다가와서는, 그의 작은 몸을 거칠게 밀쳐 내고 자리를 확보했다. 그렇게 하나둘씩 앞줄에 서다 보면, 어느새 유호는 줄의 중간쯤에 서 있게 되곤 했다. 빌어먹을…….

그런 일이 있는 날이면 유호는 집에 돌아와서 혼자 커다란 베개를 상대로 싸움을 시작했다. 파란 바탕에 점이 박혀 있는 산뜻한 색깔의 베개는 유호의 허약한 주먹을 맞고 비틀거렸다.

숨을 헉헉 몰아쉬며 다시 주먹을 내지른다.

"계왕권 열 배!"

유호는 마치 자신이 모 만화에 나오는 초인이라도 된 듯한 심정으로 베개를 때리고 또 때렸다. 그렇게 하고 있으면 그는 자신이 정말로 초인이 된 듯한 기분에 젖곤 했다. 그래, 그런 놈들쯤…… 내가 제대로 싸우면 별거 아니지.

그러다 보면 자기 망상에 빠지기도 했고, 정말 자신의 주먹이 광속쯤 되어서 놈들은 절대 피할 수 없을 거라는 착각에 잠겨들기도 했다. 하지만 그렇게 한참 동안 베개를 때리고 숨이 턱까지 차오를 때면 또다시 허무감에 젖어들었다.

녀석들의 얼굴을 마주하면, 그는 또다시 얼어붙을 것이다. 나는 용기가 없다…….

간혹 제대로 운동을 시작해 보려고 팔굽혀펴기를 하거나, 줄넘기를 해보기도 했지만 삼 일도 채 못 가서 그만두는 경우가 태반이었다. 소설이나 만화처럼 싸움 기술을 연구하려고 텔레비전을 켜서 K-1이나 복싱 리그를 관람하고 있으면 왠지 자신이 상상하던 망상이 깨어져 나가는 것만 같아서 가슴이 아팠다.

선수들의 주먹은 너무 느려 보였다. 요리조리 파하다가 서로 껴안는 경우가 대부분이었고, 주먹에 맞아도 결코 한 방에 KO당하는 일은 좀처럼 없었다. 복싱 만화에서 봤던 뎀프시롤 같은 걸 사용하는 선수도 없었고, 스트레이트는 약해 보였다.

유호는 차츰 현실을 깨달았다. 그가 살아가는 현실은, 만화가 아니다. 히어로는 없다.

그리고 유호는 대학생이 되었다. 더 이상 소년은 히어로에 열광하지 않았다. 뉴욕에는 스파이더맨이나 울버린이 없으며, 브루스 리는 죽었다…….

그런데 바로 그 시기에, 최초의 가상현실 게임이라는 론도가 등장했다. 유호가 본 최초의 광고 영상은 벨라로메라는 유저와 마에스트로라는 유저가 토너먼트 결승전을 치르는 장면이었다. 화려하게 불타오르는 검극, 광기에 젖어 울어 젖히는 전사. 소년이 갈망해 왔던 히어로들이 바로 그곳에 있었다!

유호는 론도의 세계가 열린 지 약 4개월 동안 열심히 게임을 했다. 비록 어릴 때는 머리도 작고 개념도 모자라서 망상을 망상에 가둘 수밖에 없었지만, 지금은 달랐다. 그에게는 시간도 있고, 의지도 있으며, 열정도 있었다.

게임 속이라는 건 알고 있다. 하지만 적어도 이제 그는 히어로가 될 수 있었다. 그가 주안점을 둔 론도의 시스템은 바로 '히든 클래스'였다. 그가 읽었던 게임 소설에 나오는 히든 클래스는 무지막지한 전투력을 가지고 있으며, 기합 한 번 넣으면 유저들 몇 백 명이 우르르 쓰러지는 사기적인 기술을 가진 직업이었다.

그가 게임을 시작할 당시에는 이미 론도에 수많은 히든 클래스의 전직 법들이 커뮤니티 사이트에서 유저들 사이에 퍼져가고 있었다. 히든 클래스는 더 이상 히든 클래스가 아니었다.

전직 방법이 알려진 이상 히든 클래스라고 하기 어려웠음에도, 그래도 공식 전직 루트에 따라 전직하지 않기 때문에 아직까지 히든 클래스라고 호칭하는 모양이었다.

클래스는 다양했다. 와이어 나이트, 소드 메이지, 블레이드 댄서…… 그러나 어떤 직업도 그의 마음에 들지 않았다. 그래도 명색이 히든 클래스인데, 흔하지 않은 직업을 선택해야 하지 않겠는가!

하지만 실망스럽게도 그가 새로이 입수한 정보에 의하면, 히든 클래스라고 해서 다른 정규 클래스에 비해 압도적으로 강하다거나 그런 것은 아니었다. 현실과 소설은 달랐다.

블레이드 댄서는 공격력과 민첩성이 높은 반면, 일반 검사나 나이트에 비해 체력과 생명력, 방어력이 많이 낮았고, 소드 메이지의 경우는 초반부터 검과 마법을 동시에 사용할 수 있는 대신 육성이 어려운 데다가 어영부영 마스터의 경지에 올라도 검술은 검사에게 한참이나 밀리고, 마법은 마법사보다 몇 클래스나 뒤처지는 수준으로 구현하는 것이 고작이었다.

특별한 직업이 필요하다!

그렇게 초보자의 신분으로 브룸바르트 전역을 이 잡듯이 뒤져서 전직한 직업이 바로 '마술사'였다. 어떤 거지 영감을 도와준 게 계기가 되었다.

"이봐 자네, 마술사의 재능이 있군."

빵을 사준 것과 마술의 재능에 어떤 상관관계가 작용하는지는 알 수 없었지만, 그는 옳다구나 싶어서 거지의 제안을 승낙했다. 그리고 지금 이 모양 이 꼴이 되었다.

"뭐야? 마술사? 그건 또 무슨 듣보잡이야?"

"듣보잡은 뭡니까?"

"듣도 보도 못한 잡놈. 우린 그런 놈 파티에 못 끼어줘."

유호는 화가 났지만 어떻게 변명할 방도도 없었다. 파티 플레이로 어부지리 경험치를 획득해 보려 했는데, 그것마저 실패한 것이다.

'제길, 이런 직업으로 어떻게 솔로 플레이를 하라는 거야!'

마술사가 가진 초반 스킬은 데이즈(Daze)와 서먼 피죤(Summon pigeon)이 고작이었다. 데이즈는 손수건으로 상대방의 시야를 현혹시키는 것이었고, 서먼 피죤은 말 그대로 비둘기를 모자에서 꺼내는 기술이었다. 게다가 마법 모자 값은 또 얼마나 비싼지······.

그래도 유호는 희망을 잃지 않았다. 손수건으로 오크의 시야를 혼란시킨 후, 재빨리 뒤로 돌아가서 오크의 목을 찔러 죽였고, 비둘기를 소환해 몬스터들을 유인하여 한 마리씩 죽이거나, 또는 비둘기를 떼거지로 소환해서 초보 존의 하급 몬스터들을 몰이사냥하며 돈을 모았다. 피눈물 나는 하루하루였다.

유호는 그날도 초보들의 욕을 들어가며 초보 존 몬스터들을 상대로 힘겹게 금화를 긁어모으고 있었다. 그런 대로 그날의 수확에 만족해하며 하루일과를 마무리하려는 순간, 일이 터졌다.

초보존의 숲을 헤치고 나타난 카오스 유저. 그의 살해 행각을 증명하듯 유저의 몸에는 붉은색의 옅은 오라가 일렁이고 있었다.

'머더러(Murderer)다!'

새카만 갑옷에, 휘황한 백광이 감도는 고급 이도류. 누군가에게 쫓기고 있는지 유저는 허겁지겁 숨을 몰아쉬며 정신없이 달리고 있었다. 유호는 그를 발견하자마자 본능적으로 근처의 잡목림에 뛰어들어 몸을 숨겼다.

마음속에서 솟구치는 물욕(物慾)이 유호의 몸을 경련을 일으켰다. 몸이 붉게 변한 카오스 유저의 경우, 공격을 당해서 사망하면 일정 확률로 아이템을 드랍하게 되어 있었다. 머더러가 착용하고 있는 장비는 꽤나 고급으로 보였고, 이번에 녀석을 죽이면 그 아이템들 중 하나를 습득할 수 있을지도 몰랐다. 게다가 일반 유저가 아닌 머더러는 죽여도 자신의 카오스 수치가 올라가지 않는다!

그러나 유호는 고개를 절레절레 흔들었다. 상대는 보통 머더러가 아니다. 이제 막 익스퍼트 중급—게다가 마법사다!—에 올라선 그가 괜히 덤볐다가는 뼈도 추리지 못할 게 자명해 보였다.

카오스 시스템은 게임사에서 머더러 유저를 제한하기 위해 만든 시스템이었으나, 지금은 소위 말하는 '낚시'로 인하여 본의 아니게 머더러가 되어 피해를 입는 경우도 종종 발생하고 있었다. 혹시 이번에도 그런 경우가 아닐까?

그러나 이번 머더러는 진짜인 것 같았다. 길을 막는 초보자들이 거치적거리는 듯 가볍게 검을 뽑아 든 머더러는 망설임 없이 그들을 베어 넘겼다. 서슴없이 살인을 하는 것을 보면 이미 카오스 수치가 돌이킬 수 없을 만큼 높아진 모양이었다.

이제는 정상 유저로 돌아갈 수 없을 만큼, 비유하자면 레테의 강을 건넌 셈이다.

"머더러다!"

머더러를 발견하고 탐욕에 물든 초보자들이 떼거리로 달려들었으나, 머더러는 압도적인 강함을 선보이며 일도(一刀)에 서너 명을 쓰러뜨렸다. 낭창낭창 쓰러져 산화하는 유저들의 잔해를 보며, 유호는 속으로 가슴을 쓸어내렸다. 괜히 멋모르고 앞으로 나섰다면 그는 바닥에 남은 잔해 중의 하나가 되었을 것이다. 유호는 동시에 자신의 양심에 안도했다. 어떻든 간에 자신은 머더러를 공격하지 않았다. 그래, 그에게도 사정이 있을 수 있지.

거기까지 생각한 유호는 난데없이 머리를 쥐어뜯기 시작했다.

젠장, 난 왜 이렇게 비열한 놈이란 말인가! 뭐가 사정이 있을 수도 있다는 거냐. 저건 어딜 봐도 나쁜 놈 아닌가! 악당이라고! 히어로. 그래, 히어로가 필요하다!

악당이 나타났는데 히어로는 대체 어디 있지?

망상이 거기까지 미친 유호는 황급히 눈알을 굴리며 히어로를 찾았으나, 주변 어디를 둘러봐도 그런 낌새를 보이는 유저는 없었다. 히어로는 없다. 히어로는 없어…… 히어로는?

그 순간 눈에 비친 것은 잡목림의 기슭에 고인 흙탕물이었다. 강렬한 태양광이 흙탕물에 반사되며 유호의 얼굴을 비춘다. 자괴감이 골수까지 뻗쳤다. 바보같이…… 히어로는 나였잖아!

나도 이제 꽤 강해졌어. 어쩌면 이길 수 있을지도 모른다고!

유호는 그런 생각을 하며 자리에서 벌떡 일어섰다. 마술사용 봉과 얇은 레이피어를 동시에 꺼내 들었다. 그러나 그가 잡목림 밖으로 발을 내딛으려는 순간, 숲 속에서 또 다른 유저들이 뛰쳐나왔다.

'전문 PK단이었나?! 제길!'

유호는 재빨리 발을 다시 끌어당기며 상체를 숙였다. 막 숲에서 튀어나온 유저들은 얼핏 봐도 고수의 냄새를 풍기고 있었다. 만약 저 녀석들이 머더러의 일행이라면 유호의 승산은 전무하다.

그래, 히어로도 좋지만 히어로는 때를 노려야 하는 법이지. 맙소사, 나는 왜 이런 놈으로 태어났단 말인가…….

유호가 또다시 죄책감으로 자신을 몰아붙일 무렵, 머더러는 잔뜩 일그러진 표정으로 육두문자를 내뱉었다. 자세히 보니 검은 광택을 내는 갑옷의 사이사이로 은빛 입자가 흘러내리고 있었다. 상처를 입은 것이다.

"제길!"

머더러는 낭패한 표정이었다. 숲길 사이에서 뛰쳐나온 대여섯의 유저는 재빨리 둥근 진을 형성하며 그를 가두었다. 졸지에 어디로도 도망칠 수 없게 되었다.

"드디어 잡았다, 카오스 나이트."

"나는 카오스 나이트가 아니라고!"

머더러는 억울한 목소리로 소리쳤다.

"웃기지 마. 검은 갑옷에 검은 투구, 쌍검을 사용하는 데다가 검속을 위주로 한 검술 스킬! 이보다 더 명확한 증거가 어디 있단 거지?"

유저는 킬킬 웃으며 허리에서 검을 뽑아 들었다. 아쳐들도 거리를 유지하며 활을 겨누었다. 신호만 떨어지면 머더러는 벌집이 되어버릴 것이다.

"야, 빨리 증거 스크린 샷 확보해. 블랙 울프의 헤일론이 저놈 잡으면 얼마 준다고 했지?"

"잊어버렸어. 500골드인가?"

유저 하나에 500골드라니! 현금으로 100만원이 넘는 돈이 아닌가? 유호는 입을 막아 비명을 참으며 눈을 부릅떴다. 보아하니 저 검은 갑옷의 남자가 소문의 카오스 나이트인 모양이었다. 블랙 울프와 척을 졌다더니, 아무래도 이번에는 현상금 사냥꾼들에게 된통 걸린 모양이다.

머더러는 이윽고 투구까지 벗어 던지더니 외쳤다.

"몇 번이나 말했지! 나는 카오스 나이트가 아니라고!"

"그럼 왜 도망쳤지?"

"나는 머더러니까. 어차피 아니라도 네놈들은 날 죽일 것 아닌가?"

그 말에 사냥꾼들이 순간 주춤했으나, 이내 다시금 전의를 불태우기 시작했다. 역시나.

머더러의 정체는 현 유저랭킹 3174위의 검사 즈키였다. 우연찮게 서쪽 사막지대의 보스인 블랙 와이번을 잡아 입수한 블랙 와이번 아머가 이토록 귀찮은 짐이 될 줄은 꿈에도 몰랐다. 게다가 카오스 나이트라니!

그동안 던전 구석에 박혀 레벨 업에만 열중하던 그로선 듣도 보도 못한 이름이었다. 날벼락도 이런 날벼락이 없었다. 하지만 그도 호락호락 당해줄 생각은 없었다. 3천위에 랭크된 검사라면 적어도 소드 익스퍼트 상급의 실력자인 것이다. 즈키는 악을 쓰며 검을 빼 들었다. 우연히 남동국의 검술 비급을 습득하여 익힌 쾌검이 빛을 발한다. 유저들이 대경실색하며 껑충 뒤로 물러섰다.

"비, 빌어먹을, 카오스 나이트 놈!"

"조, 조심해! 놈이 공격한다!"

즈키는 날아오는 화살을 재빨리 검으로 쳐내며 근처에서 주춤거리던 검사를 일격에 베어버렸다. 그러나 뒤에서 날아온 화살 하나가 등에 꽂혔다.

이대로 죽을 줄 알고!

즈키는 이를 악문 채 파워 스텝을 밟아 아처들의 뒤로 돌아갔다. 그 재빠른 몸놀림에 당황한 아처들은 반응할 틈도 없이 두 동강 나 로그아웃당했다.

"역시 카오스 나이트! 쾌검을 사용한다더니 명불허전이군!"

전투를 관람하던 남은 유저들이 모조리 그를 향해 달려들었다. 한 손이 아무리 강해도 여러 손을 한 번에 당해내기는 힘들다. 물샐틈없이 몰아치는 검세에 즈키의 몸에는 삽시간에 상처들이 늘어났다.

"으아아아!"

즈키는 울고 싶었다. 생각해 보면 지난번 마을을 지나오며 낚시에 당한 것이 화근이었다.

서쪽의 사막 절벽에서 블랙 와이번을 처치한 후 와이번 아머를 습득한 것에 들떠 있던 즈키는 브룸바르트 이벤트에 참여하기 위해서 동쪽을 향해 이동하던 중이었다.

그런데 사막을 반쯤 횡단했을 때, 미끈한 얼굴의 미녀가 눈을 붉힌 채 훌쩍이는 것이 눈에 띄었다. 즈키는 측은지심에 여자에게 다가가 전후 사정을 물어보기 시작했다. 물론 미모에 혹하지 않았다고는 할 수 없었다. 원래 남자란 동물은 미녀에 약한 존재가 아니던가.

"스콜피온에게 습격을 당해서 파티원들이 전멸했어요. 귀환 스크롤도 없는데 어떡하죠?"

"저런, 딱하군요."

게임을 처음 시작했을 때부터 솔로 플레이만을 고집해 왔던 즈키는 눈앞의 여자를 몰래몰래 흘끔거리며 고개를 끄덕여 주었다. 호박이 넝쿨째 굴러들어 온 기분이었다. 이 무슨 운명적인 만남이란 말인가. 인터넷 기사의 이야기가 현실이 되는 순간이었다.

게임 속 사냥터에서 우연히 만나 사랑에 빠지고 마침내 결혼에 골인!

즈키는 입을 벌린 채 헤벌쭉 웃었다.

미녀는 으앙, 하고 크게 울음을 터뜨리더니 자연스레 그의 품으로 다가왔다. 즈키는 이 여자를 안아줄까, 아니면 눈물을 닦아줄까를 고민하다가 이내 눈물을 닦아주기로 결심하고 수건을 꺼냈다. 그런데 그 순간, 여자의 몸이 앞으로 휘청거렸다. 반사적으로 손을 내밀어 그녀를 부축해 주는 순간, 즈키의 손은 여자의 가슴에 맞닿아 있었다.

말캉말캉.

즈키는 본능적으로 손을 움직이고 말았다. 그건 정말 고의가 아니었다.

……고의가 아닐 거라고 믿었다. 그건 그냥 본능일 뿐이다. 그 황홀한 감촉에 잠깐 정신이 나갔던 즈키는 뒤늦게서야 자신의 몸에서 붉은 빛의 뭔가가 뻗어 나오고 있다는 것을 눈치챘다. 일시적으로 카오스 상태가 된 것이다.

순간 아차 싶었다. 얼마 전 게임 패치 내용이 떠올랐다.

―파티가 아닌 상태, 혹은 허락이 없는 상태에서 여성 유저에게 과도한 스킨십을 시도한 남성 유저는 일시적으로 카오스

상태가 됩니다.

바보같이, 낚시였을 줄이야! 함정이었다는 것을 깨달았을
때는 이미 늦었다. 모래언덕 뒤에 몸을 숨기고 있던 헌터들이
벌 떼같이 일어나 그를 향해 달려오고 있었던 것이다.

"죽어라, 카오스 나이트!"

최후를 앞둔 순간에도 즈키는 분한 표정을 감출 수 없었다.
눈앞의 녀석들은 정말 나쁜 놈들이다.

"으…… 난 카오스 나이트가 아니야!"

이젠 카오스 나이트든 뭐든 상관없다. 적어도 저놈들만이라
도 죽여 버리겠어! 사람 말이라고는 지지리도 안 듣는 자식들!

즈키는 이도류를 교차시키며 눈부신 검광을 흩뿌렸다.

이름 모를 쾌검의 오의가 뻗어나감과 동시에, 그를 공격하
던 유저들이 한꺼번에 나가떨어진다. 그러나 그 또한 유저가
던진 마지막 검에 심장을 관통당하고 말았다. 게임이었기에
아픔은 없었으나 즈키는 최후의 순간에도 분통했다. 그가 필
사적인 노력을 통해 습득했던 와이번 아머와 실버체인 세이버
가, 이토록 허무하게…….

최후의 순간 그가 본 것은 잡목림 사이에서 멍한 표정으로
그를 훔쳐보고 있는 한 남자였다. 시야가 점멸하더니, 이내 완
연한 어둠으로 뒤덮였다.

조심스레 풀숲에서 나온 유호는 초토화된 주변을 흘끗거리며 누가 볼세라 카오스 나이트로 추정되는 유저가 떨어뜨린 아이템들을 주워 담았다.

놀랍게도 아이템은 B급의 레어인 블랙 와이번 아머와 B급의 매직 아이템인 실버체인 세이버 세트였다. 엄청난 수준의 마법방어 능력은 물론이고, 레어와 세트의 특성상 상당한 수준의 부가 옵션이 가미되어 있었다.

유호는 그곳이 위험하다는 것도 잊고 그 자리에서 그것을 착용해 보았다. 허름한 마술사용 제복을 벗고 갑옷을 착용하자 순식간에 고수가 된 기분이 들었다. 게다가 양 허리를 두툼하게 메우는 검의 감촉이란!

수풀 사이에서 또 다른 유저들이 나타난 것은 그때였다. 아마 카오스 나이트를 쫓아오던 2진인 듯했다. 1진이 모두 당하고, 분명 카오스 나이트 또한 죽었다고 들었는데…… 유저는 눈을 부릅뜬 채 유호를 바라보았다.

"여, 여기 있던 카오스 나이트는……?"

유호는 침을 꿀꺽 삼켰다. 바보같이 아이템을 가지고 바로 도망치지 않다니! 마을이 비교적 가까운 초보존이었기 때문에 귀환 스크롤도 사오지 않았다. 유호는 여기서 자신이 말 한마디만 잘못해도 바로 목숨이 날아간다는 사실을 깨달았다.

"내가 바로 진짜 카오스 나이트요."

어깨를 당당하게 편 채 정면으로 그들의 시선을 받아낸다. 그 위풍당당함에 흉흉하던 유저들이 주눅 들기 시작했다. 유저들이 마음 놓고 카오스 나이트—정확히는 즈키—를 뒤쫓을 수 있었던 것은, 카오스 나이트가 낚시에 걸려 머더러 상태가 되었기 때문이었다.

그런데 지금은…….

"어째서 머더러에서 풀린 거지?"

유저들은 의문을 던지면서도 쉽게 먼저 공격하지 못했다. 서로 간의 눈치만 볼 뿐이었다. 괜히 지금 상태에서 카오스 나이트를 공격하게 되면 자신들만 머더러가 된다. 그럼 방금 전까지 동료였던 자들에게 뒤통수를 맞게 되는 것은 말할 것도 없었다.

유호는 일이 예상대로 전개되는 것을 깨닫고 애써 근엄한 표정을 지었다. 그리고 그 상태 그대로 망토자락을 휘날리며 멋지게 등을 돌렸다. 멋진 뒷태를 만들기 위해 세이버도 검집에 집어넣고, 일부러 완전한 무방비 상태로 돌아섰다. 유호는 속으로 쾌재를 불렀다. 됐어!

유호는 살짝 왼손을 들어 뒤쪽으로 엄지손가락을 세워 보였다. 터미네이터의 마지막 장면에 나오는 바로 그것이었다! 요약하자면 너희들은 훌륭했다, 하지만 나한텐 안 돼…… 라는 거지!

뻣뻣한 움직임으로 걸음을 옮기는 유호의 뒷모습을 어이없이 바라보던 유저 하나가 갑자기 이를 악물었다. 저게 뭐란 말인가! 자기가 터미네이터라도 된다고 생각하는 건가?

미친 거 아냐?!

어릴 적부터 터미네이터의 광팬이었던 그는 속으로 분노를 삭이며 칼을 뽑았다. 내 영웅을 모욕하다니…… 죽여 버리겠어!

그러나 옆의 유저가 그런 그를 제지했다.

"왜 그래? 지금 공격하면……!"

"바보 녀석! 어서 칼을 집어넣어!"

소곤거리듯 말하는 그의 핀잔에, 유저는 별수없이 칼을 집어넣었다. 설명을 요구하는 표정이었다.

"1진이 모두 전멸했어. 지금 검을 집어넣은 걸 보면 모르겠냐? 카오스 나이트는 쾌검의 초고수야. 그의 발검술은 보이지 않을 정도지. 저건 등을 돌린 채 상대해도 우릴 모두 죽여 버릴 수 있다는 자신감의 표현이라고!"

거기까지 생각하지 못했던 터미네이터 광팬은 순간 당황한 얼굴로 어깨를 움츠리더니, 미련을 버리지 못한 얼굴로 종알거렸다.

"하지만……."

"닥쳐! 아직도 모르겠냐? 카오스 나이트는 지금 우리 전부를 살려준 거라고! 저 엄지손가락을 봐! 저건 우릴 용서해 주겠다는 의미야. 카오스 나이트가 저토록 관대한 사람이었다니…… 나는 이 일을 그만두겠어."

"아아!"

그 말에 유저들은 뒤늦게 작은 탄성을 터뜨렸다. 지금 자신들은 여벌의 목숨을 지급받은 것이다. 물론 목숨은 열 개지만…… 그렇다, 그러니까 원래는 열한 개였는데 이제 열 개가 된 거나 마찬가지인 것이다! 유저들은 그렇게 감탄하며 멀어져 가는 카오스 나이트의 뒷모습을 바라보았다.

터미네이터 광팬은 이제부터 카오스 나이트의 팬이 되기로 결심했다. 아무렴, 이제 터미네이터는 낡았지. 석양을 향해 걸어가는 그 모습이 그렇게나 멋있어 보일 수가 없었다.

저분이야말로 진정한 호인(好人)이시다!

…그게 모든 사건의 전말이었다.

브룸바르트 중남부 지역에 카오스 나이트가 나타났다는 소문이 퍼지는 것은 그야말로 삽시간이었다. 언제나 그렇지만 세상에서 가장 빠른 것은 발 없는 소문. 광장의 어디를 가나 카오스 나이트의 이야기로 왁자했다. 유호는 불안해서 미칠 지경이었다.

"정말이야? 카오스 나이트가 나타났다는 게?"

"그래, 정말이래! 페르비오노 왕성을 싹 쓸어버리고 여섯 명의 언데드 로드를 해치운 그놈이 지금 여기에 왔대!"

"그 녀석이 폭염의 사신을 꺾었다는데, 그게 정말이야?"

"드래곤도 잡았다며?"

급기야는 북풍의 기사인 벨라로메가 알고 보니 카오스 나이트의 제자였다느니, 최근 남쪽에서 기세를 타고 있는 성당기사단 팔라딘 나이츠의 캡틴인 디노가 그와 삼 박 사 일을 겨룬 끝에 패했다느니 하는 낭설이 떠돌기 시작했다.

제발, 이제 그만 부풀려 줘!

이미 자신을 카오스 나이트라고 생각하기 시작한 유호는 그렇게 외치고 싶은 것을 간신히 참았다. 그가 들은 정보에 의하면 카오스 나이트는 북동의 페르비오노에 마지막으로 모습을 드러낸 뒤 종적을 감추었다고 한다. 그렇다면 당분간은 안심해도 된다. 갑자기 북동에서 중부로 짠! 하고 나타날 리는 없을 테니까. 유호는 그렇게 자위하며 한숨을 머금었다.

전투직인지 생산직인지도 애매모호한 마술사로 천대받던 그가 이제는 일약 스타가 되다니, 역시 인생이란 모를 일이다.

'나도 이젠 히어로가 된 거야.'

유호는 정체가 들킬까 봐 두렵고 불안했지만, 그에 못지않은 쾌락을 누리고 있었다. 카오스 나이트라면 현재 론도에서 가장 유명한 게이머 중의 하나다. 게다가 브룸바르트 동쪽에서 횡포를 부리던 블랙 울프와 홀로 싸우는 정의의 히어로가 아닌가. 유호는 하루아침에 그가 바라던 히어로가 된 것이다!

"어머, 혹시 카오스 나이트님?"

아차, 하는 순간 유호는 이미 여성 유저들에게 포위당해 있었다. 당황할 틈도 없이 여기저기서 비명소리가 울려 퍼졌다.

"정말 카오스 나이트님이신가요?"

"어머. 날 봤어, 얘!"

이런 장면은 소설에나 나오는 줄 알았는데…… 유호는 갑자기 변한 세상에 적응하기 위해 애썼다. 늘 여자와는 거리가 먼 곳에서 살다가 갑자기 인기를 한 몸에 받게 되니 당황하는 것은 당연했다. 그는 급작스런 상황의 변화에 허둥거리다가 이내 정신을 차렸다. 그래, 나는 이제 인기인이지!

유호는 전부터 광장에서 펼치던 마술쇼를 보여주기로 했다. 그가 손수건과 마술봉을 꺼내 들고, 중절모를 착용하자 여성들 사이에서 수군거림이 커졌다.

"뭐 하시는 건가요?"

"마술쇼입니다."

유호는 화려하게 마술봉을 휘두르며 입술에 생긋 미소를 매달았다. 곧 봉의 극단에서 불꽃이 쏟아지며 화려한 볼거리를 연출했다. 곳곳에서 감탄사가 쏟아진다. 이 정도로 놀라면 곤란하지.

그 순간, 유호의 머릿속에 스타급 센스가 스쳤다. 좋아, 이걸 이렇게 응용하면!

유호는 중절모 속에서 피죤(Pigeon), 그러니까 비둘기 서너 마리를 한꺼번에 꺼내며 옆의 여성 유저를 정면으로 바라보았다.

"피죤 관리하시죠."

…순간 관중이 얼어붙었다. 왠지 아무도 이해하지 못한 듯 냉랭한 분위기가 흐르자, 등에 식은땀이 흘러내렸다. 모 드라마에 나오는 패러디를 응용한 건데, 효과가 없었나? 비둘기도 피죤이잖아! 동음이의어! 정말 아무도 이해 못 한 거야?

"얘, 좀 웃어주자. 좀 썰렁하긴 하지만 어차피 단물만 빼먹고 버리기 쉬운 타입이잖아?"

"그래, 하하호호……."

"티나게 웃지 말고!"

이봐, 다 들린다고!

유호는 곤혹스러움을 얼굴에 드러내지 않으려 애쓰며 하하 웃었다. 주변의 여성 유저들이 애써 일그러진 미소를 보여주었다. 갑자기 세상이 슬퍼진다.

그런데 정적의 틈새를 파고든 유저가 있었다.

"이봐, 개그는 그렇게 하는 게 아냐. 내가 진정한 개그를 보여주지."

우스꽝스런 가면 사이로 남자의 흐트러진 금발이 삐죽삐죽 솟아 있었다. 마치 자신이 개그의 신이라도 된다는 양 의기양양하게 웃어 보인 남자는, 동료로 보이는 옆의 흑발남자를 바라보았다.

"…부탁인데 개그는 너 혼자 해라."

"에이, 이번 한 번마안."

"……."

상대방이 대답하지 않았음에도 불구하고 금발의 남자는 가면을 벗어젖혔다. 그러자 꽤나 수려하고 귀여운 인상의 얼굴이 나왔다. 외모에 자신이 없었던 유호는 잠시 주눅이 들었다.

아냐, 주인공은 나라고! 유호는 숨을 크게 들이키며 눈앞에 나타난 금발의 남자를 향해 소리쳤다.

"넌 뭐……."

"헉!"

금발의 남자가 갑작스레 내지른 단말마에 유호는 깜짝 놀라 한 걸음을 물러섰다. 뭐지? 왜 내 얼굴을 보고 놀라는 거야. 내가 그렇게 못생겼나?

"헉!"

남자는 또 외쳤다. 유호는 좌절을 넘어서 절망에 잠겨들고 있었다. 저렇게 리얼한 얼굴로 나를 바라보다니······ 아냐, 히어로는 얼굴은 중요하지 않아. 히어로는······.

"헉!"

그래······ 사실 알고 보면 히어로들은 다 잘생겼지.

남자가 세 번 연속 '헉!'을 외치자 유호는 고개를 푹 숙이고 말았다. 거리 한복판에서 발가벗겨진 기분이었다. 그런데······.

"어때? 헉 3단 콤보라는 거야. 재밌지?"

"네?"

"헉 3단 콤보라고."

남자는 뭔가 세기 말을 경악시킬 농담이라도 던진 것처럼 왁자하게 웃었다. 옆에서는 예의 검은머리남자가 혀를 차며 이마를 짚고 있었다. 보아하니 이런 일을 많이 겪은 모양이다.

유호는 한참이나 지난 뒤에야 남자의 말을 이해했다.

안도에서 어이없음으로, 어이없음에서 분노로······ 이 녀석 죽여 버릴까? 유호는 눈앞의 금발사내를 보며 진지하게 살인욕구를 불태웠다. 아냐, 생각해 보니 나보다 더한 개그를 해줬잖아? 고맙다. 네 덕분에 내 하이개그가 묻혔어. 너 좋은 놈이구나!

"풋."

문제는 그 순간 실웃음을 터뜨린 여자가 있었다는 것이다. 하나가 웃으면 둘이 웃고, 둘이 웃자 셋이 웃고…… 유호는 나락으로 떨어지고 있었다.

'방금 그게 재밌었다는 건가? 말도 안돼…….'

세계는 미쳤다!

"아하하, 귀여워라! 혹시 저분, 루피온님 아냐?"

"어, 맞아! 그러고 보니…… 지난번에 UCC 동영상에서 봤어!"

"꺄! 실제로 보니 더 귀엽다! 저 말랑말랑한 볼살 좀 봐! 야금야금 잘라서 그릴에 구워 먹어버리고 싶어!"

졸지에 무관심의 늪에 빠져 버린 그는 우물쭈물하며 분산된 시선을 다시 끌어 모을 방법을 찾았다. 그러나 신은 역시 히어로를 버리지 않는 것일까, 그 와중에도 구원자가 있었다.

"잠깐만요. 당신 정말 카오스 나이트 맞아요? 그…… 카오스 나이트의 머리 색깔은 하늘색이었던 것 같은데."

"맞아! 혹시 사기꾼 아냐?"

엄밀히 말해 구원자라고 보긴 힘들었다. 신이시여, 이 불쌍한 어린 양을 구원하소서. 자신이 카오스 나이트라고 믿기 시작한 유호는 애달픈 표정으로 그 유저를 노려봐 주었다.

"당신이 정말 카오스 나이트라면 오라 블레이드를 한 번 펼쳐 봐요! 그는 마스터 급의 유저라고 알려져 있으니."

"맞아, 맞아!"

졸지에 오라 블레이드를 선보여야 할 곤경에 처한 유호는 이를 악물었다. 요즘 사람들은 너무 의심이 많다. 하지만 유호는 이런 상황을 미리 대비해서 생각해 둔 것이 있었다.

마술사가 된 이후, 여자들의 인기를 끌기 위해 비주얼이 화려한 마법들만을 연구했던 그였다.

예를 들면 미온의 불꽃을 소환해서 검에 덧입혀 마스터의 오라 블레이드와 비슷한 시각효과를 보인다거나, 마술적 힘으로 사람들의 시선을 왜곡시켜 자신의 존재를 다른 것으로 보이도록 만든다거나…….

유호는 미리 유광처리와 마법처리를 끝낸 자신의 레이피어를 꺼냈다. 레이피어의 칼날은 내구성은 형편없었지만, 반영구적인 마법금속인 플레임 스톤의 합금이었다. 초보존 몬스터들의 주머니를 털어서 만든 이 검을 선보일 날이 올 줄이야!

유호는 데이즈 스킬을 사용해 손수건으로 유저들의 시야를 혼란시키며, 재빨리 소매에서 약한 불길을 일으키는 성냥을 그었다. 곧 검신에 미온의 불길이 마법처럼 둘러졌다.

"화속성의 오라 블레이드다!"

"멋져! 진짜 불타오르고 있는 것 같아!"

진짜 불타오르는 게 맞아!

유호는 점점 뜨거워지기 시작하는 그립을 간신히 쥔 채 식은땀을 흘렸다. 그는 레이피어를 허공에 한두 번 휘둘러주고는, 냉각처리가 되어 있는 손수건을 꺼내어 재빨리 검신을 닦왔다. 손수건이 쓱, 하고 지나가자 마법처럼 불길이 사라졌다. 환호가 터져 나왔다.

그때, 예의 흑발남자가 귀를 파며 시큰둥하게 말했다.

"흥, 내가 알기로 카오스 나이트의 오라 블레이드는 검은색이었던 것 같은데 말이지⋯⋯ 다크 블레이드라던가?"

"야야, 베로스."

"왜? 사실이잖아."

유호는 그의 비아냥거림에 순간 정신이 혼미해졌다. 이런 실수를 하다니! 카오스 나이트의 오라 블레이드는 검은색이었어?

웅성거림이 퍼져 나가자 당황한 유호가 현혹스킬로 재빨리 불꽃의 색깔을 바꾸려 할 때, 군중들이 모세 앞에 놓인 파도처럼 일자로 쫙 갈라졌다. 그 길의 끝에는 검게 흔들리는 머리가 무척이나 눈부신 한 여자가 서 있었다. 여자의 곁에는 잘 무두질된 레더 아머(Leather armor)를 착용한 호위가 둘 붙어 있었다.

"저 여자, 혹시⋯⋯."

"발렌시아 길드의 시리엘 아냐?"

여자를 본 유저들이 소곤거리며 귀엣말을 했다.

그녀는 거침없이 길을 걸어 유호의 앞에 섰다. 나른한 샴푸 향기가 퍼지자 유호는 침을 꿀꺽 삼켰다. 아름다운 여자다.

"당신이 카오스 나이트인가요?"

여자는 외모 못지않게 어여쁜 목소리로 말했다. 유호는 긴장하며 고개를 끄덕였다. 여자의 등장과 함께 오라 블레이드에 대한 의문은 종식되었다. 그러나 그런 기쁨도 잠시, 여자의 말이 이어지며 유호는 점점 더 석상이 되어가야만 했다.

"반가워요. 저는 발렌시아 나이트의 시리엘이라고 합니다. 그대의 명성은 익히 들었답니다."

발렌시아 나이트는 브룸바르트 중부의 연합 길드 중 하나였다. 그들은 한때 브룸바르트 동부의 패권을 놓고 블랙 울프 길드와 치열한 격전을 벌였었다. 그 결과 길드 전력에 막대한 타격을 입었고, 오랜 전쟁으로 인해 캐릭터의 목숨을 모두 소비하여 처음부터 캐릭터를 키워야 할 위기에 처한 유저들도 있었다.

그 난전의 틈새에 여우처럼 끼어든 것이 레드 문 길드였다. 몰래 세력을 키우고 있던 레드 문은 블랙 울프와 중부 연합의 세력이 약해진 틈을 타서 전쟁에 끼어들어 동부의 패권을 차지해 버렸던 것이다. 발렌시아 길드를 포함한 중부 연합과 블랙 울프로서는 죽 쒀서 남 준 꼴이었다.

하지만 중부 연합, 그중에서도 발렌시아 나이트는 그런 레드 문에 대한 악감정보다도, 블랙 울프 길드에 대한 원한이 더 사무쳤다. 동부 전쟁에서 블랙 울프에게 가장 큰 타격을 입었던 것이 바로 발렌시아 나이트였기에…….

그런 발렌시아 나이트가 카오스 나이트에게 호의를 가질 수밖에 없는 것은 당연한 이야기였다.

"그러니까, 원정을 도와달란 말씀이십니까?"

"네, 그래요."

유호는 당혹스런 표정을 지었다. 갑작스레 원정이라니. 예쁜 여자와 이야기를 나눌 수 있는 건 좋지만, 이렇게 선뜻 무리한 부탁을 하는 것은 곤란했다. 그는 카오스 나이트가 아니라 유호였다.

제길, 내가 미쳤지…….

일이 커지는 것을 깨달은 유호는 황급히 이런저런 핑계를 대며 빠져나가려 했지만 시리엘의 눈빛이 워낙 애절했던 까닭에 무의식중에 승낙을 해버리고 말았다.

"정말 고맙습니다, 카오스 나이트님!"

그 하얗고 부드러운 손으로 자신의 손을 감싸며 기뻐하는데, 그 어떤 남자가 마다하지 않으랴.

원정의 목적은 로드 플레인 남쪽의 보스 몬스터인 히드라를 사냥하는 것이었다.

중부 연합은 동부 전쟁 이후 세력이 약해진 발렌시아 나이트를 연합에서 축출대상으로 삼고 있었다. 물론 표면상으로는 그런 말이 없었지만, 그래도 쉬쉬하면서 떠도는 소문이란 게 있는 법이다. 발렌시아 나이트의 길드 마스터인 시리엘 또한 그 사실을 잘 알고 있었고, 그 문제로 한참이나 전전긍긍하던 중이었다. 안 그래도 길드 내부 사정이 극악한 마당에, 연합에서까지 축출당하게 되면 발렌시아 나이트는 완전한 세력 기반을 잃게 된다.

"나쁜 놈들, 어떻게 그런……."

시리엘의 울적한 이야기를 들은 유호가 분개하며 외쳤다. 이런 아름다운 아가씨가 그런 일을 당하고 있었다니……. 이런 일이야말로 히어로가 도와줘야 한다.

시리엘은 이야기를 계속했다. 중부 연합은 회의 결과 발렌시아 나이트에게 한 번의 기회를 더 주기로 했다. 기회라니, 그토록 상황에 맞지 않은 단어가 또 있을까 싶지만, 어쨌든 그건 여러 의미에서 기회였다.

그것은 일종의 무력 검증 같은 것이었다. 발렌시아 나이트가 아직까지 중부 연합에서 활약할 자격이 있는지, 또 그들의 힘이 건재한지. 중부 연합은 그것을 빌미로 발렌시아 나이트에게 로드 플레인 남부의 히드라를 사냥해 올 것을 명령했다.

로드 플레인 남쪽의 히드라는 과거 페르비오노에 나타났던 스켈레톤 로드나 리치에 준하는 몬스터였다. 추정 레벨은 적어도 17 이상. 결코 만만한 상대가 아니다. 현 최고레벨이라도 일반 전투로는 쉽게 승부를 장담하지 못할 몬스터.

게다가 히드라가 서식하는 로드 플레인 남부는 강력한 중고급의 몬스터가 인산인해를 이루는 곳이었다. 세력이 약해진 발렌시아 나이트가 그 방벽을 뚫고 히드라를 사냥하는 것은 도저히 불가능했다.

시리엘은 슬프게 웃었다.

"아무래도 여자라고 무시하는 사람들이 많아요. 대부분의 길드는 길드 마스터가 남자잖아요. 상황이 그렇다 보니 아무래도…… 그나마 길드원들이 저를 믿고 따라주고 있어서 고마워요."

시리엘이 자신의 옆을 호위하는 두 명의 남성 유저를 보며 미소를 지어주었다. 시선을 받은 남성 유저들이 살짝 얼굴을 붉히며 고개를 숙였다. 유호는 괜스레 질투를 느꼈다.

그래 봐야 이놈들도 속이 시커멓지. 분명 이 미녀를 어떻게든 해보려는 속셈으로 남아 있은 게 분명하다. 길드 사정이 안 좋은 만큼 시간이 지날수록 내부의 경쟁자는 줄어들 테니.

그때, 발렌시아 나이트의 부단장인 체르샤가 입을 열었다. 꼬장꼬장한 눈매에, 볼에 옅게 박힌 주근깨, 거기다 짙고 커다란 골뱅이 안경은 이 여자가 얼마나 깐깐한 인간인지를 알려주고 있었다. 여자는 아니꼬운 목소리로 입을 열었다.

"그런데, 다른 카오스 솔져(Chaos solider)들은 어디 있나요?"

"카오스 솔져요?"

"어머, 카오스 솔져요, 라니요?"

"체르샤, 그만 해. 그건 유저들이 멋대로 붙인 이름이잖아."

시리엘이 슬쩍 그녀를 제지했다. 못마땅한 표정의 체르샤가 그를 쏘아보는 사이, 유호는 황급히 머리를 굴렸다. 카오스 솔져, 어디서 들어본 것 같은데?

유호는 얼마 전 봤던 동영상이 떠올랐다. 스켈레톤 로드를 향해 돌격하던 다섯 명의 기사! 그렇다. 카오스 나이트는 혼자 다니지 않았다. 그의 곁에는 항상 흑색의 풀 플레이트 아머로 무장한 네 명의 카오스 솔져가 함께하고 있었다.

"아. 하하하, 다들 바빠서 접속을 못했습니다."

그의 변명에 시리엘의 눈이 토끼처럼 동그랗게 변했다.

"아, 카오스 솔져들은 용병들이 아니었나요? 요즘 그들은 유저가 아니라 용병이었다는 설이 떠돌고 있는데…… 사실무근이었나 보네요."

갈수록 태산이군. 유호는 멋쩍게 웃으며 머리를 긁적였다.

"아. 하하하, 그렇지요 뭐. 소문이란 게 원래……."

이대론 안 되겠다. 어떻게든 화제를 돌려야 한다. 유호는 가능한 밝게 웃으며 타개책을 궁리했다. 슬쩍 발렌시아 나이트의 길드원들을 둘러보니 제법 강해 보이는 유저들이 많았다. 이 정도면 원정 성공은 못하더라도 그렇게 쉽게 죽지는 않을 것이다.

어차피 히드라를 잡는 것은 불가능하다, 그가 정말 카오스 나이트라면 모를까. 하지만 이대로 그녀를 실망시킬 수도 없었다. 발렌시아 나이트의 시리엘이라면 론도 내에서도 손에 꼽는 미녀 중의 하나다. 그런 미녀와 가까워질 수 있는 기회를 어이없이 놓쳐 버린다는 것은 말이 안 된다.

유호는 뭉게뭉게 피어오르는 흑심을 감추려 노력하며 고개를 끄덕였다. 그는 결국 스스로 무덤을 파는 말을 던지고 말았다.

"그래서 원정은 언제 떠날 생각인가요?"

…그렇게 된 이야기다.

이제는 빼도 박도 못하게 된 상황을 둘러보며 유호는 묵묵히 한숨을 내쉬었다. 이미 그들은 로드 플레인의 남부 안쪽에 진입한 상태였다. 이제 와서 돌이킬 수도 없다. 게다가 얼떨결에 자신의 실제 아이디까지 밝혀 버렸다.

카오스 나이트의 아이디가 '유호'로 공인되는 아찔한 순간이었다(이젠 다 틀렸구나 싶었다).

"카오스 나이트님은 언제까지 놀고만 계실 건가요?"

체르샤가 전투에는 참여하지 않고 눈치만 보는 유호를 향해 핀잔을 주었다. 심장이 덜컥 내려앉았지만 변명할 말이 없었다. 괜히 앞에 나서서 되도 않는 실력 행사를 했다가는 자신의 정체가 드러날 것이 뻔했기 때문이다.

"체르샤, 유호님은 히드라와 전투할 때를 대비해서 힘을 아껴두고 있는 거야. 너무 그러지 마."

참 고마운 말이었지만 이상하게 얄미웠다. 유호는 억지로 웃어 보였다. 원정대는 발렌시아 나이트 말고도 세 명의 일반 유저로 구성되어 있었다. 그중의 한 명은 물론 유호였고, 나머지 둘은…….

"정말, 뭐 하는 짓거리냐 이게…….."

"원정이라니, 왠지 재미있을 것 같잖아?"

루피온과 베로스라는 이름의 유저들이었다. 뜻밖에도 그들이 원정대에 선뜻 합류 요청을 해왔던 것이다. 흑발의 베로스는 못마땅한 표정으로 금발을 흘겨보았다.

"네르메스가 화낼 것 같은데."

"어휴, 네르메스, 네르메스. 베로스, 너 네르메스가 그렇게 좋아?"

베로스가 콧방귀를 뀌었다.

"애들도 아니고, 내가 그런 도발에 응해줄 것 같아?"

루피온은 키득키득 웃으며 베로스의 얼굴을 가리켰다.

"빨개진 얼굴로 그런 말 해봐야 신빙성이 없다구."

"닥쳐, 죽여 버린다!"

베로스가 씩씩거리며 외쳤다. 유호는 그 불가해한 개그 콤비를 멍하니 바라보다가 금발사내, 루피온과 시선이 마주치는 바람에 황급히 고개를 돌렸다. 그가 싱긋 미소를 지어주었던 것도 같았다. 하지만 진짜 문제는 그가 아니라 시니컬한 흑발사내, 베로스 쪽이었다.

"요즘 네르메스도 잘 안 들어오잖아? 별수없지 뭐. 잠시 하루 이틀쯤 어디 다녀오는 건 괜찮을 거야."

루피온이 싱글거리며 말하자, 베로스가 자조적인 얼굴로 말했다.

"쳇, 남자 녀석이랑 둘이 다니려니 정말 처량하군······."

"근데 요즘 네르메스 성격 변한 것 같지 않아? 처음에는 그렇게 얌전하고 조신했는데······ 아니다, 그게 원래 성격인 건가? 헉, 설마 이중인격일까?"

"몰라. 하지만 지금의 네르메스를 보고 조신하다는 남자 놈이 있다면 난 주저없이 녀석의 입술을 꿰매 버리겠어."

그의 말에 루피온이 허리를 꺾으며 웃었다.

네르메스, 그건 누구지? 왠지 여자 아이디 같은 단어가 나돌자 유호는 솔깃하여 귀를 기울였다.

바로 그 순간, 베로스의 날카로운 시선이 유호를 향했다. 유호는 흠칫하고 고개를 돌리며 딴청을 부렸다. 휘파람까지 불어볼까 하고 생각하던 차에 목소리가 들려왔다.

"흠, '진짜' 카오스 나이트의 갑옷은 검은색이 아니라 백색이라고 들은 것 같은데, 잘못 들었나?"

대놓고 그를 겨냥한 말이었다. 아까부터 계속되는 명백한 적의에 유호는 심장이 벌렁거렸다. 저자들 때문에 어쩌면 정체가 들킬지도 모른다. 그는 도둑이 제 발 저리듯 시리엘 쪽을 훔쳐보았다. 다행히 그녀는 별로 신경 쓰지 않는 것 같았다.

그래, 아직은 괜찮아. 그녀만 괜찮으면 된다. 유호는 열심히 자기 최면을 걸어대며 필사적으로 걸음을 옮겼다. 어차피 이번 원정의 목적은 그녀가 아닌가? 히어로의 곁에는 아리따운 히로인이 있어야 하는 법이다.

"흠, 생각해 보니 카오스 나이트의 머리 색깔은 하늘색이었던 것 같은데…… 그새 염색을 하셨나?"

순간 속이 철렁했다. 악다문 이가 달달 떨렸다. 모든 히어로들은 다 이런 중압감 속에서 영웅 행세를 하는 걸까? 유호는 마을에 돌아가면 염색약을 사서 갑옷을 반드시 흰색으로 염색하겠다는 다짐을 하며 입술을 실쭉거렸다.

"전방에 트롤 무리가 나타났습니다!"

앞서가던 척후병의 외침에 원정대에 긴장이 짙게 배었다. 지금까지 상대한 몬스터는 그래도 레벨 10이하의 중급 몬스터들이었다. 트롤이라면 레벨 12의 중고급 몬스터. 이제와는 확연히 다를 것이다.

"지금부터는 히드라의 구역입니다. 다들 경계를 늦추지 마세요."

"배후에서 스네이크 랜서들이 출현했습니다!"

그와 동시에 후미의 목소리가 사라졌다. 랜서의 창에 맞아서 절명한 것이다. 체르샤가 재빨리 손을 휘저으며 진열을 정비했다.

"레인저와 아쳐들은 당황하지 말고 중앙으로 모이세요. 전사들은 시리엘님을 중심으로 포메이션을 형성합니다!"

이번만큼은 유호도 가만히 놀고만 있을 수는 없었기 때문에 가볍게 싸우는 척 깔짝거리기로 결심했다. 그런데 그게 화근이었다. 그가 나서자 안심한 전사들이 뒤로 전열을 물린 것이다.

뭐야, 너희들은 왜 같이 안 싸워!

"와, 드디어 카오스 나이트님의 실력을 보겠구나!"

"카오스 나이트님, 다 해치워 버려요!"

유호는 이번엔 진짜 다 틀렸구나 싶었다. 전방에서 우르르 몰려오는 트롤들은 흉흉한 이빨을 빛내며 돌진해 오고 있는데, 그가 가진 무기라고는 허접한 손수건과 수리수리 마술봉이 전부였다.

'아니지, 그게 있었지!'

유호는 실버체인 세이버에 생각이 미쳤다. 그거라면 저 녀석들을 어느 정도 상대할 수 있을지도 모른다. 물론 레벨 격차가 2나 되지만…… 보조 스킬을 잘 응용한다면 이야기가 달라질 수도 있다.

유호는 레벨은 낮았지만 타 계열의 직업에 비해 스킬의 숙련도는 월등하게 높았다. 그럴 수밖에 없는 게, 그가 가진 스킬이라고는 손에 꼽을 정도였고 자연히 그런 별 도움 안 되어 보이는 스킬들을 이용해 약한 몬스터를 많이 잡다 보니, 레벨에 비해 스킬의 숙련도가 비약적으로 높아질 수밖에 없었다.

데이즈!

유호는 침착하게 마음을 굳히며 손수건을 흔들었다. 순간 알싸한 향기와 환각이 펼쳐지며 눈앞의 트롤이 컨퓨즈(Confuse) 상태에 빠져들었다. 좋아, 바로 이거야!

유호는 젖 먹던 힘을 다해 다른 한 손에 쥐어진 실버 체인 세이버를 휘둘렀다. 날카롭게 벼려진 세이버의 칼날은 트롤의 가족을 너무도 쉽게 베어버렸다. 눈물 나게 키웠던 마술사의 진가가 비로소 발휘되는 듯했다. 하나님 감사합니다!

그러나 기쁨도 잠시.

목이 떨어진 트롤의 팔이 거대한 도끼를 휘둘러 오고 있었다. 순간 아차 싶었다. 재생력이 강한데다가 신경조직이 쉽게 부서지지 않는 트롤은 머리를 잃어버려도 약 10초간 육체가 본능적인 전투를 계속할 수 있었던 것이다.

급작스런 상황에 몸이 뻣뻣이 굳어버린 유호는 멍하니 입을 벌린 채 자신을 향해 날아오는 도끼날을 바라보았다.

그 순간 뇌전의 칼날이 날아와 트롤의 두 다리를 베어버렸다. 지탱할 힘을 잃은 트롤의 거대한 몸체가 힘없이 쓰러져 내린다. 마법이 날아온 곳에는 베로스라 불리던 흑발의 남자가 있었다. 급감격하여 눈물이 날 것 같았다.

너희들, 역시 좋은 녀석들이었구나! 고맙다!

유호는 자신을 도와주러 나타난 고블린을 발견한 스파이더맨의 심정으로 환히 웃었다. 베로스가 코웃음 치며 마법을 캐스팅했다.

"기분 나쁘게 웃지 말고 빨리 뭐라도 해보라고, 가짜 카오스 나이트 양반."

유호는 그 말을 듣고서야 절실하게 깨달았다. 이 녀석들은 모든 것을 다 알고 있다. 이 자식들…… 스파이더맨의 비밀을 아는 것은 메리 제인으로 족하단 말이다!

"언제까지 속일 수 있을진 모르겠지만."

그 차가운 목소리에 가슴속까지 얼어붙어 오는 것 같았다. 여기서 들키면 그는 생매장될지도 모른다. 그렇게 생각하자 눈앞의 트롤은 눈에 들어오지 않고 어떻게든 달아나야 한다는 생각만이 뇌리에 가득 차 올랐다.

"걱정 마, 걱정 마. 내 개그는 무적이거든."

어느새 따라붙어 온 금발의 루피온이 싱글거렸다. 몇 번 돌려 말하는 건지, 아니면 그냥 바보인지는 모르겠지만 아무튼 고마운 녀석이었다. 베로스라는 놈보다는 이 남자가 백만 배쯤 나았다. 뒤쪽에서는 오오, 카오스 나이트, 오오! 하고 소리치는 바보들의 합창이 이어지고 있었다.

루피온은 등에서 미리 나뭇가지를 깎아 조각해 둔 화살을 재빨리 뽑아 들었다.

"우드 애로우!"

멋대가리라고는 쥐 발톱의 때만큼도 찾아볼 수 없는 스킬이 시전되었다. 조악하게 만들어진 나무 화살은 매가리없이 날아가더니 트롤의 콧김 한방에 날아가 버렸다. 베로스가 악을 쓰며 외쳤다.

"멍청하긴! 전혀 실용성이 없잖아. 너 설마 아직도 조각술 연습하냐?"

"그, 그래도 소설에서 보면 알뜰하게 사는 주인공들이……."

"이런 바보 녀석…… 넌 미끼 역할이나 해!"

베로스에게 걷어차인 루피온은 엉겁결에 앞으로 달려나가 트롤들의 표적이 되었다. 괴악한 비명을 질러대며 몇 번 팔을 휘둘러 주자 트롤들이 흥분하여 그를 쫓아가기 시작했다.

"진정한 몸 개그를 보여주마!"

피식피식 웃는 유호를 향해 곧바로 꾸중이 날아왔다.

"너도 놀지 말고 빨리 뭐라도 해!"

유호는 침통한 표정으로 베로스의 주변을 호위하고 섰다. 비록 레벨은 낮았지만 장비와 스킬빨로 트롤 한두 마리쯤은 상대할 수 있었다. 그사이 베로스가 5서클 광역 마법인 체인 라이트닝을 캐스팅하여 트롤무리를 한 번에 궤멸시켰다.

탄성이 빗발쳤다.

"굉장하다!"

"저들은 누구지? 카오스 나이트의 친구인가?"

루피온과 베로스의 활약에 눈 뜬 봉사처럼 희멀거니 서 있던 일행들이 꾸물꾸물 움직이기 시작했다. 가장 먼저 달려온 것은 시리엘과 체르샤였다.

"카오스 나이트님, 괜찮으세요?"

"괜찮습니다."

"유효님!"

"유호입니다."

시리엘의 가늘고 부드러운 팔이 그의 어깨를 부축하자 봉긋한 가슴이 맞닿았다. 유호는 황홀경에 젖어들며 헤벌쭉 웃었다. 그 모습을 흉악한 눈길로 바라보던 베로스가 천연덕스럽게 중얼거렸다.

"카오스 나이트는 데스나이트로 변신할 수 있다던가?"

이제 지쳐서 변명할 기운도 없다. 걱정하는 시리엘과는 달리 체르샤는 의심스러운 눈길이었다.

"유호님, 왜 데스나이트로 변신하지 않으셨지요?"

"유호입니다. 그리고 데스나이트는……."

유호는 침묵이 내려앉을 틈을 주지 않고 아무 대사나 *11*집 어냈다.

"그, 그 녀석들 정도는 데스나이트로 변신하지 않아도 처치할 수 있으니까요."

"아, 역시 카오스 나이트님!"

"…그렇게 말하는 것치고는 별로 강해 보이지 않던데……."

선망의 눈길을 반짝거리는 시리엘와 샐쭉한 표정으로 중얼거리는 체르샤. 유호는 이젠 정말 될 대로 되라는 심정이었다.

그런데 그때, 불길한 자박거림이 들려왔다. 자글자글한 소음 속에서 규칙적으로 들려오는 죽음의 소리. 유호는 황망히 그 소리의 방향을 좇아 고개를 들었다.

어느새 주변에는 무서운 침묵이 들어차 있었다.

"여기에 카오스 나이트가 있나?"

회백색의 중갑. 가슴팍에 새겨진 음각의 검은 늑대.

당장이라도 그 속에서 뛰쳐나와 울부짖을 것만 같은 파괴의 아우라가 그 색조 짙은 목소리에 배어 있었다. 남자의 뒤를 상당한 숫자의 검사들이 따라붙었다. 그들의 가슴팍에도 남자와 같은 검은 늑대가 그려져 있다.

"저자는……!"

남자는 오만하게 고개를 치켜든 채 군중들을 둘러보았다. 누구도 그의 시선을 오연하게 받아내지 못했다. 그 눈동자에는 형언할 수 없는 중압감이 담겨 있었다.

"검은 늑대는 두 번 울지 않는다. 여기 카오스 나이트가 있나?"

블랙 울프의 길드 마스터, 헤일론이 그곳에 있었다.

"아울! 나는 황금늑대다!"

정적을 깬 것은 루피온이었다. 장난스럽게 으르렁거리며 금발을 흔들어 젖히는 그를 향해 베로스가 꿀밤을 먹였다. 멍청하긴. 괜히 적 만들지 마!

그것을 시작으로 일행의 입이 해동되었다. 블랙 울프라니. 블랙 울프가 왜 브룸바르트 남부에 있단 말인가.

"저자, 블랙 울프의 길드 마스터 헤일론이잖아!"

"블랙 울프는 해체되었다고 들었는데……."

누군가의 말 대로였다. 블랙 울프는 페르비오노 왕성 이벤트에서 카오스 나이트에게 크나큰 치욕을 당한 이후 와해되었다고 알려져 있었다. 피해는 피해대로 입고, 명예는 명예대로 실추되고…… 그러나 소문은 언제나 와전되게 마련이듯이 블랙 울프 또한 그런 멸시 속에서 조용히 복수의 칼을 갈고 있었다.

헤일론은 그 이벤트가 끝난 직후, 익스퍼트의 최종 단계를 넘어서 마스터의 경지에 올랐다. 블랙 울프의 정예병들 또한 피나는 레벨 업을 통해서 단시간 내에 레벨을 크게 끌어올렸다.

익스퍼트 중급은 상급으로, 상급은 최상급으로…… 그 결과 블랙 울프의 전투력은 카오스 나이트를 맞아 싸울 당시보다 훨씬 더 강력해져 있었다.

"카오스 나이트가 이곳에 있다는 이야기를 들었다."

헤일론이 짧은 은거를 깨고 나오자마자 수소문하기 시작한 것은 카오스 나이트의 행방이었다. 목적은 단 하나. 실추된 명예를 되찾고 카오스 나이트를 척살하는 것.

그러던 와중, 블랙 울프 길드는 그들의 존재를 눈치 챈 중부 연합의 제의를 받았다. 지금까지의 관계를 청산하고 연합에 들어오는 것이 어떻겠느냐는 이야기였다. 마침 동부의 지지기반이 무너진 데다 재정 상황이 악화되어 있었던 블랙 울프는 흔쾌히 그 제의를 받아들였다. 그런데 그 제의에 한 가지 조건이 걸려 있었다.

"블랙 울프가 왜 여기에 온 거지? 무슨 용건인가."

유호가 어떻게 해야 하나 하고 버르적거리는 사이, 시리엘이 앞으로 나서며 물었다. 딱딱한 어조였다. 무슨 용건이든 블랙 울프의 존재는 발렌시아 나이트에게 있어서 달갑지 않은 것이다. 그녀의 존재를 발견한 헤일론의 입가가 괴상하게 뒤틀렸다.

"우리 블랙 울프는, 발렌시아 나이트의 공백을 대신하기로 했다."

"그게 무슨 말이지?"

"너희는 이제 중부 연합에서 쫓겨났다는 얘기다. 우리가 그 자리를 대신하게 되었지."

어제의 친구가 오늘의 적, 어제의 적이 오늘의 친구라더니…… 발렌시아 나이트는 믿을 수 없는 작금의 상황에 입을 열지 못했다.

"그럴 리가 없어! 중부 연합은……!"

"너흰 이제 중부 연합이 아니다. 늑대의 이빨 앞에 놓인 불쌍한 먹잇감일 뿐이지."

그놈의 늑대. 루피온이 툴툴거렸다.

베로스는 신중한 눈길로 양 진영을 번갈아 훑고 있었다. 숫자에선 미세하게 앞서지만, 질적인 전력 차이가 너무나 월등했다. 게다가 저쪽에는 마스터도 있었다.

"뭐야, 베로스. 너 또 유리한 쪽에 붙어먹으려고 그러지?"

"야, 나 그렇게 비겁한 놈 아니다?"

베로스가 찔끔한 얼굴로 되받아쳤다. 루피온이 빙긋 웃었다.

"네르메스가 이 장면을 봤으면……."

"제길. 알았어, 알았다고."

구석에서 소곤거리는 둘을 본 헤일론이 눈살을 찌푸렸다. 저놈들은 또 뭐야? 발렌시아 나이트도 아닌 것 같은데…….

"마지막으로 묻겠다. 여기에 카오스 나이트가 있는가? 있다면 앞으로 나와서 검은 늑대의 이빨에 맞서라."

헤일론은 이곳에 두 가지 목적을 가지고 나타났다. 하나는 발렌시아 나이트의 소탕. 나머지 하나는 카오스 나이트의 척살. 그는 운이 좋은 편이라고 생각했다. 두 눈엣가시를 한 번에 처리할 수 있는 기회를 얻은 셈이니까!

말을 듣던 발렌시아 나이트 길드원 중 하나가 격노하여 외쳤다.

"헤일론, 당신이 카오스 나이트의 상대가 될 수 있을 것 같은가! 페르비오노에서의 치욕을 벌써 잊은 것은 아니겠지?"

"닥쳐라! 여자 치마폭에 싸여 하룻강아지 범 무서운 줄도 모르는 놈들이 말이 많구나."

그 말에 발렌시아 나이트들의 안색이 하얗게 질렸다. 시리엘이 차가운 목소리로 쏘아붙였다.

"헤일론, 지금 그 말을 명백한 적의로 간주해도 상관없겠지?"

"말귀가 어둡군. 나, 그리고 블랙 울프는 너희들을 섬멸할 생각으로 이곳에 왔다. 아직도 모르겠나, 계집?"

더 이상 인내하는 것은 시간 낭비였다. 시리엘을 포함한 발렌시아 나이트들이 일제히 검을 뽑아 들었다. 그런데 그 순간, 믿을 수 없게도 유호가 그들을 제지하며 앞으로 나섰다.

"멈춰라. 내가 바로 카오스 나이트, 유호다."

내, 내가 미쳤나 봐…….

유호는 참담한 심정이 되었다. 시리엘에게서 점수를 딴다는 것이, 지나치게 오버하고 말았다. 조용히 있었으면 중간이라도 갈 것을!

"유호라고?"

헤일론은 기이한 시선으로 유호의 전신을 쓸어내렸다. 그 불온한 시선에 유호는 정신이 번쩍 들었다. 난 이제 죽었다.

"하지만 내가 아는 카오스 나이트는…….."

시리우스인데. 헤일론은 뒷말을 삼켰다. 아무래도 상관없다고 생각했지만, 아무리 봐도 눈앞의 남자는 카오스 나이트가 아니었다.

"네놈, 정말 카오스 나이트가 맞나?"

유호는 순간 움찔했지만 오히려 당당하게 말했다. 원래 자포자기한 인간은 잘 우기는 법이다.

"그렇다."

"그렇다면 카오스 솔져는 어디에 있지?"

헤일론이 가장 두려워한 것은 카오스 나이트 본인이 아니라 그를 지키는 카오스 솔져였다. 깊은 어둠 속에서 숨 쉬며 암흑의 검으로 카오스 나이트를 수호한다는 네 명의 수호자.

유호는 바로 대답하지 못했다. 그런 게 처음부터 있을 리가 없었다. 헤일론이 눈살을 찌푸렸다.

"네 녀석이 정말 카오스 나이트라면…… 한번 데스나이트로 변신해 봐라."

데스나이트. 그보다 더 확실한 증거가 있을까.

그의 말에 일행들의 눈이 기대감에 물들었다. 베로스만큼은 걱정스런 표정이었다. 그러게, 그렇게 될 줄 알았다니까. 유호는 그 눈빛에 발끈하여 대답했다.

"좋다."

당혹감에 젖어드는 그의 동공을 보며 유호는 짜릿한 쾌감을 느꼈다. 유호는 이미 생각해 둔 것이 있었다.

데스나이트에 관한 이야기를 들었을 때, 유호는 자신이 최근에 익힌 마술 목록에 이미지 트랜스포메이션(Image transformation)이 있다는 것을 떠올렸던 것이다.

진짜 마술사의 트랜스포메이션 스킬에 비하면 말도 안 되게 허접하지만, 그 스킬을 사용한다면 능력은 차치하고서라도 외형만큼은 어떻게든 데스나이트와 비슷하게 보이게 만들 수 있었다. 유호는 손수건을 살짝 흔들며 몰래 스킬을 시전했다.

　미묘하게 불안해 보이지만 온몸에서 흘러나오는 검은 연기. 조금 어색하게 일그러진 검은 빛의 갑옷. 얼핏 보면 누가 봐도 영락없는 데스나이트였다. 환호가 터져 나온다.

　"해치워 버려요, 카오스 나이트님!"

　베로스가 혀를 차며 중얼거렸다.

　"저놈, 이제 큰일 났다……."

　헤일론은 섬세한 눈으로 유호를 관찰했다. 허장성세라고 생각했는데, 정말 데스나이트로 변신할 줄은 몰랐다. 하지만 그는 마스터. 그의 지고한 안력은 결코 겉모습에 현혹되지 않는다.

　"어설프군! 내가 아는 카오스 나이트는 그렇게 허술하지 않다!"

　헤일론은 말과 함께 검을 뽑아 들고 돌진해 왔다.

　제발 먹혀줬으면 했는데, 아무래도 녀석은 속지 않는 모양이다. 유호는 처절한 심정으로 검을 부르쥐었다. 그래, 마스터 그게 뭐 별거라고! 난 마술사야. 내 데이즈 스킬이라면 문제없다고!

　"네 녀석은 카오스 나이트가 아니야!"

　강한 완력을 바탕으로 한 막강한 검풍이 발생했다. 마스터만이 펼칠 수 있다는 트리플 스텝이 펼쳐지며 순간 헤일론의 모습이 세 개로 보였다. 유호는 너무 당황하여 손수건을 떨어뜨리고 말았다. 세이버를 쥔 손이 허전하다는 것을 깨달았을 때, 그의 몸은 이미 허공을 날고 있었다.

고통이 없었음에도 가슴이 콱 막히고 눈물이 나왔다. 다 끝났구나. 유호는 너무도 허무하게 나가떨어졌다. 블랙 와이번의 갑옷이 그의 상체를 보호해 준 탓에 다행히 큰 상처는 없었으나, 누가 봐도 명백히 승자는 명백했다.

"카오스 나이트님!"

안절부절못하던 시리엘이 달려와 유호를 부축했다. 유호는 입에서 은빛 입자를 쏟아내며 흐린 눈으로 그녀를 보았다. 시리엘은 입술을 꼭 깨물며 자리에서 일어났다.

"카오스 나이트님을 건드리려거든 내 시체를 넘어야 할 것이다!"

당신, 왜? 난 카오스 나이트가 아닌데…….

유호는 떨리는 손으로 바닥을 짚은 채 그녀의 등을 멍하니 바라보았다.

"말했을 텐데. 녀석은 카오스 나이트가 아니라고."

"이분은 카오스 나이트가 맞아!"

시리엘은 악을 쓰며 외쳤다. 인정하고 싶지 않았다. 그녀에게 있어서 유호는 카오스 나이트여야만 했다. 그녀를 구원해 줄 혼돈의 기사…….

"정말 멍청한 계집이군…… 그래서, 나와 싸우겠다는 건가?"

비록 발렌시아 나이트가 무시당하고 있긴 하지만, 시리엘 또한 소드 익스퍼트 상급의 능력자였다. 하지만 상대인 헤일론은 마스터. 애초부터 상대가 될 리 만무하다.

"건방져. 겨우 익스퍼트 상급인 네년이……."

시리엘은 말없이 검을 뽑아 들었다. 긴장이 물씬 퍼지며 무거운 정적이 내려앉았다. 발렌시아 나이트들은 처음 보는 시리엘의 모습에 당황하며 발을 떼지도 못하고 있었다. 헤일론은 조소를 머금었다.

"좋다. 네년에게는 언제고 검은 늑대의 이빨을 박아주어야겠다고 생각하고 있었지."

그 말에 블랙 울프 길드원들이 킬킬거리며 웃었다. 유난히 강조된 뒷말의 이중적인 의미를 읽은 것이다. 그 외설적인 모욕에 시리엘의 얼굴이 붉어졌다.

"얼굴이 예쁜 건 참 여러모로 도움이 되는 모양이군. 소문으로는 연합에 들어간 것도 몸을 잘 굴렸기 때문이라던데?"

시리엘은 더 이상 참지 못하고 검을 휘둘렀다. 파워 스텝과 함께 예리한 카타나가 헤일론의 목을 노리고 쇄도했다. 허공이 비명을 지르며 검과 검이 부딪쳤다. 격검과 동시에 터진 파찰음이 유저들의 귓가를 찔렀다.

"남자 녀석들의 호위나 받고 있던 네가 내 상대가 될 것 같아?"

"으……."

꾸준한 수련으로 인해 강력한 체력과 힘을 보유한 헤일론.

힘의 차이를 견디지 못한 시리엘은 비틀거리며 뒤로 물러났다. 전투력의 격차가 심해도 너무 심했다.

헤일론은 약한 여자들이 질색이었다. 마스터인 데다 강력한 길드까지 이끌고 있는 그가 여색을 밝히지 않는 것은 그 때문이기도 했다. 여자들은 다 똑같아. 그리고 너도!

다시 한 번 펼쳐진 트리플 스텝. 시리엘은 독하게 검을 휘둘러 허공의 곳곳을 찔렀으나, 단 한 번도 공격을 성공시키지 못했다.

스팟!

잔영이 사라지는 순간 헤일론은 그녀의 코앞에 있었다. 시리엘은 황급히 검을 세워 가드했다.

"저 비겁한 놈!"

보통 여성과의 대련에서는 가슴 같은 약점을 노리지 않는 것이 검사의 예의였다. 그러나 헤일론은 그런 기사도 따위는 개나 주라는 듯이 가슴과 복부만을 집중적으로 노리고 있었다. 발렌시아 나이트들의 입에서 욕이 튀어나오는 것도 당연했다.

그러나 그들 중 누구도 그 전투에 감히 끼어들지 못했다. 이곳은 게임이었고, 또 발렌시아 나이트들은 충분히 전투에 끼어들 수 있을 만한 정예였지만 그들이 가진 캐릭터들의 목숨은 오랜 전쟁으로 인해 몇 개 남지 않은 상태였다. 실수로 눈먼 칼에 맞거나, 괜히 끼어들어 죽어버리게 되면 다시는 살아날 수 없다.

명예 이전의 실리의 문제인 것이다. 다시 처음부터 캐릭터를 키우는 수고는 하고 싶지 않고, 길드에서 계속 활동은 하고 싶고…….

길드 마스터 간의 자존심을 걸고 싸우는 신성한 싸움이라는 변명과 몇 남지 않은 목숨, 시리엘에 대한 흑심…… 여러 가지 감정이 복합되어 발렌시아 나이트들의 움직임을 제한하고 있었다.

전투력이 가장 약한 체르샤는 안절부절못하고 발을 동동 굴렀다.

"시리엘 씨……."

유호는 주저앉아 울음을 토했다. 다 내 잘못이다. 내가 카오스 나이트를 사칭했기 때문에 시리엘이 저런 모욕을 당하는 것이다. 눈물이 시야를 부옇게 어지럽혔다.

미안해요, 시리엘. 나는 카오스 나이트가 아니야…….

이제라도 늦지 않았어. 말하자. 그녀는 싸울 필요가 없다고, 모두 내 잘못이라고…….

유호는 가슴의 상처를 틀어쥔 채 엉거주춤 자리에서 일어났다. 그는 히어로가 아니었다. 그 자리에 영웅은 없었다. 악당을 빙자한 비열한 늑대와 그 비열함을 방관하는 관중만이 존재했다. 비열한 거리…… 유호는 온 힘을 다해 그 부조리를 삼켜냈다.

숨을 크게 들이쉰다.

"모두 여길 봐요!"

기다리고 있었다는 듯이 시선이 돌아온다. 너 때문이야. 모두 네 잘못이야. 유호는 멸시와 증오가 온몸에 꽂히는 것을 느꼈다. 깨문 입술에 은빛이 고인다. 시리엘이 울먹이고 있었다.

미안해요, 미안합니다……

"사, 사실 난 카오스 나이트가……."

[여자를 구하고 싶습니까?]

울음에 삼켜진 뒷말. 그사이에 귓가를 울리는 메시지가 있었다.

[…그녀를 구하고 싶습니까?]

그건, 광명일까. 아니면 구원?

혼란 속에 울음이 잦아든다. 당신은 누구죠? 발신인이 표시되지 않은 귓속말이었다. 유호는 눈물을 닦으며 들릴 듯 말 듯한 목소리로 중얼거렸다.

"그녀를…… 시리엘을 구하고 싶어요."

[그럼, 제가 하는 말을 그대로 따라 하십시오.]

안심시키려는 듯 그 부드러운 음성에, 흥분이 진정되기 시작했다. 유호는 스스로도 놀랄 만큼 의연해졌다. 주변의 시선이 멀어져 간다. 격리된 공간에 서 있는 기분이었다. 곧 음성이 이어졌다.

[그만둬라. 네 상대는 나다.]

침을 삼켜 목소리를 가다듬은 유호는 중저음의 목소리로 천천히 입을 열었다.

"…그만둬라. 네 상대는 나다."

유호는 일을 더 크게 만드는 게 아닌가 싶어서 심장이 졸아들었으나, 억지로 목소리를 냈다. 막연한 기대감과 그 기대 속에 녹아든 동경이 아직도 그의 가슴속에는 숨 쉬고 있었다. 어떤 확신도 없었다. 다만 유호는 생각했다. 이번엔 진짜라고.

"짝퉁 카오스 나이트, 아직 하고 싶은 말이 남았나?"

서늘한 시선을 받자 뒷걸음질치고 싶은 욕구가 치밀었다. 하지만 간신히 버텨낸다. 유호는 다음 말을 기다렸다.

[손가락을 펴고 헤일론을 가리킨 채 다음과 같이 말하십시오. '넌 남자의 자격이 없다. 비열한 자식, 넌 최악의 인간이야']

"넌 남자의 자격이 없다. 비열한 자식, 넌 최악의 인간이야!"

유호는 헤일론을 향해 삿대질을 하며 우렁차게 외쳤다. 그 말을 하는 순간 속이 다 통쾌해진다. 누구도 대놓고 꺼내지 못했던 말이었다.

헤일론이 씩씩거리며 외쳤다.

"무슨 말을 하는 거냐? 네놈……."

[블랙 울프의 헤일론, 벌써 날 잊어버렸나?]

"블랙 울프의 헤일론, 벌써 날 잊어버렸나?"

"뭐?"

유호는 될 대로 되라는 심정으로 외쳤다. 너무 흥분했는지 애드리브까지 하고 말았다.

"방금 그건, 예의상 맞아준 거다."

[……그런 말은 하라고 한 적 없는데.]

"그런 말은 하라고 한…… 미, 미안해."

유호는 자신의 실언 때문에 목소리가 끊어질까 봐 긴장했다. 그러나 다행히 목소리는 이어졌다. 예의 굳건하고, 또 믿음직한 톤으로. 하지만 다음 말을 듣는 순간 유호는 전율이 일었다.

[내가 바로, 카오스 나이트다.]

"내가 바로, 카오스 나이트다."

그 박력에 모두가 입을 벌린 채 그를 바라보았다. 그의 귓가에 들려온 목소리와 한 치도 어긋나지 않는 음색이었다.

유호는 이제 어떻게 돼도 좋았다. 누군가가 자신을 놀리는 거라도 상관없었다. 하지만 만약 그의 말이 사실이라면, 정말 그 누군가가…… 히어로가 이 세상에 존재한다면!

유호는 온 힘을 다해 칼을 치켜올렸다. 고개를 들자 하늘이 보였다. 흐린 하늘은 당장이라도 비가 쏟아질 것처럼 어두웠다. 달려오는 헤일론의 모습이 칼날에 비친다. 하지만 유호는 물러서지 않았다. 그는 물러서서는 안 된다.

혼란의 기사. 카오스 나이트는 물러서지 않는다.

[와라, 카오스 솔져!]

"와라, 카오스 솔져!"

질끈 감은 눈에 차가운 감촉이 와 닿았다. 누군가가 울고 있는 것일까? 질문에 답변하듯 서늘한 마찰음이 귓가를 간질였다.

비가 쏟아진다.

……결국 오지 않나. 유호는 체념하듯 검을 내렸다.

숨이 턱 막힐 만큼 깊은 침묵의 골이 새겨진다. 어깨를 감싸는 두터운 손이 있었다.

언제부터 그곳에 있었을까. 눈을 뜨는 순간 자기도 모르게 고인 눈물이 흘러나왔다. 아득한 적막 속, 흑색의 풀 플레이트 아머를 착용한 네 명의 기사가 그곳에 서 있었다.

거대한 대검이 빗물을 튕겨내며 굳건하게 바닥에 꽂혔다. 어둠보다 깊은 곳에서 카오스 나이트를 지킨다.

침묵의 수호자(The guardian of silence), 카오스 솔져.

헤일론의 검은 육중한 대검에 너무나도 쉽게 튕겨 나갔다. 거대한 대검이 꿈틀거리는가 싶더니 무시무시한 풍압이 담긴 소용돌이를 만들어낸다.

"이제 우리한테 맡기라고, 캡틴."

전세는 순식간에 역전되었다. 세 명의 검사와 한 명의 레인저는 환상적인 발놀림을 구사하며 블랙 울프 길드를 유린하고 있었다. 마스터의 경지에 올랐다는 헤일론조차 카오스 솔져 중의 한 명을 맞아 고전하고 있었다.

"어떻게, 네 녀석들이!"

"에베루베베베, 오랜만이야?"

초록머리의 하르발트가 혀를 흔들며 히죽거렸다. 시리우스의 그것을 보는 양, 재빠르고 간결한 쾌검이 공격의 곳곳을 커트해 냈다. 헤일론은 미칠 지경이었다. 자신이 강해졌다고 생각한 것은 오산이었다.

이제 와서 돌이키기엔 너무 늦었다. 아주 사소하나, 너무나도 당연한 간과였다. 카오스 나이트나 카오스 술져들도, 결코 놀고 있지만은 않았다는 것을……

아무리 그래도, 나는 마스터인데!

그가 트리플 스텝을 펼치자 상대도 트리플 스텝을 펼쳤다. 헤일론은 놀라 나자빠질 지경이었다. 이놈도 마스터였다니!

깨문 입술이 터지는 것도 모른 채, 헤일론은 미칠 듯이 검을 휘둘렀다. 화려하고 비주얼적인 측면이 많은 그의 스킬과는 달리 하르발트의 검은 실용적인 동시에 현실적이었다. 훨씬 오래전부터 검을 휘둘러 온 전력을 엿볼 수 있는 경쾌한 검세! 한 걸음씩 밀려날 때마다 헤일론의 마음도 무거워졌다.

격검을 받아내며 얼핏얼핏 주위를 둘러봤을 때는 이미 데려온 정예의 대부분이 은빛으로 사라지고 있었다. 분하다, 너무 분했다. 피나게 일구어낸 소중한 전력이 일거에 부서져 나가는 현실을 인정할 수 없었다.

그 와중에도 헤일론의 머리를 퍼뜩 스치는 것이 있었다.

'그렇지, 2진!'

2진을 기다려야 한다. 발렌시아 나이트를 소탕하기 위해 블랙 울프는 정예를 둘로 나누었다. 1진, 그리고 2진. 그리고 2진에는…… '그'가 있다!

갑자기 만면에 퍼져 나가는 미소를 참을 수 없었다. 이럴 경우를 대비해서 그를 데려오지 않았던가. 아무리 카오스 나이트와 카오스 술져라고 해도, 그가 있는 한!

그런데 그때, 그와 검을 겨루던 하르발트가 엄청난 속도로 뒤를 향해 물러났다. 표정이 상당히 어두워 보였다. 마치 감당할 수 없는 어떤 상대를 만난 양…….

뭐지? 아직 2진이 도착할 시간은 아니다. 그렇다면?

아하, 드디어 체력에 한계가 왔군! 어쩐지 너무 날쌔다 했지.

헤일론은 경사에 경사가 겹친다는 샐리의 법칙을 떠올리며 반격을 개시했다.

등이 뜨끈해지고 있다는 것을 깨달은 것은 다음 순간이었다. 왠지 전에도 이런 일이 있었던 것 같은데…… 아찔한 기시감 속에서 헤일론은 눈앞이 조금씩 어둑해지는 것을 느끼며 뒤를 돌아보았다. 점멸하는 광경 속에 용의 형태를 한 거대한 괴물의 모습이 비쳤다. 극독을 맞은 듯 초록빛으로 물든 생명력 게이지는 이제 한계치에 도달해 있었다. 사고가 채 이어지지 못했다. 인과를 생각하기 전에 분노가 치밀어 올랐다. 신은 왜 이토록 불공평한가!

헤일론은 남은 힘을 모두 끌어 모아 괴물을 향해 돌진했다.

"빌어먹을……! 왜!"

아홉 개의 머리.

팔의 살점이 떨어져 나가고, 다리 하나가 녹아 없어졌다. 그래도 헤일론은 달렸다. 마치 이 불가해한 상황에 대해 온몸을 던져 항거라도 하듯이, 그의 존재가 결코 하잘것없지 않다는 것을 증명이라도 하듯이 달리고 또 달렸다.

최후에 펼쳐진 트리플 스텝과 함께 용의 머리 하나가 떨어져 나갔다.

내가 벨 수 있는 운명은 고작 여기까진가…….

헤일론은 온몸에서 뜨거운 열기를 느끼며 정신을 잃어버렸다.

유호는 전투가 시작되는 순간 쓰러져 있는 시리엘에게 달려갔다. 무릎에 그녀의 머리를 뉘이자 눈꺼풀이 힘없이 들렸다. 그녀는 웃고 있었다. 죄책감이 밀물처럼 몰려왔다.

"고마워요……."

달콤한 목소리가 가슴을 송곳처럼 파고들었다. 입을 열지 않을 수 없다. 유호는 떨리는 입술을 간신히 떼어냈다.

"시리엘, 사실 난 카오스 나이트가……."

유호의 뒷말이 부드러운 손가락에 의해 뭉그러졌다. 시리엘은 하얗고 가는 손가락을 그의 입에 댄 채 조용히 고개를 저었다. 입술에 감미로운 미소가 그려져 있다.

그녀는…… 처음부터 모든 것을 알고 있었다.

유호는 절망하여 고개를 숙였다. 그녀를 볼 면목이 없었다. 시리엘은 손가락 끝에 힘을 주어 그의 고개를 들었다. 하얗게 번진 시야 속에서, 시리엘은 옅게 웃으며 전장을 가리켰다. 그 시선을 따라 간 유호의 몸이 천천히 경직되었다.

거대한 용의 머리를 매단, 어지간한 탑의 크기를 호가하는 괴물. 로드 플레인 남쪽의 군주, 히드라(Hydra).

특정 속성을 가진 마법 검이 아니면 벨 수 없다는 히드라의 머리. 막 잘려 나간 히드라의 목이 부글거리며 새로운 머리를 만들어내고 있었다. 그러나 새로운 목이 채 형체를 갖추기도 전에, 은백의 섬광이 살점을 찢어발겼다. 흉측한 초록빛 덩어리가 입자와 함께 폭발했다. 먹구름 사이로 살짝 모습을 드러낸 태양빛이 순간 시야를 가렸다. 유호는 손으로 차양을 만들었다. 히드라의 거대한 몸체를 따라 허공을 밟고 올라가는 누군가가 있었다.

은백색의 광택을 띤 흉갑이 창연히 빛난다. 오른손의 인퀴지터, 왼손의 레퀴엠. 창공을 감싼 열 하나의 서슬. 마검과 성검이 동시에 울부짖으며 히드라의 온몸을 난자한다.

진짜 카오스 나이트는, 백색의 패너플리를 입고 있다.

유호는 지금, 자신이 십수 년간 꿈꿔왔던 영웅을 보고 있었다.

EPISODE 016
Murphy's law

　자글자글 끓어오른 카레가 향긋한 냄새를 풍긴다. 청년은 국자를 들어 카레를 두어 번 휘저어준 후, 능숙한 손놀림으로 양파와 감자를 썰기 시작했다. 기분 좋은 리듬이 울리며 감자와 양파가 먹기 좋은 모양으로 썰려 나갔다.

　"이러다 주부 되겠군."

　사실 벌써 주부지만.

　수련은 싱겁게 웃으며 도마에 썰린 재료들을 카레에 집어넣었다. 향기가 더 풍족해졌다. 항시 정보를 얻기 위해 버릇처럼 켜놓은 텔레비전에서는 론도 스팟 재방송이 나오고 있었다.

　"첫 번째 소식은 1인칭 유저들의 급증에 관한 내용입니다."

청중을 의식했는지 어색한 미소를 머금은 앵커가 천천히 기사를 읊기 시작했다.

"지난 모 방송 프로그램에서 론도 관련 허위 보도가 나간 이후, 분노한 3인칭 유저들이 대거 1인칭으로 시점을 전환하여 플레이를 시작했다고 합니다. 1인칭 시점에는 놀랍게도 육감(六感)이라는 히든 스킬이 잠재되어 있었으며, 현재까지 레볼루셔니스트는 이 현상에 관해 '게임의 형평성을 위한 것'이라는 변명을 제하고는 일제히 모르쇠로 침묵하고 있습니다. 현재 게임 내에 1인칭으로 플레이하는 유저의 수는 전체 유저수의 약 60% 이상으로 추정되며……."

기사 내용을 듣던 수련이 짧게 침음했다. 이제 소수의 1인칭 유저들이 가지고 있던 이점도 완전히 사라지게 되었다. 껄끄럽더라도 대부분의 유저가 1인칭을 사용하여 플레이하리라. 굳이 기사가 아니더라도 수련은 최근 그런 현상을 몸소 느끼고 있었다. 유저들의 움직임이 전과는 비교할 수 없을 만큼 좋아지고 있었기 때문이다.

수련은 싱크대 옆에 세워둔 리모콘을 쥐고 채널을 돌렸다. 집중토론 론도의 생방송 시간이었다. 그는 채널이 바뀌자마자 스피커에서 나온 윽박지름에 순간적으로 순간 어깨를 움츠렸다.

"그래서, 현재의 미성년자 관련 법규에 문제가 없다는 것입니까? 요즘 뉴스만 틀면 들려오는 이야기가 문란해진 청소년들 이야깁니다!"

살살 좀 하지.

수련은 살짝 인상을 찌푸리며 텔레비전의 볼륨을 낮췄다. 이야기를 듣자 하니 최근 들어 더욱 불거지고 있는 미성년자의 론도 플레이 관련 문제를 논하고 있는 것 같았다.

"최근 기사 하나를 예로 들어 보죠! 가출한 의붓 남매 이야기, 들어보셨습니까?"

담담하게 이야기를 경청하던 수련은 살짝 화가 나고 말았다.

또야.

그 의붓 남매가 가리키는 대상이 너무도 분명했기 때문이다. 세피로아와 이지너스…….

평소에는 죽어라 불륜을 찍어대고 그걸 보며 웃어재끼고, 왜 저런 안타까운 사랑이 이루어질 수 없냐고 애달파하던 인간들이 이제 와서 남매, 그것도 의붓 남매 한 쌍이 같이 도망갔다고 해서 열을 올리는 꼴이란 참 가관이었다.

게다가 발언도 이미 본래의 주제에서도 미묘하게 벗어나 있었다. 상대 토론자가 더 이상 못 들어주겠는지 손을 들어 올리며 발언을 시작했다.

"언제까지 청소년들을 우리에 가둬놓을 생각입니까? 그들은 당신들의 생각보다 훨씬 어른스럽습니다."

"자유와 방종은 분명히 다른 겁니다! 적어도 법이라는 제한이 걸려 있는 것과 그것마저 없는 것에는 엄청난 차이가 있다는 얘깁니다."

논객의 말은 분명히 옳았다. 하지만 자유와 방종이 다르다는 것을 누가 모른단 말인가? 자신들이 하면 자유, 어린 녀석들이 하면 방종. 세상이란 늘 그런 법이다.

수련은 언젠가 고등학교 논술 수업에서 들었던 야한 동영상과 강간 범죄의 상관관계를 떠올렸다. 밀려오는 졸음에 꾸벅거리는 와중에도 용케 그 이야기를 들은 스스로가 장했다.

P2P로 퍼져 나가는 야한 동영상의 급증이 현 청소년들에게 미치는 영향에 대한 이야기였다. 두 입장은 각각 상이했다. 한쪽은 동영상을 보고 그걸 따라하려는 개념이 안 잡힌 청소년들이 속출할 수 있다는 입장을 내세웠고, 또 다른 쪽은 야동을 보고 청소년들이 성욕을 해소함으로써 오히려 강간 범죄가 줄어들 수 있다는 입장이었다.

수련이 듣기엔 두 쪽 다 타당성이 있어 보였지만, 언제나 그렇듯 둘 다를 긍정할 수는 없는 법이다.

당장 론도 문제만 해도 그렇다.

미성년자 관련 법규에 근거하는 문제는 차치하고서라도, 눈앞에 불똥이 떨어진 사이버 매춘을 두고도 의견이 엇갈렸다.

정신의 오염이니, 무분별한 성매매니, 퇴폐의 극치니 하는 말들이 많았으나 정작 그 기사가 나간 이후 현실에서의 직접적인 매춘이 사라지고 있었던 것이다. 그 기사를 본 포주들이 론도 내부에서 유흥가를 만들어 집단 매춘 사업을 시작했기 때문이다. 그리고 레볼루셔니스트는 그걸 방관하고 있었다. 요지는 현실성.

수련은 묵묵히 토론을 보다가 승부가 날 것 같지 않자 채널을 돌렸다. 그에게 필요한 것은 게임의 윤리성을 증명해 내는 방법이 아니라, 당장에 써먹을 수 있는 유용한 정보였다.

채널을 돌리자 이번에는 동영상이 나왔다.

브라운관을 꽉 메우다시피 한 거대한 몸체의 몬스터. 히드라가 그 위용을 한껏 과시하며 포이즌 브레스로 대지를 녹이고 있었다. 그러나 그런 파괴적인 모습의 이면에서 히드라는 연신 고통스러운 비명을 질러대고 있었다. 화면이 클로즈업되며, 히드라의 등 위를 뛰어다니는 큼지막한 점이 잡혔다. 네 개의 까만 점과 한 개의 하얀 점이 히드라의 온몸을 유린하며 난도질하고 있었다.

화면이 4등분 되며 히드라와 흑백색의 기사들을 나누어 비춘다. 그리고 마지막 한 화면에는 여인을 부축하고 있는 청년이 있었다. 수련 또한 그를 알고 있었다.

"아, 저 청년!"

당시 블랙 스미스 아이가이온의 퀘스트를 받아 로드 플레인 남쪽으로 가던 수련은, 마을에 진입하자마자 카오스 나이트가 나타났다는 소식을 들었다. 처음에는 그게 자기 별호인 줄 모르고 이야기를 흘려듣던 수련은, 화제에 페르비오노 왕성 탈환 사건이 올라오는 순간 그게 자신을 가리키는 것이었다는 것을 깨달았다. 황급히 주변을 살폈으나 딱히 그를 의식하고 있는 유저는 없었다.

"그게, 발렌시아 나이트들과 히드라 사냥을 떠났대!"
"뭐, 정말?!"

발렌시아 나이트? 그건 또 웬 생뚱맞은 소린지…… 발레리
나들이 모인 기사단인가? 수련은 그 이야기를 다 들은 후에야
자신을 사칭하는 누군가가 있다는 사실을 깨달았다. 관대한
수련이지만 그래도 누군가가 자신의 위세를 등에 업고 일을
벌이고 있다는 것이 기분 좋은 소식은 아니었다.

유저들의 이야기를 듣고 흥미를 느낀 수련은 곧장 로드 플
레인 남쪽 내부로 진입했고, 그곳에서 자신을 사칭하고 있다
는 한 청년을 발견했다. 전투력도 별 볼일 없어 보이는 데다가,
그와 닮은 것이라고는 하나도 없는데, 왜 사람들이 그를 자기
로 알고 있는지는 정말 미스터리한 일이었다.

처음에는 그를 단단히 골탕 먹일 생각이었다. 그러나 일행
중에 루피온과 베로스가 끼어 있다는 것을 발견하고, 또 갑작
스레 블랙 울프 길드가 개입함으로써 생각은 조금씩 수정되어
갔다.

결정적으로 수련을 움직이게 만든 것은 청년의 행동이었다.
블랙 울프의 헤일론이 나타났을 때, 그는 충분히 자신이 카오
스 나이트가 아니라고 밝히고 달아날 수 있었다. 그럼에도 청
년은 그렇게 하지 않았다.

처음에는 그가 명예의 맛에 취해 만용을 부리는 건가 싶었
다. 하지만 그게 아니었다. 청년의 눈은 진짜였다. 그의 눈에

는 책임이 담겨 있었다. 비록 그가 진정 카오스 나이트가 아닐지라도, 그를 믿는 사람들을 지키고 싶다는, 그리고……

청년의 눈이 시리엘이라는 여인을 향했을 때, 수련은 결심했다. 이번 한 번만 도와주자라고. 그 결과가 현재 텔레비전에 투영되고 있는 저것이었다.

"하지만 그게 끝은 아니지."

그렇다. 정작 중요한 일은 그다음에 벌어졌다.

*   *   *

수련은 용병들과 능수능란하게 호흡을 맞추며 조금씩 히드라의 체력을 떨어뜨려 갔다. 아무리 재생력이 강하고 강력한 전투력을 가진 히드라라고 해도, 리치가 쉽게 닿을 수 없는 등에 올라타서 공격을 감행하게 되면 상대하기가 한결 쉬워진다.

몬스터에게도 생존 본능이 있는 탓에, 자신의 등껍질 위에 올라 타 있는 상대에게 함부로 브레스를 남발할 수는 없었던 것이다. 그렇게 간단히 포이즌 브레스를 차단한 수련과 용병들은 동시에 산개하며 작전을 감행했다.

'하르발트는 나와 함께 녀석의 목을 친다. 실반은 우리를 엄호하고, 헨델은 실반을 지켜라. 슈왈츠는 중간에서 지원 역할을 맡는다.'

특급용병에 올라 생각만으로도 용병들에게 명령을 내릴 수 있게 된 수련은, 허공에서 쇄도하는 아홉 개의 머리를 향해 돌진했다. 데스나이트 특유의 다크 오라가 마검 인퀴지터에 감겨들며 검명(劍鳴)이 터져 나왔다. 실반의 매그넘 샷이 작렬하자 다가오던 머리가 화살에 꿰여 나가떨어진다.

수련은 그 기회를 놓치지 않고 머리 위에 올라타 레퀴엠을 휘둘렀다. 마력이 흘러들어 가자 하얗게 빛을 내기 시작한 레퀴엠은 스산한 냉기를 내뿜으며 히드라의 머리를 날려 버렸다. 레퀴엠의 특수 능력, 빙결 저주 프로즌 블레이드가 격발한 것이다.

각각 암흑과 빛의 속성을 띤 인퀴지터와 레퀴엠이었기에, 날아간 머리는 다시 재생되지 않았다.

포이즌 브레스가 애꿎은 허공을 적시고, 수련은 실반과 하르발트가 만들어준 틈새로 파고들어 머리를 하나둘씩 날려 버렸다. 마침내 아홉 개의 머리가 모두 떨어지고, 무방비 상태로 비틀거리는 히드라의 등에 수련의 두 검이 동시에 꽂혀들었다.

긴 비명과 함께 천천히 쓰러진 히드라는 거대한 원석 덩어리와 검푸른 망토 하나를 드랍했다. 이미 한 번 잡혔던 적이 있는지, 이 정도 몬스터가 드랍한 아이템치고는 조촐한 편이었다. 수련은 먼저 그 원석이 자신이 원하던 그것이 맞는지부터 확인했다.

[미스릴 원석]

설명 : 오리하르콘과 함께 지상계의 금속 중에서 최강의 강도를 가진 금속이다. 그 투명한 은빛의 아름다움 때문에 보석이나 장신구에도 종종 사용되지만, 실제로는 명검 등의 병장기를 제련할 때 최고급 마감재로 사용된다. 발굴 빈도가 낮아 그 수가 매우 희귀하여 돈이 있어도 못 구한다는 말이 있을 정도다.

"맞군."

원석을 인벤토리에 집어넣은 수련은 자신을 사칭했던 예의 청년을 흘끗 돌아봐 주었다. 순간 움찔거리는 것을 보아하니 많이 찔리는 모양이었다. 수련은 가만히 웃어주었다. 괜찮아.

루피온과 베로스에게도 살짝 눈인사를 한 후, 수련은 잡목림 속으로 뛰어들었다. 괜히 몰려든 유저들에게 관심을 사고 싶지 않았기 때문이다.

다행히 쫓아오는 사람은 없었다. 어이없게도 앞을 막는 사람이 있었을 뿐.

"저기, 저 녀석입니다!"

익숙한 목소리다 했더니, 앞쪽의 수풀이 드러누우며 화살이 쏟아졌다. 간단히 검각을 세워 막아낸 수련은 목소리의 주인공을 노려보았다.

그리 오래되지 않았음에도 얼굴이 제법 낯설었다. 가슴팍에 새겨진 검은 늑대. 그는 수련이 제일 먼저 만났던 검은 늑대였다. 그 또한 예전과는 달랐다. 익스퍼트 최상급에 올라 최정상의 랭킹을 밟게 된, 이제는 제법 랭커라고 할 수 있을 법한 남자.

블랙 울프의 2진을 이끄는 칼룬이었다.

"날 잊지는 않았겠지, 카오스 나이트?"

카오스 나이트, 들을 때마다 왠지 심장이 간질간질한 호칭이다. 수련은 머쓱하게 한 걸음을 물러나며 자세를 바로잡았다. 별로 시간을 낭비하고 싶지 않았다.

"헤일론이 로그아웃당한 건 알고 있나?"

칼룬의 눈이 휘둥그레 벌어졌다. 아마 1진과 합류하여 그를 칠 속셈이었던 것 같다. 승산이 없다는 것을 알면 알아서 물러나겠지. 수련은 검을 교차시키며 용병들을 전투 대형으로 정렬시켰다.

하지만 칼룬은 길을 열어주지 않았다. 아직도 오기를 부리는 건가? 아니다. 눈빛이 심상치 않았다. 믿는 구석이 있다는 거다.

칼룬은 눈을 부릅뜬 채 이를 갈며 살짝 반걸음을 비켜섰다. 그의 뒤에는 등에 무지막지한 크기의 도끼를 매단 건장한 체격의 미남자와 아직 유아 체형을 벗어나지 못한 몸집이 작은 소년이 서 있었다.

"부디 나서주십시오. 저희 길드 마스터가 당했습니다."

칼룬은 짓씹듯 그렇게 말했다. 대상을 보는 눈빛에는 나지막한 희망이 담겨 있었다. 누군가에게 기대어 뜻을 이루어보려는 비겁한 자들의 말투였다.

"원하신다면 저희가 함께 싸울 것⋯."

"마스터는 그렇게 비겁하지 않아! 북풍(北風)의 기사 앞에서 그렇게 무엄한 말을 지껄이다니!"

입이 험한 꼬마라고 생각했다. 론도에 18세(만 17세) 딱지가 붙어 있는 만큼, 어려도 고등학생이겠지만 말투가 범상치 않았다. 수련은 북풍의 기사, 라는 단어에 주목했다. 브룸바르트 내륙을 여행하는 동안 자주 들어온 별호였다.

대륙 동부에서는 카오스 나이트 시리우스가 유명하지만, 그가 갑자기 유명세를 타게 된 것은 페르비오노 사건의 파장이 그만큼 컸기 때문이지, 그의 이름 자체가 원래부터 유명했던 것은 아니었다.

요컨대 그 말고도 대륙에는 많은 유명인사들이 존재한다는 이야기다. 블랙 울프의 헤일론, 혹은 발렌시아 나이트의 시리엘에 이르기까지⋯⋯ 하지만 그들의 이름은 이른바 '진짜' 강자들의 이름 앞에서는 무색해지게 마련이다.

낯설지 않은 얼굴이었다. 어디서였을까. 외형이 살짝 변하기는 했지만 결코 잊을 수 없는 그런 분위기가 남자의 몸에서 흘러나오고 있었다. 강자만의 여유라던가, 단순히 그런 것만으로는 형언할 수 없었다. 수련은 마에스트로를 떠올렸다. 남자의 분위기는 마에스트로와 흡사했다.

제왕(帝王). 절대의 자리에 단 한 번이라도 군림해 본 사람만이 가질 수 있는 특유의 기합. 그의 등장과 함께 바뀐 공기가 솜털을 자극하고 있다.

"우리, 구면이죠? 다시 만나게 돼서 반갑습니다."

북풍의 기사, 벨라로메.

벨라로메라면 너무나 익숙한 이름이 있었다. RTS게임, 그중에서도 스타크래프트의 최강자. 마왕(魔王) 강용성. 그의 아이디 또한 벨라로메(Belarome)였다.

수련은 그에게 조금 실망했다.

그가 아는 강용성은 결코 블랙 울프의 칼룬 같은 자들과 붙어먹을 위인이 아니었다. 그와 조우한 것은 오직 단 한 번, 리그의 결승에서뿐이었지만 그 한 번만으로도 수련은 그에 대해 꽤 많은 것을 알 수 있었다. 섬세한 운영과 날쌔면서도 호쾌한 유닛의 움직임. 단 몇 게임만으로도 프로게이머는 그 게임 속에서 서로를 이해할 수 있다.

벨라로메의 게임플레이에서는 미묘한 정의로움 같은 것이 느껴졌다. 그는 절대 비겁한 플레이를 하지 않았다. 늘 정면 돌파, 정면 싸움. 심지어 모든 게이머들이 게릴라 플레이를 즐길 때도, 그만큼은 고지식할 만치 정면 싸움만을 고집했다.

답답할 정도로 심지가 굳은 플레이였다. 그럼에도 불구하고 그의 별명이 마왕이 된 것은 그가 정면 싸움만큼은 기가 막히게 잘했기 때문이었다. 잔혹할 정도로 눈부시고, 또 무자비한 컨트롤. 그토록 정직한 플레이를 하면서도 패배하지 않는 남자. 그 믿을 수 없는 전투력 때문에 그는 마왕이라는 별명을 얻었다.

"당신 같은 사람이 저들과 어울릴 줄은 몰랐군요."

수련의 실망스러운 어조에 벨라로메의 미간이 살짝 움직였다.

"딱히 친분이 있어서 온 게 아닙니다. 저는 단지……"

뒷말은 침묵을 머금고 있었다. 그러나 그 긴 틈새를 부정하듯, 이어진 말은 경쾌했다.

"당신을 다시 만나고 싶었습니다."

하필이면 꺼낸 말이 고작…… 수련은 생각하다 말고 허공에 한숨을 토해냈다. 하르발트와 헨델이 옆에서 또 건수 잡았다는 표정으로 눈동자를 빛내고 있었다. 대장, 과거가 제법 화려했구나. 아아, 나의 대장이 이미 타락의 길로 빠져들었다니…….

수련은 대뜸 헛기침을 하며 상상의 나래를 끊어버렸다.

"무슨 말이죠?"

"당신과 다시 겨루고 싶었다는 이야깁니다."

이자도 마에스트로와 같은 것일까. 그보다는 훨씬 신사적이군.

수련은 그런 생각을 하며 입을 앙다물었다. 여기서 또 싸우게 되면 곤란해진다. 물론 예전보다야 훨씬 강해졌지만, 마에스트로와의 전투를 상기시켜 보면 또 이야기가 달라진다. 클로즈 베타 테스트 당시의 토너먼트만 돌이켜 봐도 벨라로메와 마에스트로는 거의 호각이었다. 그 당시 이미 그만큼의 노하우를 보유하고 있던 그가 정식 서비스에 돌입하여 얼마나 강해졌을지는 예측할 수 없었다.

"시리우스, 우리가 도와줄까?"

언제 와 있었는지 배후에는 베로스와 루피온이 자리하고 있었다. 수련은 반사적으로 고개를 저었다. 그들이 충분히 강해진 것은 확인했지만, 이것은 자신의 싸움이었다. 용병들(정확히는 헨델과 하르발트)이 의아한 눈으로 베로스와 루피온을 바라보았다.

뭐야…… 이번엔 혹시 첩인가?

그 눈길을 접한 베로스가 불같이 성을 냈다. 손가락은 정확히 헨델과 하르발트를 번갈아 가리키고 있었다.

"너, 방금 날 기분 나쁜 시선으로 봤어!"

"맞아, 결코 기분 좋다고는 할 수 없지만 이상하게 가슴 뛰는 시선이었어!"

"넌 좀 닥쳐!"

베로스가 루피온을 쥐어박았다. 이 와중에도 뭘 그렇게 따지고 싶었는지, 용병들 중 헨델과 하르발트가 기어나와 루피온들과 기묘한 대치를 이루었다. 하르발트가 대뜸 고개를 치켜들며 루피온을 내려보았다.

"뭐야, 넌?"

"응, 그러는 넌?"

왠지 잘못 만났다 싶었다. 수련은 이마를 짚었고, 헨델은 흥미진진한 표정을 지었다. 눈앞의 금발사내를 보아하니 느낌이 심상치 않았다. 왠지 하르발트와 동류인 것 같은…….

그 순간, 하르발트가 허리에 손을 얹고서 강하게 루피온을 노려보았다. 당장이라도 상대방을 잡아먹을 것 같은 맹수의 눈빛이었다.

'……!'

그 눈빛을 받은 루피온 역시 물러서지 않았다. 그는 본능적으로 깨달았다. 눈앞의 이 자식은 일생일대의 숙적이다. 내가 최고의 개그캐릭터가 되기 위해서는 이 녀석을 뛰어넘어야만 한다!

'……!'

강렬한 눈빛의 반격에 하르발트는 아랫입술을 빨았다. 만만치 않은 놈이다. 그렇다면! 하르발트는 느낌표 하나를 더 붙였다.

'……!!'

'……!!!'

루피온도 거세게 반격했다. 수련들은 어이가 없었다. 아무튼 눈싸움인 것 같은데 둘만의 뭔가 심오한 세계가 있는 모양이다. 하르발트는 상대방의 느낌표가 스물여덟 개를 넘어설 때가 되어서야 패배를 선언했다.

"왠지 분하군."

"왠지 이긴 기분이다."

루피온도 승리를 선언했다. 잠시 어색한 침묵이 내려앉았다.

헨델이 분위기를 정화시키듯 입을 열었다.

"아무튼 숨겨진 일은 영원히 숨겨지는 편이 좋을 때도 있군.

더군다나 마스터의 남성 편력이라니……."

분위기가 더 악화되었다. 이번 정적은 꽤 깊었다.

"하하, 재미있는 분들이시군요."

벨라로메가 한참 만에 웃음을 머금었다. 그의 말에 옆의 꼬마가 무슨 생각을 하는지 얼굴을 붉혔다. 졸지에 긴장이 탁 풀려 버린다. 덕분에 나직한 살기가 흐르던 결투는 서로 간의 실력을 겨루는 일종의 대련이 되고 말았다.

"방해하지 마십시오. 이건 저와 카오스 나이트 간의 싸움입니다."

"정 뜻이 그러시다면……."

칼룬은 뜻밖에도 순순히 물러났다. 하지만 눈빛이 심상치 않았다. 강렬한 의지가 그대로 드러나는 동공. 뭔가 꿍꿍이가 있다.

"모두 귀환한다!"

칼룬이 왼손을 높이 드는 순간, 그와 함께 블랙 울프의 잔당이 빛과 함께 사라졌다. 귀환 스크롤을 찢은 것이다. 이상한데? 이렇게 순순히 물러날 리가…….

그와 함께 벨라로메가 등에 매달린 거대한 도끼를 움켜쥐었다. 순간 팔의 근육이 불끈 솟아오르며 팽팽하게 달아올랐다. 미려하게 깎인 얼굴에 어울리지 않는 흉악한 몸이었다. 벨라로메의 도끼를 본 베로스가 독백처럼 중얼거렸다.

"저거, 수왕(水王)의 도끼잖아? 저 녀석……."

그 말에 수련도 얼마 전에 들어갔던 아이템 거래 사이트를 떠올렸다. 아이템 거래 목록의 최고가에 항상 랭크되어 있던 미지의 도끼. 남동국인 후(后)에서 만큼은 페르비오노의 성검 레퀴엠 이상으로 알려진 전설적인 무기였다. A+급의 유니크, 수왕의 혈부(血斧).

벨라로메는 긴 눈꺼풀을 짙게 내리깐 채 도끼를 낮게 잡았다. 온몸에서 터져 나오는 힘이 당장이라도 수련을 쪼개 버릴 기세였다.

"지난 리그의 빚을 이곳에서……."

그 순간 어이없게도 침을 꿀꺽 삼키며 당사자보다 더 긴장하던 베로스가 수련의 어깨를 치며 되도 않은 말을 꺼냈다. 딴에는 그것도 위로였던 모양이다.

"괘, 괜찮아. 내 경험에 의하면 하하, 라고 웃는 녀석들은 보통 별거 아닌 놈들이더라고."

"맞아. 크아악, 하고 비명을 지르는 녀석들도 그렇지!"

루피온도 맞장구를 쳤다.

심마(心魔)가 끓어오르고 있었다.

수련은 둘을 완전히 무시하기로 작정하고 검을 빼 들었다. 하필이면 중요한 순간에 방해를 받아서 집중력의 균형이 깨졌다.

지금 싸우게 되면 진다.

수련은 무너진 균형을 되찾기 위해 안간힘을 썼으나 이미 선방을 빼앗겼다는 사실을 알았다.

분위기 파악을 못해도 어떻게 이렇게 못할 수가!

벨라로메의 도끼가 움직인 것은 그 순간.

그 거대한 도끼날이 공기를 찢어발김과 동시에 쾌청한 파공음이 귓가를 찔렀다. 강력함뿐만 아니라, 속도까지 갖춘 강맹한 공격이었다. 수련은 검을 교차시켜 첫 일격을 막아냈다. 양손으로 막았음에도 팔이 부들부들 떨리고 있었다. 지금까지받아낸 어떤 일격보다도 더 강력한 한 방이다.

벨라로메는 부드러운 곡선을 그리며 연계 공격을 감행했다.

오른쪽 상단, 왼쪽 하단, 이어서 몸통!

기본기에 충실한 자만이 펼칠 수 있는 흠잡을 데 없는 공격이었다. 수련은 점차 공격을 받아내는 것이 힘겨워졌다. 힘의차이가 너무 컸다. 그러나 피하고자 스텝을 밟기 시작했을 때,도끼의 날은 이미 수련의 몸통을 가르고 있었다.

도끼가 수련을 둘로 쪼개는 순간, 수련의 그림자가 유령처럼 사라졌다.

고스트 스텝!

진짜 고수의, 랭커의 대결이었다. 그 자리에 있는 모두가 알았다. 저 결투의 압력이 짙게 내리누르는 공간 속으로 단 한걸음만 내딛더라도, 꼼짝 못하고 칼날 감옥 속에 갇혀 갈기갈기 찢겨질 것이라는 사실을.

그런데 벨라로메의 움직임이 이상했다. 수련을 둘로 쪼개는것에 실패했음에도 불구하고 그의 도끼는 숲 속을 향해 치닫고 있었다. 마치 거기에 미지의 적이 잔재하는 것처럼.

그 공격은 분명 수련을 노리는 것이 아니었다. 왜냐하면 수련은 이미 그의 등 뒤에 있었으니까. 그림자와 그림자를 잇는 섀도우 스텝이 발현된 것이다. 도끼는 그대로 숲을 향해 내리꽂혔다.

다음 순간 숲이 흡, 하고 숨을 들이켰다. 도끼가 틀어박힘과 동시에 은빛 입자가 울컥거리며 쏟아져 나왔다.

"무, 무슨 짓입니까! 벨라로메!"

"내가 말했을 텐데요."

놀랍게도 숲속에는 사라진 줄 알았던 블랙 울프들이 숨어 있었다. 그들이 사용한 것은 귀환 스크롤이 아니라 텔레포트 스크롤이었던 것이다. 뒤늦게 그 사실을 깨달았던 수련도 벨라로메를 향해 펼치던 환검과 섬광검을 회수했다.

"나는…… 내 승부를 방해하는 자들을 제일 증오합니다."

그 뒤로 학살이 시작되었다. 미처 대비하지 못했던 칼룬과 블랙 울프들은 그의 핏빛 도끼 아래에 산산이 부서져 나갔다.

벨라로메의 별명이 왜 마왕이었는지 수련은 그제야 실감했다.

그는 정면 싸움을 방해하는 것을 죽을 만큼 싫어한다. 붉게 물든 안광이 화염을 토해내고 있다. 벨라로메의 검은 무자비하게 늑대의 심장을 꿰뚫고, 목을 베어냈다. 확연하게 다른 몸놀림. 벨라로메는 이미 마스터 중급에 올라선 것 같았다.

"크아악, 개자식!"

"거 봐. 아프지도 않는데 저런 비명을 지르는 꼴하곤…… 내 말이 맞지?"

루피온이 그럼 그렇지, 하는 표정으로 눈을 빛냈다. 상황이 정리되기까지는 1분도 채 걸리지 않았다. 장내가 숙연해졌다.

수련은 이 남자를 상대로는 버티는 것이 고작일지도 모른다고 생각했다. 과한 생각일지도 몰랐으나, 지난번 마에스트로와 동수(同數)를 이룬 이후 그는 계속해서 자격지심(自激之心)에 시달리고 있었다. 마에스트로 때도 그랬는데, 벨라로메도 이기지 못한다는 건가? 그렇다면 지금의 마에스트로는 대체 얼마나 강한 걸까.

수련이 뒤늦게 정신을 차리고 전투태세를 취했으나 벨라로메는 도끼를 다시 등에 매며 고개를 저었다. 흥이 깨졌다는 것이다. 그러나 수련은 그 행동에서 똑똑히 느꼈다. 이 남자는, 어쩌면 처음부터 싸울 생각이 없었는지도 모른다고.

이상했다. 마왕이 싸움을 원하지 않는다니…….

대기의 떨림이 안정을 되찾는 것을 느끼며 수련은 입을 열었다.

"마에스트로는 당신보다 강합니까?"

뜻밖의 질문이었는지, 벨라로메는 그 말에 꽤나 고심하기 시작했다. 마에스트로의 이름이 그에게 있어서 얼마나 큰 비중을 차지하고 있는지 알 수 있는 광경이었다. 한참이나 지난 뒤에서야, 그는 인정하기 싫은 표정으로 고개를 끄덕였다.

"아마 그럴 것입니다. 마지막으로 그와 겨루었던 것이 얼마 전 북부 아스칼의 최종 전선이었는데……."

"아냐, 그건 막상막하의 전투였어! 우리 마스터가 겸손하게 말씀하시는 거라고!"

"로쉬크, 조용하거라."

벨라로메가 고개를 저으며 꼬마의 어깨를 두드렸다. 로쉬크라 불린 꼬마는 시무룩한 표정으로 고개를 숙였다.

"그는 강했습니다. 나는 쉽게 패배를 인정하는 성격이 아니지만…… 분명 그는 전투력으로 내게 미세한 우위를 점했습니다. 클로즈 당시의 격차를 아직도 메우지 못하다니, 제겐 한심한 노릇이지요."

"그래도 그 승부는 무승부였잖아요!"

꼬마가 다시금 고개를 뺏뺏이 세우자 벨라로메가 다시 작은 목소리로 주의를 주었다. 수련은 벨라로메가 일부러 겸손하게 말한다는 것을 알았다. 아마 꼬마의 말이 맞을 것이다. 이번에는 벨라로메의 차례였다.

"당신은 마에스트로와 싸워보았습니까?"

수련은 망설이다가 가볍게 고개를 끄덕였다. 벨라로메는 승부의 결과를 묻지 않았다. 수련의 자존심을 생각해서였는지, 당연히 수련, 혹은 마에스트로가 이겼을 것이라고 생각해서였는지는 알 수 없었다. 어떻게 보면 관심이 없는 것 같기도 했다.

"그를 꽤 의식하시는 것 같군요."

그 말에 수련은 조금 기분이 나빠졌다. 그건 당신도 마찬가지잖아? 속내를 감추며 고개를 끄덕인다. 론도의 최정상을 노리는 프로게이머라면 모두가 응당 그러할 것이다. 그 누가 신의 손 마태준을 무시할 수 있을 것인가.

"홍염의 사신 마에스트로…… 그도 무섭지만, 그보다 더 무서운 적이 있습니다. 남해의 사자를 아십니까?"

"남해(南海)의 사자?"

생소한 이름이었다. 아직 대륙 전체에 퍼지지 않은 별호인가? 북풍의 기사가 그렇게 말할 정도면 분명 굉장한 유저일 텐데도 수련은 그 이름을 선뜻 떠올리지 못했다.

그의 말을 대신 받은 것은 베로스였다.

"남해의 사자라면…… 혹시 알렉산더(Alexander)를 말하는 건가?"

아이디를 듣는 순간 스치는 것이 있었다.

이미 이름을 알고 있는 분이 계시군요.

벨라로메는 고개를 끄덕이며 그렇게 말문을 열었다.

"당신도 알고 있을 것입니다. 그의 존재가 표면에 드러난 것은 얼마 되지 않았지만, 그는…… 역사상 최초로 삼대게임 리그를 모두 제패했던 제왕. 로열로드의 정점에 서 있는 남자니까요."

로열로드(Royal road)의 정점. 모든 프로게이머들의 꿈. 수련은 조그마한 질투와 궁금증을 함께 느끼며 입술을 달싹였다.

"무슨…… 설마?"

회상은 책장을 후루룩 넘기듯 빠르게 스쳐간다. 필요한 단어들은 계속해서 튀어나왔다. 결승전, 스페이스 오페라, 성환 그룹, 그리고…….

"황제 임윤성. 그가 바로 알렉산더입니다. 당신이 가장 두려워해야 할 상대는 그입니다."

차가운 바람이 소년과 남자의 얼굴을 어루만지며 지나갔다. 꼬마 로쉬크는 약간 허전한 얼굴로 일행들이 사라진 숲 속을 보았다.

"갔군요."

그의 마스터는 북해의 차가운 빙설처럼 의연히 서 있었다. 로쉬크는 그 선득한 침묵이 싫어서 입을 열었다.

"마스터, 남해의 사자라는 자가 그렇게 강한가요?"

"너도 봤지 않느냐. 그의 신위를."

벨라로메는 이미 그와 정면 대결을 펼친 적이 있었다. 수십 번의 검을 겨루었고, 그 결과 그의 목숨은 아홉 개로 줄었다.

그것은 서로를 죽이지 않고서는 승부를 낼 수 없을 만큼 치열한 결전이었다.

꼬마 로쉬크는 인정하기 싫은 표정이었다. 수련 일행의 모습이 완전히 사라지자, 소년의 눈에는 다시 총기 어린 작은 희망 같은 것이 떠올랐다. 꼭 묻고 싶은 것이 있었다.

많은 신도들이 그렇듯, 단순히 믿는 것만으로는 부족한 것이다. 그들에겐 확실한 답변이 필요하다.

"마스터, 저자와 계속 싸웠다면 어떻게 됐을까요? 당연히 마스터가 이겼겠죠?"

"카오스 나이트 말이냐?"

벨라로메는 수련 일행이 떠난 숲 쪽을 바라보며 가늘게 웃었다. 단 한 번의 부딪침이었지만 그것만으로도 서로의 역량을 가늠하기엔 충분했다. 이번에는 망설임이 없었다.

"계속 싸웠다면…… 내 목숨은 여덟 개로 줄었겠지."

*   *   *

"오빠, 카레 다 타겠어!"

수련은 여동생의 핀잔에 간신히 정신을 차리고 허겁지겁 주방으로 달려갔다. 부글부글 끓는 카레의 향기가 방 안을 지독하게 메우고 있었다. 이미 여동생이 가스레인지의 불을 끄고 카레를 담고 있었다.

"바보, 왜 그렇게 정신을 놓고 있어?"

"아, 미안."

벨라로메와의 일을 떠올리다가 그만 방심하고 말았다. 여동생이 샐쭉한 표정을 지으며 그의 몫을 건네주었다. 수련은 엉겁결에 그릇을 건네받고 자리에 앉았다.

"오늘, 약속한 날인 거 알지?"

"약속?"

"뭐야, 까맣게 잊고 있었지!"

수연이 도끼눈을 뜨고 그를 바라보았다. 수련은 황급히 손사래를 치다가 이내 빨간 동그라미가 쳐진 달력을 보고서는 덜컥했다.

"오늘 같이 밖에 나가기로 했잖아!"

"어디 가려고 그러는데?"

"흐응, 같이 나가보면 알아."

왼쪽 눈을 귀엽게 찡긋거리는 수연을 보고 있자니 왠지 가슴 한구석이 불안해져 오는 것을 부정할 수 없었다. 괜찮겠지? 수련은 카레를 떠먹으며 필사적으로 자신을 안심시켰다.

주말인 탓인지 대구 동성로의 거리는 더욱 붐볐다. 게임 산업단지의 조성 이후 동성로는 서울의 명동 못지않게 발달했다. 서울 하면 명동, 대구하면 동성로. 단순히 부동산이나 땅값의 문제가 아니라, 기반 시설이나 인구 공동 현상까지 서울의 그것과 흡사하게 변해가고 있었다.

시내 곳곳에는 게임 리그를 관람하기 위해 줄을 서거나, 멀거니 서서 대형 브라운관을 바라보고 있는 사람들이 많았다. 수련 또한 그들 중의 하나였다.

"최근 지하철 노숙자들의 행방불명 사건이 잇따라 벌어져 시민들을 불안감에 떨게 만들고 있습니다. 대구시 검찰청은……."

또 노숙자 뉴스. 노숙자 구호시설인가 뭔가를 만들었다더니 아니나 다를까 효과도 못 보고 있는 실정이었다. 제발 저런 뉴스는 안 나왔으면 좋겠는데. 수련은 노숙자 관련 뉴스를 볼 때마다 그런 생각을 했다. 어쩌면 아빠가 죽지 않고 어딘가에 살아 있을지도 모른다고. 파산신고를 하고, 단지 잠적했던 것뿐이라고……

그가 강가에 뿌렸던 유골은 다른 사람의 것이었으리라는 상상, 지금도 이 시내의 어딘가에 서서 자신을 보고 있을지 모르는 아빠…… 수련은 그런 생각을 하며 내면의 깊은 우물을 들여다보고 있었다. 어둠은 아득하고 눅졌다.

'살아 있어? 제발, 살아 있다면 대답이라도 해줘!'

까르르 웃으며 지나가는 귀여운 여고생들, 몰려다니며 게임 얘기를 하는 남학생들. 점심 약속을 위해 서두르는 수많은 사람들이 수련의 옷깃을 스친다. 그는 다만 정체되어 멍하니 서 있었다. 나오는 것이 아니었는데. 이래서 나오기 싫었어.

멀리서 동생이 오는 것이 보였다. 이제 조금씩 소녀티를 벗어가는 그의 여동생은 아름다웠다. 보얗게 윤기가 나는 피부와 어깨 아래까지 내려오는 부드러운 머리카락이 바람에 흩날린다.

누구를 데려온다고 했던가. 수련은 반갑게 미소를 지으며 다가오는 수연을 맞았다. 하지만 입에서 나오는 말은 결코 곱지만은 않았다.

"…너, 수험생이 이렇게 돌아다녀도 되는……"

여동생을 자기처럼 만들고 싶지 않았다. 대한민국은 어쨌든 학벌 사회다. 그가 게임한다고 괜히 설치지 말고 공부를 했다면, 그랬다면 지금쯤 집 안 상황은 좀 더 나아졌을지도 모른다. 괜히 사고를 당해 팔을 잃는 일도 없었을 것이다.

그래도 수련은 후회하지 않았다. 그는 프로게이머였다. 자부심이 있었다. 그리고 게임을 좋아한다. 단순히 일반인들과 같은 수준에서 뭔가를 좋아하고, 즐기는 것이 아니다. 프로게이머란 건…….

수련은 버릇처럼 고개를 흔들었다. 그래, 이제 시작일 뿐이다.

게다가 프로게이머라고 해서 상업적으로 성공한 케이스가 없는 것도 아니다. 오히려 많다. 그러니까 예를 들면, 저기 저 여자처럼…….

"어?"

수련의 상념은 거기서 끊어졌다. 저 여자가 왜 여기에 있는 거지? 그는 여동생의 옆에 서 있는 붉은 머리칼의 여자를 보았다. 매혹적인 입술과 섬세한 속쌍꺼풀. 몸매의 실루엣이 그대로 비치는 유혹의 곡선…….

여름의 백합. 이 얼마나 어울리지 않는 별명인가. 그곳에는 서머 릴리 서희경이 서 있었다.

"오빠, 오래 기다렸지?"

"아, 응."

어떻게 서희경을 알고 있냐는 말을 던질 새도 없이 수연이 소개를 시작했다.

"희경 선배, 이쪽이 저희 오빠예요."

"안녕하세요?"

고운 입술이 미소를 짓자 세상이 변한 것 같았다. 남자라면 흔들리지 않을 수 없는 미소였다. 그러나 수련은 달랐다.

"아, 네. 안녕하세요."

수련의 표정이 영 꺼림칙하자 서희경의 눈썹이 아주 미세하게 꿈틀거렸다. 자존심이 상한 것일까? 만족하는 표정은 아니었다.

서희경은 미소를 잃지 않은 채 말을 이었다.

"이야기 많이 들었어요. 수연이의 오라버니 되신다지요?"

"아, 네. 저도 이야기 많이 들었습니다."

물론 이야기를 들었을 턱이 없었다. 하지만 그럼에도 수련은 상대방을 알고 있었다. 모르는 게 오히려 이상하다. 다른 사람도 아니고 서머 릴리 서희경이 아닌가. 듣자 하니 수연의 학교 선배가 그녀라는 것 같았다. 수련이 한창 게임리그에서 주가를 올릴 때 관중석에서 만났다는데, 이제 와서 그를 보려고 한 이유는 뭘까?

"화려한 오후의 론도, 재미있게 보고 있습니다."

순간 서희경의 눈이 자신감으로 가득 찼다.

"저야말로…… 전설이라 불리던 진수련 선수를 다시 뵙게 되다니 영광인걸요."

그 미소에 지금까지 넘어오지 않은 남자는 없었다. 그러나 수련은 관심없다는 듯이 고개를 돌렸다.

빨리 집에 가고 싶다는 눈치였다.

'뭐야, 이 남자…… 설마 오타쿠야? 아니면 2D만을 사랑하는 그런 종족이야? 그래, 이 남자도 프로게이머니까 충분히 그

럴 수 있어. 그렇지 않은 이상 이럴 리가 없지…….'

서희경은 차마 자신의 매력에 대한 불신을 품지 못하고 속을 태웠다. 이건 브라운관 데뷔 이래 최대의 망신이었다.

수연이 희경의 가는 팔에 팔짱을 끼며 기댔다. 여름의 볕 아래에 드러난 아찔한 두 여인의 모습은 뭇 남자들의 심장을 진탕시킬 만한 광경이었다.

"내가 전에 여자 소개시켜 준다고 했지? 우리 희경 언니 어때? 오빠한테는 과분한 여자긴 하지만. 후훗."

"음. 확실히 나한테는 과분하지."

수련은 옅게 웃으며 말했다. 그러나 고저없는 목소리였다. 마치 형식상, 혹은 겉치레로 하는 말처럼 말투에 생기가 없었다.

서희경은 아까부터 유난히 그것이 거슬렸다. 그가 하는 행동 하나하나가 '마치 너한테는 관심 없어'라고 말하는 것 같다. 그녀는 자존심이 상할 대로 상했다.

만화에 보면 그런 남자는 많이 나온다. 여자의 외모에 혹하지 않고, 성격을 본다느니, 내면을 본다느니……. 하지만 그런 남자는 어디까지나 만화에나 있다. 서희경은 지난 20여 년 동안 그것을 똑똑히 깨우쳤다. 그녀는 간단히 단언할 수 있었다.

외모에 흔들리지 않는 남자는 없다.

누군가가 그 절대명제를 수정해 줬으면 했고, 그녀 자신이 그걸 원했음에도 세상에는, 한국에 그런 남자는 없었다. 그런 서희경이 조금이지만 흔들리고 있었다.

하지만 이내 평정을 되찾는다. 그래 봤자 남자다. 그녀에게는 미모가 있었고, 넘치는 자신감이 있었다.

기껏 시내에 따라 나왔더니, 두 여인은 하루 종일 쇼핑만 계속했다. 명동 못지않게 의류점이나 쇼핑몰이 발달해 있는 동성로였기 때문에 수련은 점점 늘어나는 짐을 보며 한숨을 푹푹 쉬었다. 물론 짐의 대부분은 수연의 것이 아니라 서희경의 것이었다.

'나한테 무슨 원수 졌나?'

약한 척 가녀린 척 애처로운 연기를 보면서 그걸 외면할 수 있는 남자는 흔치 않았다. 마지못해 들어주겠다고 한 것이 치명적인 실수였다. 기다렸다는 듯이 그에게 짐을 맡겨 버린 서희경은 희희낙락하며 마음 놓고 옷을 고르기 시작했던 것이다.

'정말 전형적인 쇼퍼홀릭이군.'

반면 수연은 소심하게 아이쇼핑을 하거나 맘에 드는 옷을 입어보기만 하고 조용히 가게를 빠져나오곤 했다. 아마 집안 사정을 잘 알기 때문일 것이다.

"오빠, 많이 무거워? 내가 들어줄까?"

"오빠 힘세. 걱정 마."

"피, 희경 언니 앞이라고 강한 척하는구나? 게임만 하느라 근육도 없으면서—"

그게 아니라고 말하고 싶었지만 예의가 아니라는 생각에 다시 입을 다물었다. 여자들은 쇼핑을 왜 그렇게 좋아하는 걸까. 수련은 이 지긋지긋한 시간이 얼른 끝나기를 간절히 기도하며 복작대는 시내를 둘러보았다.

숨이 막혀온다, 저 수많은 사람들이 같은 하늘 아래에서 숨 쉬고 있다는 것을 생각하면……

바싹 밀착된 채 거리를 거닐며 끈적한 사랑을 속삭이는 연인들, 못마땅한 눈길로 그 꼴을 흘끔거리며 지나가는 동성(同性)의 일행들. 자글거리는 철판볶음밥의 냄새가 풍겨옴과 동시에, 갑자기 산소가 희박해진 기분이 들었다.

수련은 머리가 어지러웠다. 살짝 중심을 다시 잡고 옆을 돌아보니 수연이 소침한 표정으로 머리핀을 만지고 있었다. 핀에 묶인 실 아래에 가격표가 붙어 있었다.

5천원.

머리핀치고는 비쌌지만, 핀은 그만큼 예뻤다. 수련은 갈등했다.

'5천원… 그래, 5천원쯤이야. 동생한테 저 정도도 못 사준다면 오빠 자격도 없지.'

"수연아, 그거 갖고 싶어?"

"아, 아냐."

손을 뒤로 감추며 얼굴을 붉히는 그녀의 모습에, 수련은 망설임없이 핀을 샀다. 당황한 수연이 말렸으나 수련의 의지는 굳건했다. 그는 잠시 짐을 옆에 내려놓고 한 손으로 머리핀을 받아 수연에게 건넸다.

"받아."

수연은 머뭇거리다가 이내 그 핀을 받아 들었다. 얼굴이 새빨개져 있었다.

"고마워."

수연이 들리지도 않을 만큼 작은 목소리로 말했다.

"…오빠가 묶어줄래?"

이럴 때는 어린 시절로 돌아간 것 같아서 귀엽단 말이지. 수련은 어설픈 손길로 그녀의 긴 머리를 묶어주었다. 포니테일로 묶인 검은 머리가 바람결에 하늘하늘 찰랑거렸다.

"아이구, 처자가 참하네 그려."

핀을 팔던 노인이 껄껄 웃으며 말했다. 칭찬에 기분이 좋아졌는지, 그녀는 수련을 바라보며 머리를 살짝 돌렸다.

"어때, 잘 어울려?"

수련이 고개를 끄덕이며 예쁘다고 말해주려는데, 막 옆의 의류점에서 새로운 옷가방을 들고 나온 서희경이 그 장면을 보고 말았다.

"어머."

'뭐야, 내 옷 가지고 있으랬더니 둘이서만 재밌게 놀고 있잖아?'

어떻게든 찍은 남자는 반드시 꼬셔야만 성질이 풀리는 그녀로서는 당혹스러운 광경이었다. 관심없는 척하는 남자한테는 같이 튕기는 척 냉담하게 대해주는 것이 최고라는 걸 잘 알았기 때문에 은근히 수련을 괴롭혔던 것인데, 지금 상황은…….

"언니, 이거 예뻐요?"

고작 5천 원짜리 핀? 작은 선물에도 유난히 기뻐하는 수연의 모습을 보며 서희경이 눈을 가늘게 떴다. 얘들 정말 남매 맞아? 혹시 수연이 때문에 나한테 관심없는 척했던 건가?

이내 고개를 설레설레 젓는다. 요즘 너무 과대망상에 빠진 것 같다. 요즘 사이좋은 남매라면 이 정도는 충분히 있을 수 있는 일이지. 서희경은 화사한 미소를 지으며 고개를 까딱였다.

"응, 예뻐."

그렇게 좋은지 연신 헤실헤실 웃는 수연을 보며 희경은 몰래 입술을 비죽였다. 아무래도 틈이 보이질 않는다. 어떻게 틈을 만들 수 있다면 좋겠는데…….

수연이 있는 한 둘만의 자리를 만드는 것은 힘들어 보였다. 게다가 짐을 들게 만든 것이 오히려 역효과가 났는지, 그녀를 보는 수련의 시선 또한 그리 곱지 않았다. 이제부턴 정말 자존심 싸움이다.

희경은 그런 생각을 하며 무의식적으로 지갑을 열었다. 뭔가를 고민할 때 지갑을 만지는 것은 어렸을 때부터 그녀의 버릇이었다. 언제부터였는지는 모른다.

돈이면 뭐든지 다 해결할 수 있다. 단순한 황금만능주의적 사고는 아니었다. 그것은 어디까지나 실리의 문제였다.

희경은 그런 가치관에 진저리를 내면서도 그런 형태의 사고 방식을 버리지 않았다. 실리라는 것이 현대인에게 있어 얼마나 중요한 것인지를 잘 아는 그녀였다.

기실 현실의 인간이란 대부분 그렇지 않던가.

'현금이 없네.'

그녀는 쇼핑을 하면서도 좀처럼 카드를 긁지 않는 편이었다. 그녀는 쇼퍼홀릭이었으나, 그래도 어느 정도는 절제를 할 줄 아는 여자였다. 원래 진짜 쇼퍼홀릭은 결코 카드빚을 지지 않는 법이다. 쇼핑에 자아를 빼앗겨 빚더미에 나앉는 인간은 쇼핑을 즐길 자격이 없다.

"저기요."

서희경은 최대한 어색하지 않게 말문을 열었다. 괜히 여기서 상대를 의식하는 척했다가는 본심을 들킬 우려가 있었다.

"돈을 좀 인출해 와야겠는데……."

서희경은 그렇게 말하며 아닌 척 수련과 건너편의 은행을 바라보았다. 그 모습을 본 수연의 표정이 살짝 어두워졌다.

"음, 그럼 저는 여기서 수연이랑 같이……."

"눈치없긴. 난 여기서 구경하고 있을게. 같이 다녀와, 오빠."

정말 눈치가 없는 건지, 아니면 일부러 그렇게 말한 건지는 알 수 없었지만 수련은 왠지 내키지 않은 표정이었다. 여동생을 혼자 두는 것이 왠지 물가에 어린애를 내놓은 기분이었던 것이다.

"바보, 나 어린애 아니라고."

수련은 그제야 납득한 듯 고개를 주억거리고는 벌써 저만치 가버린 서희경의 뒤를 따라갔다.

돈을 인출하는 것까지 왜 일일이 남자가 따라다녀야 하는지는 알 수 없었지만 아무튼 여자들의 세계란 그런 모양이라고, 수련은 그렇게 스스로를 납득시키며 돈을 꺼내는 희경의 옆에 뻘줌하게 서 있었다.

"더운데 안으로 들어오세요. 왜 밖에 서 있어요?"

"아, 네."

은행 밖에서 서성이며 건너편의 수연을 흘끔흘끔 살피던 수련은, 그녀의 말을 듣고서야 은행 안쪽으로 발을 내딛었다. 시원한 에어컨디셔너의 공기가 목덜미로 파고들자 한기가 느껴졌다. 아니, 한기가 느껴지는 것은 어쩌면 눈앞의 시선 때문인지도 몰랐다.

수련은 서희경과 함께 있는 것이 영 껄끄러웠다. 왜인지는 알 수 없었지만 그녀를 보고 있으면 이상하게도 깊은 늪 같은 것이 연상되었다. 한 번 발을 집어넣으면 다시는 걸어나올 수 없는, 그런 깊은 수렁……

"동생을 많이 아끼시네요."

"그렇죠 뭐."

수련은 살짝 인상을 쓰며 말했다. 아직 인출이 끝나지 않았나? 수연이도 많이 더울 텐데, 같이 오라고 할걸…….

시간이 길어지는 듯하자 조바심이 난 수련이 뭐라 말을 꺼내려고 할 때, 모자를 깊게 눌러쓰고 마스크를 한 서너 명의 사내들이 은행 안으로 진입했다. 이 여름에 웬 마스크? 불길한 예감이 든 수련은 인출기 앞에 서 있던 희경을 황급히 끌어당겼다.

　"왜, 왜 그래요?"

　희경은 처음으로 당황하고 말았다. 이렇게 거친 남자일 거라고는 예상하지 못했는데! 드디어 본색을 드러내시는 건가? 희경이 그따위 생각을 하는 동안 수련이 턱짓으로 은행의 중심부를 가리켰다. 신속하게 움직여서 은행 문을 차단한 두 남자와 품에서 총을 꺼내 든 두 남자. 수련은 이미 늦었음을 알았다.

　"모두 머리에 손 올리고 엎드려!"

　비명이 울려 퍼지며 현장은 아비규환이 되었다. 깍지 낀 손을 머리에 올린 채 바들바들 떠는 할머니, 무슨 상황인지 몰라 멍하니 입을 벌린 꼬마 아이. 연신 '살려주세요'를 외치는 여직원은 겁에 질린 듯 간질 환자처럼 온몸을 떨고 있었다.

　시내 한복판에서 은행을 털 생각을 하다니, 왜 이런 멍청한 짓을!

　이미 직원 중의 하나가 벨을 눌렀을 것이다. 곧 경찰이 들이닥친다. 수련은 그런 생각을 하며 천천히 무릎을 꿇었다. 그러다가 속으로 감탄했다. 그렇군, 오히려 시내이기 때문에.

　그것도 주말 시내이기 때문에 인파 속에 섞여 숨어들기가 더 쉬워진다. 게다가 저 북적거림을 뚫고 경찰이 여기까지 오기란 쉬운 일이 아닐 것이다. 경찰서까지의 거리는 약 5분. 교통체증을 고려하더라도 10분이다. 그러나 10분이면 은행 하나를 터는 데는 충분한 시간이었다.

괜찮아, 가만히만 있으면 인질은 건드리지 않는다. 그걸 알고 있었던 수련은 강도들이 인질을 묶는 것을 보고도 침묵을 지켰다. 어쩔 수 없는 일이다. 호기(豪氣)와 죄책감이 섞인 착잡한 심정으로, 수련은 그들이 하는 양을 지켜보았다. 그때, 범인의 시선이 수련 쪽을 향했다. 서희경이 아직도 자리에 서 있었다.

"거기 너, 안 엎드려?"

"희경 씨, 뭐 해요?"

수련이 그녀의 손을 잡고 끌어내리려 했으나, 희경은 간단히 그의 손을 뿌리쳤다. 깨문 입술이 하얗게 물들어 있었다.

이건 자존심의 문제였다. 그녀는 지금까지 단 한 번도 남자 앞에 무릎을 꿇어본 적이 없었다. 목숨이 걸린 문제라도 마찬가지다.

'무릎을 꿇으라고? 무슨 소리야. 난 누구에게도 무릎을 꿇지 않아.'

"어, 꽤 예쁜데?"

텔레비전을 자주 보는 타입은 아닌 듯 총을 든 강도가 그녀를 향해 다가오더니 음탕한 시선을 보냈다.

10분, 즐기기에도 충분한 시간일지 모른다. 거기까지 생각한 수련은 가슴 한구석이 서늘해졌다.

"희경 씨, 빨리!"

그러나 이미 늦었다. 남자는 희경을 밀치고는 바로 그녀의 위에 올라탔다. 노출이 심한 옷이라서 벗겨지는 데는 그리 오랜 시간이 걸리지 않는다.

"도도한 여자는 굴복시키는 맛이 있지. 참 웃기는 일이야. 이런 옷을 입고 다니는 주제에 무슨 성희롱이니 어쩌니 하면서……!"

희경의 입술이 파랗게 질렸다.

'안 돼. 고작 너 따위에게…….'

남자의 우악스러운 손이 그녀의 옷깃을 잡아 뜯었다. 수련은 바로 앞에서 그 광경을 지켜보면서도 쉽게 움직일 수 없었다. 남자는 권총을 가지고 있었던 것이다.

"야, 그년 따먹을 시간 없어! 빨리 움직여!"

작은 희망처럼 범인의 동료 중 하나가 핀잔을 주었으나, 남자는 개의치 않았다. 희경은 눈물이 날 것 같았다. 그때 이후로 이런 치욕은 처음이다. 그때…….

짧은 회상이 스친다. 고작 열여섯 살밖에 안 된 소녀를 덮친 남자. 도와주는 사람은 아무도 없다. 욕정에 물든 남자의 손이 그녀의 온몸을 유린한다.

희경은 고개를 세차게 저었다. 어떻게든 저항해 보려 했으나 남자의 힘은 너무 강하다.

'이대로 또…… 바보같이…….'

수련이 움직인 것은 그때였다.

소리를 지를 틈도 없었다.

희경을 겁간하려 하던 남자는 급작스레 날아온 주먹에 턱을 맞고서 휘청거렸다. 입구를 막고 있던 강도가 저 발정 난 멍청이가! 하고 소리치는 것이 들려왔다.

수련이 움직이지 못한 것은 다른 한 남자가 그의 움직임을 견제하고 있어서였다. 거리가 너무 가까웠다. 다른 범인과의 거리가 5m 안쪽이었던 탓에 눈 먼 총알에 맞을 위험도 있었다.

수련이 움직일 수 있었던 것은 한 용감한 시민 하나가 그 범인을 향해 달려들었기 때문이었다.

"빨리 이 녀석 좀 어떻게 해봐!"

총이 바닥에 떨어지고 난투극이 벌어지자 당황한 입구의 강도 둘이 총을 겨눈 채 소리를 질렀다.

"쏘, 쏜다! 움직이지 마!"

수련은 주저하지 않고 계속해서 주먹을 날렸다. 그와 강도가 바싹 붙어 있기 때문에 조준이 어렵다는 사실을 노린 것이다. 수련은 애초부터 총의 존재에 대해서도 약간의 의문을 품고 있었다. 분명 남자들은 총을 지니고 있었으나, 실탄이 들어 있을 가능성은 매우 낮았다.

대한민국은 세계적으로 총기 밀수가 쉽지 않은 나라 중의 하나다. 하찮은 은행 강도들까지 총을 가지고 다닐 만큼 규제가 만만하지는 않다는 것.

연달아 주먹을 맞은 남자의 눈이 퀭하니 풀리고 있었다. 코가 부서지고 입술이 찢어진 모습은 처참하기 그지없었다. 선득한 쾌감이 심장을 적신다.

그 순간, 귀를 먹먹하게 하는 소리와 함께 숨 막히는 정적이 내려앉았다. 천천히 고개를 돌려보니 이마에서 피를 뿜으며 쓰러진 한 시민의 모습이 보였다.

진짜 총알이다.

수련은 가슴 한구석이 섬뜩해졌다.

"그러게 말 들으랬지! 또 그러면 이 녀석처럼 될 줄 알아!"

"빨리 돈 담아!"

남은 세 명의 강도는 천천히 수련을 향해 거리를 좁혀오고 있었다. 그나마 위안이 되는 것은 총을 든 남자는 하나라는 것이었다.

몸을 지탱하는 다리가 벌벌 떨렸다. 10미터… 9미터… 8미터… 더 안쪽으로 들어오면 백 퍼센트 총에 맞게 된다!

목울대 너머로 침이 넘어갔다. 죽음이 한 꺼풀 벗겨진 기분이었다. 온몸이 죽음을 감지하고 있었다. 총을 맞으면 죽는다. 그리고 그는 총탄을 피할 수 없다.

'여긴 매트릭스가 아니야.'

멀리서 사이렌 소리가 들리기 시작했다. 경찰이 가까이 온 것이다. 더 이상 시간이 없음을 깨달은 강도들의 주의가 한순간 흐트러졌다. 그때를 놓치지 않고 수련의 그림자가 미끄러졌다.

그러나 그 순간을 기다리고 있었다는 듯이 남자가 총을 쐈다. 탕!

정적이 그렇게 길게 느껴지는 순간이 지금까지 또 있었을까. 회오리처럼 도는 탄피가 불꽃과 함께 총에서 튀어나오며 허공을 찢어발긴다. 수련은 그 장면을 똑똑히 보았다. 그는 총알에 맞게 된다.

창문 너머로 경찰들이 달려오고 있다.

'바보 자식들, 조금 더 일찍 달려와 주지…….'

아직 안의 상황을 모르는 듯, 수연은 바닥에 쭈그리고 앉아 수련을 기다리고 있었다. 오빠는 아직인가?

심장이 강렬하게 뛴 것은 다음 순간이었다.

세상의 시속이 다시금 빨라지고 있었다. 총알은 정확히 왼팔을 향해 날아오고 있다. 왼팔?

두근.

심장이 다시 한 번 뛰었다. 그리고 그 순간, 수련은 매트릭스의 키아누 리브스처럼 온몸을 꺾었다. 왼팔이 기묘하게 뒤틀리는 것도 거의 동시였다. 상상할 수 없는 운동량에 온몸의 근육이 통증을 호소했다. 근섬유가 찢어질 듯이 아파온다. 관절이 마비될 것 같았다.

그리고…… 총알은 빗나갔다. 인간이 총알을 피한 것이다.

그 사실을 아는 것은 수련 하나뿐이었다. 다른 이들에게는 그저 총알이 그의 왼팔을 아슬아슬하게 스치는 것처럼 보였을 뿐이다. 아니, 그걸 깨달은 사람은 한 명 더 있었다. 총을 겨눈

사내. 그는 아연한 표정으로 수련을 바라보고 있었다.

수련은 반사적으로 옆의 철제 의자를 집어 들어 사내를 향해 던졌다. 범인들이 주춤하여 당황하는 순간, 경찰들이 은행의 유리문을 깨고 안으로 난입했다. 곧 범인들은 모두 검거되었다.

인질인 것이 확인된 후 바로 풀려난 수련은 쓰러진 희경을 부축하며 그녀의 옷가지를 대신 수습해 주었다.

그녀는 자신이 강간당할 뻔했다는 것을 아는지 모르는지, 멍한 표정으로 수련을 흘끔거렸다.

"방금, 혹시 총알을 피하지 않았어요?"

"설마요."

아직도 온몸의 근육이 당겨왔다. 어쩌면 병원에 가봐야 할지도 모른다는 생각이 들 정도로 아팠다. 수련은 내색하지 않고 그녀를 부축하는 것에 열중했다. 몸이 밀착되자 은은한 체향이 코끝을 간질였으나, 그런 것에 신경 쓸 정신적 여유가 없었다.

한바탕 폭풍을 얻어맞은 기분이었다. 은행 내부에 경찰이 진입하는 것을 보고 걱정이 되었는지 건널목에서 여동생이 달려오고 있었다. 2차선 도로였기 때문에 신호도 신경 쓰지 않았다.

그러나 그런 안일한 생각이 언제나 사고를 부른다.

"오빠!"

왜 나쁜 일은 늘 중첩된다는 것을 잊고 있었을까. 수련은 부축하던 희경을 내동댕이치고 그녀를 향해 달렸다. 건너편 커브 길에서 차가 달려오고 있었다. 법은 어기라고 있다는 것처럼 온 힘을 다해 달려오는 흰색의 프라이드 승용차. 발을 내딛는 순간 막대한 통증이 몰려오며 찢어진 근육이 경련했다.

시계(視界)가 주저앉는다.

수련은 고통 속에서 고개를 들어 달려오는 차를 보았다. 시간이 프레임 단위로 흐르고 있었다.

다음 순간 빌어먹을 머피의 법칙을 증명하듯 커브 길을 돌아 질주하던 프라이드가 굉음을 내며 충돌했다. 추락의 충격 속에 플라스틱 머리핀이 산산조각 난다.

세상이 멈춰 버렸다.

$$* \qquad * \qquad *$$

길고 지루한, 그러나 단 한순간도 마음을 놓을 수 없는 도주.

어색한 침묵은 깊었다. 뭔가 말을 꺼낸다면 큰일이라도 날 것처럼 두 사람은 잠자코 입을 다문 채 전방을 응시했다.

진령의 8인? 그게 대체 뭐야? 혜영은 망연한 얼굴로 액셀러레이터를 밟았다. 진곤의 답답한 운전을 보다 못한 그녀가 다시 자리를 바꾼 것이다.

조금이라도 더 달아나고 싶었다. 조금이라도 더 달아나야 했다. 이렇게 큰 사건인 줄 알았다면 애초부터 얽히지 않았을 것이다. 메모리칩의 내용을 상기하던 그녀는 진저리를 치며 옆의 진곤을 흘끔거렸다. 지금 위험에 처한 것은 그녀보다 진곤이었다.

타이밍 좋게 눈이 마주치자 진곤이 입을 열었다.

"이봐, 나한텐 그거 안 보여줄 거야?"

"뭘 보여줘? 야한 상상하지 마."

아무렇게나 대답해 버린 혜영은 오로지 운전에만 몰두했다. 사건 이외의 다른 생각을 할 만한 여유가 없었다.

"메모리칩 말야."

"넌 안보는 게 나아."

"이미 나도 위험하다며? 어차피 이렇게 된 거 정보는 공유하는 편이 낫지."

확실히 그랬다. 그녀가 메모리칩의 내용을 보여주든 보여주지 않든 진곤은 확실히 희생당할 것이다. 물론 그녀도. 혜영은 망설이며 칩을 그의 손에 넘겨주었다.

지하철 노숙자들의 행방불명. 최근 유난히 말썽을 부리는 청년 데모 단체들의 급증. 유명인사들을 노린 의문의 연쇄 살인…… 전혀 관계없어 보이던 그 사건들이 모두 같은 지표를 가리키고 있으리라고 누가 상상이나 했을까.

서울에서 출발한 차는 이미 대구까지 내려와 있었다. 서울과 함께 게임의 메카라 불리는 대구. 이곳에도 레볼루셔니스트가 있겠지.

이 자료를 퍼뜨린다면, 하다못해 언론사에라도 가져갈 수만 있다면…… 혜영은 그런 생각을 하며 입술을 핥았다.

메모리칩은 복사가 되지 않는다. 게다가 일반적인 인터넷 파일 전송 방식으로는 퍼뜨릴 수도 없었다. 그렇다면 방법은 하나뿐. 직접 가져가야만 했다.

녀석들을 따돌린 곳은 대구 인터체인지였다. 비록 추적은 뿌리쳤지만 얼마 안 있어 다시 쫓아올 것이 빤했다. 대구로 들어가는 것을 봤으면서도 손 놓고 있을 리 없다.

진곤은 노트북에 메모리칩을 장착하는 데 여념이 없는지 말이 없었다. 혜영은 마지막으로 권했다. 위험한 정보는 되도록 적게 알고 있는 편이 좋을 때가 있다.

"그거, 웬만하면 안 보는 게 좋을 텐데……."

"괜찮…… 조심해!"

진곤이 소리를 질렀다. 황급히 핸들을 돌렸으나 이미 늦었다. 본능적으로 밟은 것은 브레이크가 아니라 액셀러레이터. 황급히 발을 바꿨을 때는 이미 차가 전조등을 들이받고 사람을 친 후였다. 앞 유리창이 산산조각 나며 몸이 앞으로 크게 쏠렸다.

바보같이, 운전 하나 제대로 못하다니!

의식이 순간적으로 깜빡거렸다. 분명 찰나였는데, 실제로 얼마나 시간이 흘렀는지는 알 수 없었다.

"으… 괜찮아?"

간신히 눈을 떴을 때는 차 안이 온통 피로 얼룩져 있었다. 피는 대부분 진곤의 것이었다. 부속의 파편이 스쳤는지 얼굴과 몸의 살갗이 벗겨져 피투성이가 되어 있었다. 하체는 부서진 파편에 일그러지듯이 파묻혀 있었다. 누가 봐도 중상이었다.

"세상에!"

혜영은 황급히 그를 부축하려 했으나 몸이 제대로 움직이지 않았다. 신경이 일시적으로 마비된 것이다. 씨근거리는 숨소리가 점차 거칠어졌다. 진곤은 그 와중에도 손을 부스럭거리며 그녀에게 뭔가를 건넸다.

"빨리…… 이거 가지고 도망가."

노트북의 액정은 까맣게 물들어 있었다. 그는 자료를 봤을까?

"하지만……."

"빨리!"

표정에 다급함이 떠올라 있다. 봤구나. 혜영은 모든 것을 공유하는 동지가 생긴 것에 대한 쾌감과 그렇게 생긴 동지를 버리고 떠나야 한다는 죄책감을 동시에 느꼈다. 그녀는 칩을 가지고 가야만 했다. 반드시, 이 충격적인 사실을 세상에 알려야만 했다.

"이미 난 걸을 수 없으니까, 빨리 가라고!"

그렇게 화내는 모습은 처음 보았다. 만난 지 얼마나 되었다고, 바보같이. 혜영은 눈물을 꾹 참으며 그의 손에서 메모리칩을 받아 들었다. 도어 록이 고장난 문을 발로 차 연 그녀는 호기심에 사람들이 몰려오는 것을 보며 달아나기 시작했다.

초췌한 표정의 진곤은 멀어지는 혜영의 모습을 보며 천천히 의식을 잃었다.

멀리 도망가. 멀리. 누구도 쫓아오지 못할 곳으로…….

EPIS⊕DE **017**

Wandering shadow

날씨는 그다지 좋지 못했다. 불길한 먹구름이 짙게 끼어 있다. 누군가 동쪽 하늘 끝에서 검은 물감을 뿌린 것처럼 하늘은 조금씩, 그리고 조금씩 검은색으로 물들어가고 있었다.

비가 오겠군.

젊은 회장은 버릇처럼 넥타이를 손질하며 검은 빛의 산란을 훔쳐보고 있었다. 자조적인 미소가 떠올랐다.

정말 위악적인 하늘이다.

휠체어를 탄 소녀가 가녀린 몸으로 문밖까지 마중을 나와 있었다. 그럴 필요 없다고 누누이 말했는데, 이런 면에 있어서는 외조부를 닮았는지 죽어라 말을 안 듣는다.

"지아야."

신민호는 그를 향해 힘겹게 휠체어를 끌어오는 소녀를 살짝 안아주었다. 유아 체형을 벗어나지 못한 소녀의 미성숙한 몸에서는 아기 냄새가 났다. 곁에 있는 이를 포근하게 만들어주는 향기였다. 신민호는 찬찬히 눈을 감았다.

　영원히 이렇게 있고 싶다.

　소녀는 답답한 듯 그를 조금 밀어내었다. 자의가 아니란 건 알지만 그는 왠지 모르게 섭섭해졌다.

　"오빠, 왜 자주 안 와? 요즘 많이 바빠?"

　소녀는 수심이 가득한 얼굴로 물었다. 답변해 주는 젊은 회장의 표정도 그다지 좋지는 못했다.

　"지나가는 길에 들린 거야. 미안하다."

　"으응."

　뜻밖에도 소녀는 떼를 쓰지 않았다. 아침부터 그러더니, 기분이 이상해진다. 신민호는 소녀의 머리를 쓰다듬어 주었다. 부드러운 머릿결 사이를 손가락이 파고드는 순간, 그녀가 살짝 고개를 숙여 손길을 피했다. 피했어? 신민호는 의식하지 않으려 애쓰며 자연스럽게 말을 덧붙였다.

　"외할아버지는?"

　"나가셨어. 중요한 일이 있으시대."

　중요한 일. 짧은 순간 그의 얼굴에 차가움이 스쳤다. 자신에게 아무런 언질도 없이 참가한 중요한 일이란 대체 무엇일까. 이미 한 배를 탔음에도 아직 숨겨야 할 것이 있다는 건가.

　신민호는 천천히 몸을 숙여 소녀의 작은 손을 잡아주었다.

차가웠다. 냉방병은 아니었다. 그보다는 훨씬 더 선천적인 질병. 소녀는 잠시 동안 그렇게 있더니 석류 같은 입술을 움직였다.

"오빠가 너무 걱정 돼."

"괜찮아, 녀석."

"늘 오빠를 보면 마치 벼랑 끝에 서 있는 사람을 보는 것 같아. 그래서 슬퍼져."

말투의 변화를 느끼기까지는 그리 오랜 시간이 걸리지 않았다. 이제는 억지도 부리지 않고, 투정도 하지 않는다. 말투에 현기(玄機) 같은 것이 들어 있다.

언제 이렇게 어른이 되었을까. 젊은 회장은 소녀의 갑작스런 성장에 약간의 배신감을 느끼며 고개를 저었다.

"난 괜찮아. 넌 어때?"

"응, 난 괜찮아. 참, 혹시 수련 오빠랑 연락돼?"

"만나지 못한 지 오래 됐어."

"거짓말. 오빠는 처음부터 수련 오빠를 알고 있었잖아?"

예리하다. 소녀는 이토록 변해 버린 걸까. 신민호는 변심한 연인을 보는 눈빛으로 소녀를 한 번 바라보고는, 작게 한숨을 뱉었다.

"그래, 알고는 있었지. 하지만 연락은 안 돼. 이건 거짓말이 아니야."

단언했다. 상처 입은 마음을 숨긴 채 소녀를 향해 빙긋 웃어 보인다. 소녀가 고개를 갸웃했다. 미소를 머금은 채 그녀와 시선을 맞춰주던 신민호는 순간 뭔가 이상하다는 것을 느꼈다. 그가 눈치 채지 못한 것이 있다. 문득 풀린 구두끈이 보인다. 이것이었나.

신민호는 고개를 숙여 구두끈을 단단히 묶었다. 작은 손짓 하나하나에 완벽이 기해져 있다. 세심하고 꼼꼼한 절대(絶對)가 갖춰지기까지 오랜 시간은 걸리지 않는다.

"나 걱정돼…… 민호 오빠도, 수련 오빠도……."

순간 신민호는 멈칫거리며 잠시 숙였던 고개를 다시 들었다. 기묘한 이질감의 정체를 너무 늦게 깨달았다. 언제부터였나, 소녀가 더 이상 자신을 3인칭으로 지칭하지 않게 된 것은.

가여운 소녀…….

그녀를 볼 때면 이제 '이 세상'에 없는 아버지가 떠올랐다.

빌어먹을 아버지. 그 일만 아니었어도 나는 당신을 죽이지 않았어. 당신은 돼먹지 않은 인간이었고, 쓰레기 중에서도 쓰레기였지만…… 다른 모든 걸 용서할 수는 있었다. 하지만 그런 당신이라도 이 아이만큼은, 이 아이만큼은 건드리지 말아야 했다.

그녀가 12세가 되던 해, 그의 아버지는 소녀를 강간했다. 그녀가 유아 체형에서 더 이상 자라지 못하게 된 것도, 그녀의 머리칼이 점차 하얗게 변하게 된 것도…… 젊은 회장은 그것이 모두 그 남자 때문이라고 믿었다.

눈꺼풀이 가늘게 떨렸다.

어떻게 이런 소녀를 겁간할 수 있었단 말인가. 아무것도 모르는, 아무것도 알아서는 안 될 순수한 소녀를. 그때부터였다. 소녀가 자신을 자신으로서 바라보지 못하게 된 것은. 스스로에게 타인(他人)이 되어버린 것은.

그런데 그랬던 소녀가 이내 내면을 들여다보고 있다. 한 인간에 의해 짓뭉개지고, 상처 입을 대로 입은 내면을 조금씩 치유해 나가고 있다. 어째서? 그녀를 치유해 주는 것은 자신이어야 하는데.

"오빠, 수련 오빠랑 무슨 일 있는 거지? 요즘 자꾸 그런 생각이 들어. 오빠가 요즘 자주 보이지 않는 거랑······."

진수련이 게임에 접속하지 않는다고? 신민호는 순간 뭔가가 어긋났다는 것을 깨달았다. 그가 접속하지 않을 리가 없다. 그는 반드시 접속해야만 한다.

"말해줘, 오빠. 내가 페르비오노 밖으로 나갈 수 없는 것도 수련 오빠랑 관계있는 거지? 그렇지?"

그는 말없이 고개를 저어 소녀의 말을 잘랐다. 믿음을 심어주고 싶어서 취한 제스처였지만, 잘되었는지는 알 수 없었다.

"사정이 있겠지. 곧 들어올 거야, 걱정 마."

신민호는 지아의 어깨를 토닥여 주며 듬직한 미소를 지어주었다. 무슨 사정이 있든 그는 반드시 돌아오게 되어 있다. 그것이 그의 운명이니까.

돌아가면 제일 먼저 확인해 봐야겠다.

신민호는 그렇게 마음을 먹으며 그대로 발걸음을 돌렸다. 정체해 있을 시간이 없다. 조 영감이 무슨 수작을 꾸미고 있을

지 모른다. 발걸음을 떼어놓을 때마다 자꾸 나쁜 생각이 들었지만, 곧 고개를 내저었다. 지아에겐 백호가 붙어 있지 않은가. 아무 문제도 없다.

지아는 걱정스러운 표정으로 멀어져 가는 신민호를 바라보고 있었다. 지난 십여 년간 누구보다도 믿을 수 있었던 그의 등이 처음으로 쌀쌀맞게 보였다.

소녀의 작은 두 손은 맹수 앞에 선 아기 사슴처럼 가늘게 떨리고 있었다. 곧 유모가 그녀의 휠체어를 이끌고 집을 향했다.

조촐한 이별이었다.

그러나 그것이 마지막이 될 줄 알았다면 소녀도, 젊은 회장도 결코 그런 식으로 이별을 하지는 않았을 것이다.

*   *   *

수련은 문득 밖에서 들려온 소음에 잠에서 깨어났다. 온몸이 찌뿌드드했다. 급살 맞은 사람의 그것처럼 곳곳에서 근육이 통증을 호소하고 있다. 벌써 아침이었다.

병원이 깨어나고 있었다. 복도에 불이 켜지고, 분주히 움직이는 간호사들의 소리. 간헐적으로 숨을 토해내며 온몸을 버르적거리는 환자들.

칙칙하고 눅눅한 죽음의 공기가 감도는 병원. 수련은 어릴 적부터 병원을 좋아하지 않았다. 오래전 아버지가 교통사고로 병원에 입원했을 때, 수련은 처음으로 병실에서 잠을 잤었다.

호흡마다 죽음의 색채가 짙게 배어 있는 공간. 그곳에 있으면 죽음이 어떤 말랑말랑하고 끈적한 형질을 띤 채 손에 잡힐 것만 같은 기분이 되곤 했다.

문득 하얗고 부드러운 뭔가가 손에 잡혔다. 자기 전부터 소중하게 잡고 있던 따뜻함. 수련은 속으로 간신히 눈물을 삼켰다.

"수연아⋯⋯."

다행히 생명에는 지장이 없었다. 하지만 그렇다고 해서 안심할 수 있는 것도 아니었다. 그의 여동생은 벌써 이틀째 의식불명이었다.

수련은 불현듯 옆 병실의 남자를 떠올렸다. 프라이드의 조수석에 앉아 있던 남자. 처음에 느꼈던 강렬한 증오는 많이 사그라져 있었다. 그런 차에 타고 있었다고는 믿을 수 없을 만큼 선한 인상을 가진 남자는 수연보다도 더 큰 중상을 입은 채 실신해 있었다. 그가 깨어나면 그를 버리고 도망간 진짜 범인을 찾아야 했다.

생각만으로도 가슴이 꽉꽉 막혀온다. 달아나면 죄가 무거워진다. 어차피 잡힐 것을 알면서도 범인은 왜 달아난 것일까?

남자는 기절한 와중에도 계속해서 혼잣말을 중얼거렸다. 반드시 도망가야 해. 살아남아. 사실을 알려. 제발 죽지 마⋯⋯.

병실의 보호자 침대에는 붉은 머리의 미녀가 모포를 덮은 채 잠들어 있었다. 서희경이다. 겉모습만 봐도 천성적인 양갓집 규수인데, 단지 후배라는 이유만으로 이곳에 남아서 수연의 병간호를 도와주는 것이 고마웠다. 그녀에게는 쉽지 않은 일이었을 것이다. 물론 그런 성의도 오늘이 마지막이겠지만. 그녀는 일반인과는 다른 스케줄 속에서 사는 사람이다.

서희경에게 가장 고마웠던 것은 당장 필요했던 일주일 치의 병원비를 대신 내준 것이었다. 별것 아니라는 듯 당당한 표정이었지만, 눈앞의 생계를 걱정하며 살아야 하는 수련에게는 크나큰 도움이었다. 반드시 갚겠다는 선언을 했으나 그녀는 거절했다. 이건 그냥 성의니까, 신경 쓰지 말아요. 빚지고는 못 사는 성격이니까.

수련은 시선을 돌려 다른 하나의 보호자 침대를 바라보았다. 침대는 비어 있다. 어딜 간 것일까? 으레 그곳에 있어야 할 신발과 가방도 보이질 않는다.

수련은 유령처럼 중얼거렸다.

"엄마……?"

교통사고 소식을 듣고 죽은 사람 같은 얼굴로 달려온 그녀의 모습이 지금도 눈에 선했다. 환자는 오히려 수연이 아니라 어머니가 아닌가 하는 생각이 들 정도였다.

그녀는 입술을 파르르 떨며 한참 동안 딸의 손을 쥐고 있었다. 그리고 끝내 울지 않았다. 하얗게 질린 얼굴은 마치 경건한 신앙고백이라도 하는 사람처럼 엄숙해 보였다.

잠시 어딜 가신 거겠지.

수련은 그렇게 생각하며 조심스레 자리를 털고 일어났다. 그는 이제 움직여야 했다.

서희경이 있었으나 그녀에게 더 이상의 도움을 바랄 수는 없었다. 그녀는 명백히 타인이다. 가족이라는 테두리 밖에 있는 사람. 도움을 받는 것도, 주는 것도 뚜렷한 한계를 가진다.

설사 도움을 준다고 해도 그걸 곧이곧대로 받을 수련도 아니었다. 남에게 의지하며 살 수는 없는 것이다.

돈이 필요하다.

수련이 제일 먼저 생각해 낸 것은 게임 내의 아이템을 처분하는 것이었다. 최고위 유저들이나 사용할 법한 고급의 레어 아이템이 대부분이었기에 팔리는 데 약간의 시일이 소요될 법도 했지만, 가격을 조금 싸게 매겨서 올려둔다면 금방 처분할 수 있을 거라고 생각했다.

일주일, 일주일이면 된다.

론도의 인기와 아이템의 현금 구매량을 고려했을 때, 일주일이면 상당한 액수를 제시받기에 충분한 시간이다. 수련은 간단히 쪽지를 남기고는 병실을 빠져나갔다.

주인의 조심스러운 성정을 반영해 주듯 노트북의 깨끗한 액정은 희미한 빛을 내고 있었다. 자체 결함 탓인지 가끔씩 가는 선 같은 것이 액정화면을 미끄러지듯이 지나갔지만, 특별히 의식할 정도는 아니었다. 마우스를 쥔 손이 가늘게 떨렸다. 작은 12인치의 액정이 박자를 맞춰 흔들린다.

'왜 아무도 입찰하지 않는 거지?'

수련은 게임 아이템 거래 사이트인 블랙 존에 접속해 있었다. 그는 미리 팔려고 모아뒀던 각종 레어나 세트 아이템을 모두 경매 란에 올렸다. 비교적 가격대가 저렴하고 인기있는 아이템에는 계속해서 입찰 신청이 들어왔지만, 정작 돈이 되는 아이템은 아무도 입찰을 하지 않고 있었다.

블랙 존의 최소 입찰 기간이 일주일이었기 때문일까. 시간이 없었다. 때마침 밀린 융자금과 세금도 한계치에 다다랐다. 병원비는 서희경이 내준 것으로 일주일을 버틸 수 있겠지만, 다른 건……

엄마의 표정이 어두웠던 건 이것 때문이었을까.

고지서를 쥔 손이 떨렸다. 상황이 이렇게 되도록 난 뭘 했지? 집의 생계를 위해 시작한 게임이 아니었던가. 대체 왜 게임을 시작했단 말인가. 사랑? 연애? 그에게는 너무나 과분한 것일 뿐.

그에게는 여유가 없다. 그는 먹여 살릴 가족이 있다.

입찰 내역:0건

이럴 줄 알았으면 골드를 허무하게 사용하는 것이 아닌데…… 용병들의 무기제작비로 사용한 골드만 있다면 적어도 며칠은 더 버틸 수 있었을 것이다. 수련은 마지막으로 익스플로러의 새로 고침 버튼을 눌러보고는 자리에서 일어났다.

그는 이제 돈을 벌어야 한다.

접속한 곳은 마을이었다. 비둘기가 날아와 전서구 몇 장을 건네주었다. 지아로부터 온 편지였다. 수련은 잘 마감된 봉투의 입구를 바라보다가 열어보지 않고 품속에 넣었다. 확인할 기분이 아니다. 수련은 여관에서 휴식을 취하고 있던 용병들을 불러 모았다.

"오늘은 사냥만 할 거야. 좀 도와주겠어?"

평소보다 더 진지한 분위기에 용병들은 대꾸없이 고개를 끄덕였다. 마스터가 왜 저러지. 무슨 일 있는 건가. 헨델과 하르발트가 소곤거리며 의아함을 표시했다.

로드 플레인의 수풀 속으로 들어간 수련은 마구잡이로 검을 휘둘러댔다. 심리적으로 위축된 마냥 조급함이 드러나는 공격이었음에도 몬스터들은 그의 검을 피해내지 못했다. 어떻든 마스터의 검인 것이다.

"가능하면 골드를 꼭 수집해 줘. 자잘한 아이템도 꼭 줍고."

평소와는 다른 그의 말에도 용병들은 묵묵히 요구를 따랐다. 하찮은 골드나 아이템, 원석, 은괴… 당장 금화로 바꿀 수 있는 것이라면 무엇이든 주워 담았다.

죽이고, 죽이고, 또 죽인다!

초록빛, 혹은 은빛의 입자와 함께 스러진 몬스터들은 괴괴한 얼굴로 눈을 감았다. 그러나 아무도 눈물을 흘리진 않았다. 사냥꾼을 위해 흘려줄 눈물은 그들에게 없었다.

수련은 점차 무아지경에 빠져들었다. 생각없이 검을 휘두르고, 몬스터를 죽이고, 다시 검을 휘두르고……. 그런 간단한 일련의 행위를 반복하고 있으면 자신을 잊을 수 있었다.

아무 생각도 하지 않았다.

몸 속 깊은 속에서 들끓는 자기 연민과 증오, 그리고 쾌락이 서로 뒤섞이며 역겨운 비명을 질러댄다. 넌 왜 여기 있는 거지? 이런 짓이 돈이 될 것 같아? 도움이 될 것 같아?

나는, 왜 게임을 하는 걸까. 정말, 가족을 위해서?

정신을 차렸을 때, 이미 주변은 아비규환이 되어 있었다. 폭풍이라도 지나간 듯 난장판이 된 풀숲, 나무들은 지탱할 힘을 잃고 너부러져 있었다. 안타까운 표정으로 그런 그를 지켜보는 실반과 슈왈츠. 지금 날 동정하는 거냐?

"마스터, 무슨 일 있습니까?"

"마스터……."

"닥쳐, 닥쳐!"

수련은 그대로 검을 바닥에 꽂은 채 무릎을 꿇고 주저앉았다.

정말 이 세상에는 신이 존재하는 겁니까?

그는 독실한 크리스천도 아니었고, 교회에도 잘 나가지 않았지만 그 순간만큼은 그렇게 묻고 있었다. 그래, 나는 당신을 믿지 않아. 하지만 당신이 정말 존재한다면, 그토록 공평하고 인자한 신이라면, 왜…….

수련은 어깨를 들썩거리며 오열했다. 한심했다. 한심하고 또 한심했다. 난 여기서 대체 뭘 하는 거지? 돈이 필요하면 캐릭터를, 지금 착용하고 있는 장비들을 팔면 될 것 아닌가.

게임은 수단이지 목적이 아니야. 목적이 되어선 안 돼. 프로게이머? 명예? 웃기지 말라고 해. 네가 지금 그런 사치를 부릴 수 있을 것 같아? 네 주제에 무슨…….

돈이 필요하다면 일을 해야 했다. 최후의 핑계거리였던 왼팔도 나았고, 이제 힘든 일도 할 수 있었다. 얼마든지 새벽의 인력시장으로 달려가 일을 하고 일당을 받을 수 있었다. 고작 하찮은 게임이나 붙잡고 있을 계제가 아니다.

"하지만, 그래도……."

그는 프로게이머였다. 프로게이머……. 수련은 그를 붙잡고 있던 최후의 명제를 부정했다. 머릿속이 진흙탕처럼 혼탁했다.

제발 이제 그만 해, 정신병자 자식!

인정해, 인정하라고. 너는 그저 현실에서 도망치고 싶은, 이 현실을 인정하고 싶지 않은 비열한 게임 중독자일 뿐이야.

실반과 슈왈츠가 묵묵히 그의 어깨에 손을 올렸다. 헨델은 말없이 떨어진 아이템들을 수거했고, 하르발트는 바닥에 아무렇게나 꽂힌 수련의 검을 손질했다.

"마스터, 저도 잘 알지는 못합니다만…… 울고 싶을 때는 마음껏 울어야 한다고 들었습니다."

실반은 그렇게 말하며 수련의 어깨를 감싸주었다. 그의 품은 따뜻했다. 힘겹게 고개를 들어 어지러운 하늘을 바라본다. 뭉친 눈물이 흘러내리자 눈부신 창백함이 비쳤다.

하늘은 빌어먹도록 맑았다.

처음 론도를 알게 되었던 그 하얀 하늘처럼.

*   *   *

수련이 다시 병원으로 돌아왔을 때는 날이 저물어 있었다. 희경은 없었다. 쪽지 하나 남기지 않고 사라졌다. 하지만 선반이 깨끗하게 정리되어 있고, 빨아둔 물수건도 가지런히 놓여 있는 것을 보니 안심이 되었다.

왠지 그녀답다. 수련은 그런 생각을 하며 마른 수건을 적시기 위해 그릇을 들고 급수실로 향했다.

그때, 데스크의 간호사가 수련을 불렀다.

"학생?"

"아, 네."

특이하게도 데스크의 간호사는 남자였다. 어딘가 말 못할 꼼꼼함이 느껴지는 인상이었다. 이런 타입은 아마 밥 먹을 때도 밥알 하나하나까지 다 세며 먹을지도 모르겠다. 수련은 뜬금없이 그런 생각을 하며 다가갔다.

수련을 부른 남간호사는 말하기를 오래 망설였다. 갑자기 애가 타기 시작한다. 혹시 무슨 일이 벌어진 건가?

"아까 그 아가씨, 학생 애인인가?"

"누구요?"

"그 붉은 머리 아가씨 말야. 예쁘게 생겼던데. 어디서 본 것 같기도 하고……."

"희경 씨요."

"아, 이름이 희경이구나. 이름도 예쁘네. 응? 애인이야?"

"아닌데요."

수련은 차갑게 대꾸했다. 고작 그런 걸로 붙잡았단 말인가? 지금 동생이 아파서 누워 있는데…… 수련은 속으로 분을 삭이며 고개를 팩 돌렸다.

"아, 그래?"

남자의 얼굴에 옅은 기대감이 일렁인다. 그는 뭔가 달콤한 상상을 하는 듯 흐뭇한 표정을 짓더니, 이내 걸음을 옮기려는 수련을 다시 붙잡았다. 뭐야, 이번엔 연락처라도 알려달라는 건가? 수련은 이번에도 엉뚱한 소리를 하면 가만두지 않겠다고 수련은 속으로 되뇌었다.

"참. 학생, 이건 혹시나 해서 물어보는 건데, 혹시 집이 가난해?"

"그런 건 알아서 뭐 하게요?"

이번엔 정말로 화가 났다. 아무리 간호사라고 해도 프라이버시를 건드리는 정도가 있다. 막 수련이 뭐라고 쏘아붙이려는 순간, 역린을 건드렸다는 사실을 깨달은 남간호사가 황급히 두 손을 내저으며 말했다.

"아니, 다른 뜻이 있어서 그러는 게 아니라, 자네 어머니 때문이야."

"어머니가 왜요?"

첫 인상이 워낙 안 좋았던 탓에 말이 곱게 나오지 않았다.

그 순간 간호사의 표정이 진지해졌다.

"자네 어머니, 혹시 장기매매 하시려는 게 아닌가 싶어서."

"네?"

장기매매, 이건 또 무슨 말인가? 전혀 예상치 못한 단어였다. 덧붙일 말을 찾지 못한 수련이 순간 굳어버리고 말았다. 장기매매가 무슨 뜻이었지? 당혹스러움에 뇌가 제 기능을 하지 못한다. 단어는 그저 부유하듯 허공을 떠돌고 있다.

"나한테 그런 걸 물어보시더라고. 장기매매를 하면 얼마나 받을 수 있을지…… 물론 내가 강력하게 불법이라고 말씀드렸지. 아아, 너무 걱정하지 마. 설마 무슨 일이야 있겠어?"

병 주고 약 주나?

속없는 남간호사가 고개를 홰홰 젓는 동안, 복도의 한쪽 끝에서 걸어오던 의사가 수련을 향해 알은 체를 했다. 여동생의 수술을 집도했던 의사였다. 간호사를 통해 생명에 지장이 없다는 말은 들었지만, 아직 구체적인 수술 결과는 듣지 못했다. 수련은 그를 향해 다가갔다.

"아, 수련 군?"

"선생님, 수술 결과는 어떤가요?"

수련은 순간적으로 어머니에 관한 것을 잊어버렸다. 그보다는 여동생의 수술 결과가 궁금했다. 원래 사람이란 혼란이 중첩되면 당장 머릿속에 떠오르는 것만을 찾게 된다.

의사의 표정은 좋지 못했다. 불안함이 호흡 속에 스며들었다.

"무슨 일이……."

"침착하고, 잘 듣게."

찰나는 길었다. 의사는 계속해서 뜸을 들이다 한참 만에 덧붙였다. 실명일세, 수연 양.

한순간 이해가 되지 않았다. 장기매매라는 단어를 처음 들었을 때와 같았다. 실명? 이름을 말하는 건가? 실명, 실명…… 의미가 와 닿는 순간 가슴이 쿵 하고 내려앉았다.

"저기, 뭐라고……."

"이제 수연 양은… 세상을 볼 수 없단 말일세. 아마 사고 당시 자동차의 파편이 각막을 스친 것 같네만……."

다리에 힘이 풀려 중심을 잃고 휘청거렸다. 세상이 순간적으로 점멸했다. 옆에 서 있던 남간호사가 이크, 하고 작게 신음하며 그를 부축해 주었다. 수련은 간신히 정신을 지탱했다.

"혹시, 이 사실… 저희 어머니도 알고 계신가요?"

"아침에 말씀드렸네."

선뜩한 구슬 같은 것이 심장 부근을 스쳤다.

실명, 그리고 장기매매.

수련은 온 힘을 다해 머릿속에 치밀어 오르는 그 가설을 부정했다. 하지만 간호사의 말이 가설을 결국 현실로 만들고 말았다.

"그리고 보니 어머니께서 각막 기증에 대해서도 물어보신 것 같은데……."

그리고 그날 밤, 한 통의 전화가 걸려왔다. 병실 밖이 조금

수선스러웠다. 수련은 머뭇거리다 결국 수화기를 들었다.

"이옥선 씨 아드님 되십니까? 어머니께서 사망하셨습니다."

*　　　　　*　　　　　*

"오늘도 '화려한 오후의 론도'를 시청해 주셔서 감사합니다. 그럼······."

녹화가 끝난 스튜디오는 늘 옅은 흥분이 감돈다. 한 회를 또 끝냈구나, 하는 안도감과 성취감이 프로듀서와 관계자 모두를 들뜨게 만드는 것이다. 희경은 폭 한숨을 내쉬며 귀에 꽂고 있던 이어폰을 빼냈다.

"희경 씨, 오늘 왜 그래? 평소 같지 않은데?"

"그래요?"

이게 다 그 남자 때문이다.

희경은 살짝 입술을 깨문 채 애꿎은 스튜디오의 유리를 노려보았다. 가식적으로 선한 얼굴이 지금도 눈에 선하다. 너무 분했다.

희경은 걱정스러운 표정으로 그녀를 바라보는 MC 영돈에게 살짝 미소를 지어준 후 신경질적으로 자리에서 일어났다.

처음 수연이 다쳤을 때는 걱정보다 오히려 쾌감이 앞섰다. 드디어 제대로 골탕을 먹여줬구나, 하는 생각과 미묘한 질투에서 발로된 흥분. 사실을 인정하는 것은 어렵지 않았다.

난 원래부터 그런 여자니까.

마음을 독하게 먹는다는 건 생각보다 어렵지 않다. 나쁜 여자가 되겠다고 꼭 마음먹어야 나쁜 여자가 되는 것이 아니듯이.

은행에서 그에게 도움을 받는 순간은 굴욕적이었다. 두근거림이나 흔들림이 없었다고 하면 그건 거짓말이다. 하지만 누군가를 좋아하기 시작하는 것은 스스로가 그 사실은 인정하는 순간인 것처럼, 그녀 또한 그 흔들림을 애써 지워 버렸다.

그 보답이 병원비였다. 7일 치의 병원비. 아무렇지도 않은 듯이 자신이 병원비를 지불해 주는 순간 그가 짓는 표정을 보고 싶었다. 여자한테 도움을 받았다는 것에서 오는 비참한 얼굴을 원했다.

하지만 그는 오히려 기뻐했다. 여동생, 여동생, 여동생······가족이란 게 그렇게 대단한 거였나?

일부러 병원비를 다 대주겠다는 말을 하지 않았는데, 의도가 무연해져 버렸다. 희경은 그가 굴복하는 모습이 보고 싶었다. 일부러 병실을 좋은 곳으로 지정한 것도 그 때문이었다.

이 남자는 가난하다. 돈을 마땅히 융통할 곳도 없을 테고, 종국엔 그녀를 찾게 될 것이다. 울고불고 치맛자락을 붙잡고 늘어지겠지. 희경은 그 아찔한 쾌감에 몸을 떨었다.

자, 어서 병원비를 구걸해. 비굴한 표정으로 내게 구걸하란 말야.

그러나 그는 끝내 아무것도 부탁하지 않았다. 희경은 이런 남자가 싫었다. 돈을 구할 곳도 없는 주제에, 자존심만 세다니. 나한테 부탁하란 말야. 얼마든지 비웃으며 돈을 빌려줄 테니.

"희경 씨?"

"아, 네."

자기도 모르게 멍하니 서서 표정을 구기고 있었던 것일까. 희경은 황급히 상황을 수습하며 짐을 챙겨 밖으로 나갔다. 그에 대해서 좀 더 알아야 한다. 하지만 그녀는 그런 쪽으로는 아는 사람이 별로 없었다. 누군가를 조사한다거나…….

아니, 한 사람 있다. 스튜디오에서 빠져나온 희경은 집으로 가려던 발길을 돌려 곧장 어딘가로 걸어가기 시작했다.

고색창연한 디자인으로 세밀하게 설계된 문. 사치스럽군. 서희경은 그렇게 중얼거리며 지문인식센서에 엄지손가락을 댔다. 기름칠이 잘된 듯 경첩 소리도 없이 문이 열린다.

그녀를 맞이한 것은 딱딱한 음성이었다.

"여긴 뭐 하러 왔지?"

"너무 그러지 마. 심통 맞은 어린애같이."

희경은 짓궂게 웃으며 다가갔다. 이봐, 나는 얼마든지 이곳에 올 수 있어. 네가 원하든 원치 않든 말이지. 그 거침없는 웃음에 회장석에 앉아 있던 남자, 신민호의 표정이 살짝 굳어졌다.

희경은 킥, 하고 웃었다. 그녀는 가벼운 걸음걸이로 다가가 고혹적으로 부풀어 오른 둔부를 테이블 위에 걸쳤다. 짧은 정장 스커트 사이로 하얗고 매끈한 다리가 그대로 드러나 보인다.

어떤 남자라도 흔들리지 않을 수 없는 유혹.

젊은 회장의 입가에 비웃음이 떠오른다.

"지아가 네 걱정을 많이 하더군. 한 번쯤 집에 들어가 보지 그래?"

서희경의 표정이 차갑게 굳어졌다.

"요즘도 지아한테 가나 보지?"

"언니가 제 역할을 못해주니, 나라도 가줘야겠지."

"위선 떨지 마. 그래 봤자 너도 네 아버지란 인간과 같아. 더러운 자식."

서희경의 얼굴에 처음으로 경멸 비슷한 게 떠올랐다. 그녀는 진심으로 눈앞의 남자를 경멸하고 있었다. 넌 정말 최악의 자식이야. 그때도 지금도, 그리고 앞으로도.

희경은 8년 전의 그 일을 똑똑히 기억하고 있었다. 그녀는 지금도 그때 죽은 그 남자의 마지막 말을 잊을 수 없었다. 넌 요녀야. 남자를 먹기 위해 태어난 요녀.

신민호는 어깨를 으쓱했다.

"위악이지, 이건."

"그래서, 너는 원래 선한 인간이라 이거야?"

같잖다는 듯한 그녀의 말에 신민호는 약간의 틈을 두고 답했다.

"아니, 나란 인간은 원래 아무것도 아니지. 선도, 악도⋯⋯."

텅 비어 있다. 희경은 그의 내부에 있는 깊은 허무를 엿본 것 같은 기분에 순간적으로 어깨를 움츠렸다.

"부탁할 게 있나 보군."

"그래."

싫지만, 이야기는 빨리 통한다. 서희경은 매혹적인 미소를 지으며 그를 바라보았다.

"한 남자에 대해 알고 싶어."

"이번 사냥감은 누구지?"

"진수련. 너도 알고 있겠지?"

처음에는 단순한 호기심이었다. 이 불쾌한 젊은 회장이 그토록 관심을 가지는 남자는 대체 누구일까, 하는. 그런데 그게 개인적인 관심으로 확대되어 버렸다.

내심 굳어진 표정을 기대했으나, 신민호의 안색에는 변화가 없었다. 잠시 후 그의 입술에 기묘한 미소가 그려졌다. 그는 조용히 회장실의 문 쪽으로 다가가 도어 록을 잠갔다.

딸깍, 하는 그 소리가 그토록 공포스럽긴 처음이었다.

신민호는 당연하다는 투로 말했다.

"뭔가를 원한다면 그에 합당한 대가가 있어야겠지?"

'지지않아.'

서희경은 발작적으로 상의의 지퍼를 내리며 그를 노려보았다. 젊은 회장의 입가에 걸린 미소가 짙어졌다. 투명한 비늘을

덮은 듯한 손이 다가와 그녀의 어깨를 감쌌다. 희경이 짓씹듯
말했다.

"넌 미쳤어, 네 아버지란 작자처럼."

뱀처럼 긴 혀가 그녀의 하얀 뺨을 적시며, 곧 뜨거운 열기가
방 안을 휘감기 시작했다.

*　　　　*　　　　*

부둣가를 향해 불어드는 바람에는 소금기가 녹아 있었다.

사망 원인은 자살이었다. 마지막만큼은 소원대로. 수련은
부둣가에 서서 하얀 뼛가루를 흩뿌렸다. 언제나 자신이 죽게
되면 바다에 뿌려달라고 했던 어머니. 이제 아버지를 만나시
겠군요.

뼛가루를 쥔 손에 현실감이 없었다. 당장이라도 누군가가
달려와서 사실이 잘못되었다고, 이건 다른 사람의 것이라고
말해줄 것만 같았다.

목숨을 끊는 최후의 순간에 병원으로 전화를 했다고 한다.
사람들이 현장에 도착했을 때 신장을 포함한 장기의 일부는
이미 불법매매를 통해 사라진 상태였고, 각막은 기증하기로
되어 있었다.

누구에게? 말할 필요도 없었다.

그럼에도 부질없었다. 누적된 피로 속에서 노화된 안구는
각막을 이식할 수 없을 만큼 망가져 있었던 것이다. 죽는 그

순간까지도 눈만큼은 보호하기 위해 손으로 눈을 가리고 있었으면서 아무 소용도 없게 되어버렸다. 그럼 뭐야, 개죽음인가?

어느새 통장에 돈이 들어와 있었다. 여동생의 병원비를 충당하고, 밀린 집세와 융자를 갚고도 충분한 돈이었다.

엄마의 장기들이 모두 돈으로 바뀌었다고 생각하니 기분이 이상했다. 죽음의 가치란 이 정도인가? 유서라도 남기려고 했던 듯, 뭔가를 쓰려다 두 줄이 그인 종이는 휑하니 침묵을 지키고 있었다. 남기지 않는 편이 좋겠다고 생각한 것 같았다.

어딘가에 눈물을 다 쏟아두고 온 양, 눈물은 한 방울도 나오지 않았다. 지금 서 있는 부둣가도, 이제 세상엔 동생과 자신뿐이라는 사실도, 너무나 비현실적이었다. 현실은 도태되어 있었다.

숨죽인 채 밀려오는 파도 소리가 아스라했다.

기차를 탄 것 까지는 기억이 나는데, 어떻게 집으로 돌아왔는지에 대해서는 기억이 없었다. 자아는 조금씩 소실되어 갔다. 수련은 집으로 발걸음을 향하다 이내 마음을 바꿔 멈춰 섰다.

아무도 없는 그곳에 가고 싶지 않았다. 외로움, 공허, 두려움…… 앞으로 또 누구를 잃게 될까.

걷고, 걷고, 또 걷는다. 메카로 가는 순례자들처럼 어딘가로 향하는 퇴근길의 군중 속에 뒤섞여, 수련은 허구적인 안도감을 느끼며 계속해서 걸었다.

정신을 차렸을 때 주변은 캄캄했다.

그는 텅 빈 동공으로 주변을 살피다가 이내 지하도를 발견하고 그 안으로 걸음을 옮겼다.

녹진 형광등의 빛이 그를 반기는 지하 속으로.

아직 여동생은 의식이 없다고 했다. 외상으로 인한 충격보다는 마치 본인이 일어나기를 거부하고 있는 것 같다고. 수련은 여동생을 이해할 수 있었다.

그녀는 깨어나서 현실을 맞닥뜨리는 것이 두려운 것이다. 더 이상 어머니가 없다는 것이, 이제 세상에는 그녀와 그녀의 못난 오빠밖에 없다는 사실이.

"비켜, 여긴 내 자리야!"

수련은 누군가의 발길질에 자리에서 엎어졌다. 뭔가를 떠올릴 틈도 없이 몸이 먼저 엉금엉금 기어가기 시작했다. 비교적 불빛을 잘 받는 양지에서 춥고 어두운 음지로. 수련은 차가운 콘크리트 벽에 기대어 앉아 자리쟁탈전을 벌이는 홈리스들을 바라보았다.

더 이상 그들의 위에 아버지는 투영되지 않는다. 모두들 광기에 물든 눈으로 먹잇감을 찾고 있다. 한쪽 구석에서는 여자 홈리스에게 수작을 거는 중년인이 있었다. 여자 노숙자를 본 것은 이번이 처음이었다. 최근 여성 위주의 노숙자 보호 시설이 확대되고 있다고 들었는데······.

요란스러움이 점차 잔잔한 소음으로 바뀌며 졸음이 몰려

왔다.

초여름 밤의 서늘함과 함께 천천히 눈이 감긴다. 결코 낮다고 할 수 없는 기온임에도 이상하게 살갗이 에어와 몸을 웅크렸다. 잠은 조용히 찾아왔다.

다음날 눈을 떴을 때, 수련은 문득 그런 생각을 했다.

내 눈을 동생에게 주자.

각막기증은 살아 있을 때는 할 수 없다. 설령 그것이 혈육 간이라 할지라도.

최후의 양심, 혹은 어떤 단어로도 설명할 수 없을 작은 조각 같은 것이 그의 심장 안쪽을 간질였다. 만약 그가 죽어버린다면 동생은 혼자 남게 될 것이다.

누군가 나타나서 내 목숨을 끊어주면 좋을 텐데.

바보같이 그런 생각을 했다. 텅 비어 있는 몸속이 벌레로 들끓는 기분이었다.

죽음에 대한 강렬한 이미지가 머릿속을 가득 메운 것은 다음 순간이었다. 그래도 두렵다. 설명할 수 없지만 두렵다. 무서워.

"뭔가 대단한 걸 잃어버렸다는 듯한 눈빛을 하고 있구만 그래."

희미한 새벽녘에 그림자가 길게 드리워져 있다. 목소리는 빛의 정반대편에서 들려왔다.

손질하지 않은 턱수염이 비죽비죽 솟아 있는 홈리스였다.

손에 쥔 이온음료가 대단한 보물이라도 되는 것처럼 남자는 소중하게 캔을 품고 있었다.

"잃어버렸죠, 정말 대단한 걸."

"뭐가 그렇게 대단한데? 여기 꼬마철학자 하나 나셨네."

남자는 그렇게 말하며 벽에 미끄러지듯 기대어 앉았다.

"보아하니 홈리스는 아니군. 아니면 막 홈리스가 되었거나."

수련은 약간의 틈을 두고 물었다.

"…어떻게 알죠?"

남자는 안방이라도 되는 것처럼 다리를 펴고 앉아 캔의 뚜껑을 땄다. '마실래?' 하고 남자가 묻자 수련은 고개를 흔들었다. 목이 마르지 않은 건 아니었으나 뭔가를 마실 기분도 아니었다.

"눈빛을 보면 알 수 있지."

남자는 점술사라도 되는 양 그럴듯한 목소리로 말했다.

"진짜 홈리스들은, 더 이상 잃을 게 없거든. 길바닥에 나앉는다는 말이 괜히 생긴 게 아니야. 정말 더 이상 잃을 게 없는 사람만이 길바닥에 나앉는 거지. 근데 네 눈은, 아직 덜 잃어버린 사람의 눈이야. 대단한 것을 잃어버렸지만, 아직은 덜 잃어버린."

순간 실없이 웃음이 나왔다.

"그렇게 웃지 마. 이래 봬도 내 눈은 제법 정확하니까. 넌 아직 소중한 것이 있는 거야. 아니면 하고 싶은 게 있던가. 그렇지? 나이도 어린 것이 어른 얘기하는데 웃으면 못써요."

수련은 대답하지 않았다. 사과를 받으려고 던진 말이 아니라는 것을 직감적으로 알았다. 그는 상대방이 원하는 대로 생각을 시작했다. 소중한 것.

여동생, 사랑하는 사람, 지아…… 문득 지아가 떠오르자 어깨가 움찔거렸다. 그녀에게 편지를 쓴 지 꽤 오래된 기분이 들었다. 걱정하진 않을까?

순간 남자의 눈이 빛났다.

"누가 죽었구나. 누구, 부모님?"

"엄마요."

"죽음이란 건 한순간이지. 아무렴."

남자는 뭔가 대단한 말이라도 한 것처럼 고개를 주억거렸다. 기분이 나빠졌다. 그런 소리는 듣고 싶지 않다.

"요즘 자꾸 내 노숙자 친구들도 하나둘씩 없어지는데…… 아침에 일어나면 옆 지하도 김 옹이 사라지고, 또 다음날 일어나면 옆에서 자던 주 영감이 사라지고…… 알다시피 죽음이란 건 매우 가까이 있는 거야. 우린 죽음을 위한 여행을 하고 있는 거지."

죽음을 위한 여행.

남자는 계속해서 말했다. 수련은 건성으로 물었다.

"거기서 끝내 뭘 찾는 건가요. 죽음?"

"아니, 소중한 것을 찾지."

"소중한 것?"

수련은 멍한 목소리로 물었다. 노숙자가 그런 말을 해봐야 전혀 어울리지 않는다.

"삶이란 원래 소중한 것이 소중하지 않게 되어가는 과정이야. 하지만 그 과정 속에서도 변함없이 소중한 게 있으니까 살아가게 되는 거고…… 그러니까 예를 들면."

뒷머리를 벅벅 긁는다. 남자는 혼자서 잘도 말했다.

"그런 건 예를 드는 법이 아니지. 아무튼 인간이란 건 원래 소중한 것이 있다는 것만으로도 내일을 살아갈 수 있는 동물이거든."

수련은 말없이 남자를 바라보았다. 그리고 다시 시선을 돌렸다.

"이봐, 그런 눈으로 보지 마. 왜, 홈리스인 내가 이런 말 하니까 이상하냐? 이래 봬도 나 서울 법대 나왔다고. 홈리스들 중에는 의외로 나처럼 인텔리가 많지."

"그렇군요."

수련은 감각없이 고개를 끄덕였다. 그 가감없는 동작에 남자가 하, 하고 혀를 찼다.

"그러니까 어설픈 니힐을 흉내 내는 건 그만두라고. 건방지거든."

"자꾸 그런 소리 하지 마요. 아무것도 모르면서."

"나 인텔리라니까?"

남자는 답답할 정도로 인상을 써 보였다.

"정말 아무것도 모르니까, 이런 말을 할 수 있는 거야. 네가 이야기를 한다고 해서 나를 이해시킬 수 있을 것 같아?"

"……."

"어차피 난 너를 몰라. 알고 싶지도 않고. 괜히 어설프게 알아서 너한테 연민을 품고 싶진 않으니까. 들으나 안 들으나 어차피 이해할 수 없다면 차라리 아무것도 모르는 편이 나을 때도 있지."

수련은 남자의 말을 들으며 무거운 눈꺼풀을 감았다. 어떻게 돼도 좋다는 생각이 들었다. 다시 눈을 떴을 때는 아침부터 선을 넘었니 자리가 어쩌니 하고 싸우는 홈리스들이 보였다. 지하도의 새벽이란 원래가 이런가 보다. 남자는 아직 가지 않고 있었다. 수련은 그런 생각을 하며 입을 열었다.

"하고 싶은 게 뭐냐고 물었죠?"

"거 봐. 하고 싶은 거 있지? 그럼 가서 해."

남자는 듣지도 않고 덧붙였다. 수련은 순간 깜짝 놀랐다. 하지만 왜 놀랐는지는 알 수 없었다. 남자는 다 마신 이온음료 캔을 구긴 후 끙, 하고 자리에서 일어났다.

"네?"

"가서 하라고."

그는 구긴 캔을 한 손에 쥐고 슬슬 폼을 잡더니 '왼손은 거들 뿐!' 하고 외치며 쓰레기통으로 캔을 던져 넣었다. 노골이었다.

갑자기 웃음이 나왔다. 이 상황의 어디가 그렇게 해학적이었던 것일까. 수련은 한참을 실실 웃다가, 어느 순간 웃음을 그쳤다.

"이제 보니 미친 녀석이구나. 그래, 뭐가 하고 싶으냐?"

수련은 우물거리지 않고 바로 대답했다. 하고 싶은 것.

"…게임이요."

"뭐?"

"게임이 하고 싶어요."

"그럼 가서 해라."

남자는 별로 거리낄 것도 없다는 듯이 그렇게 말했다. 수련은 어떻게 그럴 수 있냐고, 그럴 수는 없다고, 그렇게 말하려 했다. 하지만 남자가 더 빨랐다.

"원래 이기적일 수 있다는 건, 인간에게 주어진 축복 같은 것이거든. 하고 싶은 걸 해, 잊을 수 있을 때까지. 지킬 수 없다면 도망쳐야지. 일단 자신이 살고 봐야 할 것 아냐?"

지킬 수 없다면 도망쳐.

순간 폐를 꽉 막고 있던 뭔가가 녹아 없어졌다. 언제부터 있었는지 알 수 없었기에, 그게 무엇이었는지도 알지 못했다. 하지만 사라졌다. 분명히 그런 느낌이 왔다.

어렴풋한 새벽 볕 아래에 새로운 그림자가 드리워졌다. 남자의 것보다 훨씬 짧고 아담한 그림자였다. 소년이 입을 열었다.

"아저씨, 여기서 뭘 하는 거예요? 오늘 종이 수집하는 날인 거 알면서."

"아, 그렇군."

남자는 깜빡했다는 듯 뒷머리를 긁적이고는 소년의 등에 손을 갖다 대고 지하도의 안쪽으로 떠밀 듯 걸음을 옮기기 시작했다. 그러다 문득 생각났다는 듯이 수련을 향해 시선을 주었다.

"그럼 꼬마 철학자 양반, 계속 깨달음을 궁리하고 있으라고. 혹시나 멋진 걸 알게 되면 나도 하나 알려주고 말이지."

수련은 한참 동안이나 그곳에 쭈그리고 앉아 남자의 뒷모습을 바라보았다. 그때, 그를 향해 다가온 사람이 있었다. 또 홈리스인가 하고 고개를 드는데, 이번엔 반가운 얼굴이었다.

"자네, 여기서 뭐 하는 건가?"

전 RF드래곤즈의 감독이자, 그가 론도를 시작하게 만들었던 남자. 오택성이 그곳에 서 있었다.

수련은 걸신들린 사람처럼 허겁지겁 음식을 먹어 치웠다. 오택성은 그가 충분히 먹을 때까지 침묵을 지키고 있었다. 측은한 시선이었다.

"미안하네. 내가 요즘 자네 사정을 너무 몰랐어."

"아닙니다."

수련은 그제야 휴지를 뽑아 입술을 닦았다. 그가 조금 진정하는 듯하자 오택성은 유감스러운 표정으로 입을 열었다.

"자네 어머니 일은 정말 안됐네."

정적이 내려앉았다. 오택성은 조금 망설이다 말을 덧붙였다.

"그래, 요즘 일은 어떤가?"

"일이요?"

"게임 말일세."

이상하게도 기분이 나쁘지 않았다. 아까 남자와의 대화 때문일까. 수련은 기이한 기분에 휩싸인 채 눈을 깜빡였다.

그러다 불현듯 의문이 치솟았다. 그건 오래전부터 예비되어 있던 질문이었다. 사실 문제의 해답은 아주 가까운 곳에 있었음에도……. 수련은 망설임을 끊었다.

"하나 물어봐도 됩니까?"

"그러게."

"왜 제게, 론도를 권했습니까?"

"응, 아니, 그건 당연히……."

"왜, 그게 론도였습니까?"

반격할 틈 없이 몰아붙인다. 상대는 이미 전의를 상실하고 있다. 수련 또한 그것을 잘 알았다.

"그 수많은 안배들은 대체 뭡니까? 감사하게는 생각하고 있습니다만."

오택성은 쉽게 대답하지 못했다. 우물거리는 입술은 문장을 만들어내지 못하고 주춤거리고 있다.

"모든 안배에는 반드시 이유가 있습니다. 그건 대체, 무엇을 위한 안배입니까?"

오택성의 표정에 그늘이 졌다. 처음에는 당연한 변명이 나올 것이라고 생각했다. 그건 당연히 자네를 위해서라든가, 어떻다든가 같은 그런 하찮은 말을 꺼낼 거라고 생각했다.

하지만 오택성은 달싹이던 입술을 닫았다. 그리고는 나지막이 탄식했다. 저건 변명이 아니다. 수련은 그런 느낌이 강하게 들었다.

"말할 수 없네……."

깊고 어색한 침묵이 테이블 위에 들어찼다. 오택성은 고개를 숙인 채 찻잔을 응시했다. 수련은 고개를 들어 창밖을 바라보았다. 빌딩의 숲 사이로 파아란 스카이라인이 보였다.

"잘 먹었습니다."

수련은 자리에서 일어나 입구 쪽으로 성큼성큼 걸어갔다. 조금의 주저도 없었다.

"자, 잠깐만!"

당황한 오택성이 황급히 팔을 뻗었으나 수련은 이미 저만치 멀어져 있었다. 간절함이 담긴 목소리가 들려온다.

"게임, 게임을 계속해야 하네. 부탁일세! 제발……."

걸음을 옮길 때마다 오택성의 목소리가 옅어져 간다. 수련은 가게의 문을 열고 밖으로 나왔다. 훅, 숨을 들이키자 상쾌한 아침 공기가 폐 속으로 스며들었다.

수련은 은행에 들러 형식적으로 잔고를 확인해 보았다.

통장에는 아직도 돈이 많이 남아 있었다. 여동생의 수술비와 병원비를 모두 감산하더라도, 앞으로 당분간은 생계에 걱정이 없을 것이다.

그래서 더 슬펐다.

심장을 갈아서 조금씩 떼어먹는 기분이었다. 돈이 빠져나갈 수록 엄마가 소모되고 있는 것 같았다. 이렇게 엄마의 존재는 사라져 간다. 조금씩, 조금씩, 그리고 조금씩…….

사라졌다고 믿었던 폐의 덩어리는 아직 희미하게나마 남아 있었다. 흉터 같은 것일까. 어쩌면 평생 지워지지 않을지도 모른다.

수련은 통장을 품속으로 갈무리 하며 거리를 걸었다. 시선을 돌리니 언뜻 지하도가 보인다. 그 깊은 계단 위에서 올려다 봤던 네모난 하늘. 빛에 대비되는 어둠이 똬리를 틀고 있다. 어제 수련이 잠들었던 곳이다. 저런 곳에서 용케도 잠들었지…….

그런데 바로 그 순간.

심장이 덜컥 내려앉음과 동시에 몸이 달리고 있었다. 그는 분명히 보았다. 지하도 아래로 손을 잡고 내려가는 두 사람을. 너무나 사무치는 두 얼굴이었다.

아버지, 그리고 어머니.

수련은 온 힘을 다해 달렸다. 더 빨리 가지 않으면 놓쳐 버릴 것 같아서, 어둠 속으로, 지하도의 나른한 불빛 속으로 몸을 감춰 버릴 것만 같아서.

얼마나 달렸을까.

수련은 필사적으로 주변을 두리번거렸다. 하지만 개찰구를 뛰어넘어 도달한 그곳에는 당연하게도 아무도 없었다.

그대로 자리에 주저앉았다. 횡격막이 터질 듯 부풀어 오르고 폐가 딱딱하게 굳어간다. 그제야 막혔던 눈물이 밀려 나온다. 수련은 대리석 위에서 엎드려 하염없이 울었다.

그제야 절실히 깨닫는다. 이 세상에 그들은 없다.

더 이상 부모님은 세상에 존재하지 않는 것이다.

이제 그는 다시 돌아가야만 한다.

EPISODE 018
Broken heart

　아무것도 보이지 않는 칠흑 같은 어둠이었다. 그곳에는 한 줌의 빛도 없었다. 다만 간헐적으로 울리는 파찰음이 그곳에 사람이 있다는 사실을 알려주고 있었다.

　다섯!

　쐐액 하고 환검은 어둠을 뚫고 날아오던 블랙 뱃(Black bat)의 몸뚱이를 그대로 꿰뚫었다. 수련은 땀을 훔치며 어두운 통로에 떨어진 아이템들을 수거했다. 그의 뒤쪽에서도 날카로운 파공성이 울리며 시커먼 박쥐 같은 것이 바닥에 떨어졌다. 질펀하게 흘러나온 회색 입자는 손쓸 틈도 없이 먼지로 사라져 버렸다.

　"그쪽도 정리가 끝났어요?"

　가벼우면서도 명랑한 여자의 목소리였다. 수련은 가볍게 고개를 끄덕였다. 상대가 볼 수 없다는 사실을 알았지만 그건 별로 중요치 않았다. 볼 수 없다고 해서 알 수 없는 것은 아니다.

"이제 좀 쉬어요. 슬슬 다 온 것 같은데."

"그러죠."

수련과 괴인영은 동시에 양 벽에 기대어 앉았다. 그런데 벽이 이상하게 부드럽고 따뜻했다.

"어?"

수련은 자기도 모르게 소리를 냈다. 그것은 벽이 아니다.

"지금, 저기."

"맞아요. 아마 그런 것 같네요."

여자는 산뜻한 목소리로 답했다. 그들은 지금 등을 맞대고 기대어 있었다. 수련은 이제 와서 다시 자세를 바꾸는 것도 어색했기에, 수련은 그대로 상대방의 등에 기대고 말았다. 의심이 많은 그의 성격을 감안하면 좀처럼 있을 수 없는 일이었다.

수련은 목 근처를 간질이는 긴 머리칼의 감촉을 느끼며 은근한 목소리로 말해보았다.

"기분 좋은데요."

"등이 넓어서 좋네요. 기대기도 편하고."

여자는 아무렇지도 않다는 듯이 말했다. 좀처럼 감정의 떨림을 읽을 수 없는 청아한 목소리였다. 어디선가 들어본 것 같기도 했다.

그녀는 얼굴을 붉히고 있을까? 수련은 어둠 속 여자의 얼굴을 상상하며 가만히 눈을 감았다. 문득 코끝으로 부드러운 향

기가 스몄다. 숨 막힐 정도로 매혹적이지만, 결코 경박하다고
나무랄 수 없는 향기였다.

"냄새……."

"네? 땀 냄새 나요?"

여자는 당황한 듯 황급히 등을 떼었다. 처음으로 목소리에
뚜렷한 감정이 묻어 나왔다. 수련은 자기도 모르게 손을 흔들
며 웃었다.

"그게 아니라… 향기가 나네요."

"아……."

여자는 그 말을 듣고서야 안심한 듯 다시 등을 붙였다. 그
모습이 왠지 귀여워 웃고 말았다.

허전함의 내부가 충만하게 차올랐다. 여자는 속삭이듯 작은
목소리로 물었다. 무슨 향기가 나는데요? 이상하게 가슴이 두
근거렸다. 그리고 그 두근거림만큼 죄악감이 커졌다.

"잘 모르겠어요. 꽃향기 같기도 하고…… "

여자의 웃음소리가 들렸다. 뭐가 우습다는 건지는 알 수 없
었지만, 듣기 좋은 웃음소리였다.

"아마 장미일 거예요."

"장미요?"

"네."

"그렇게 진한 향기 같지는 않은데……."

"보통 장미가 아니거든요."

순간 목소리에 색채가 입혀진 것처럼 느껴졌다. 새하얀 순

백. 수련은 순간 겨울의 중심에 와 있는 것 같은 기분이 들었다.

"겨울, 겨울장미예요."

그녀를 만난 것은 정확히, 2주일 전의 이야기였다.

*   *   *

수련이 다시 게임에 접속했을 때, 이미 브룸바르트 내전 이벤트는 종료되어 있었다. 같은 마을에 있던 베로스와 루피온도 어디론가 사라진 후였다.

내전의 영웅은 무려 셋이나 있었다.

홍염의 사신 마에스트로와 북풍의 기사 벨라로메, 그리고 남해의 사자 알렉산더. 알렉산더를 보지 못한 것이 아쉬웠지만 아쉽다고 해서 뭘 어쩔 수 있는 것은 아니었다.

이벤트는 끝났고, 영웅은 정해졌다.

유저들 간에는 왜 카오스 나이트가 이벤트에 나타나지 않았는가 하는 것에 대한 의문에서부터, 카오스 나이트의 정체에 이르기까지 다양한 이야기가 나돌았다. 한때 유호라는 캐릭터가 카오스 나이트라는 소문이 돌았으나, 본인이 직접 부정함으로써 소문은 일단락되었다.

"하지만, 그야말로 진짜 영웅이에요."

브룸바르트 내전을 지켜본 유호는 자신을 향해 들이밀어지는 마이크에 그렇게 대답했다고 한다. 옆에는 시리엘이라는 아름다운 여성 유저와 손을 잡은 채.

론도는 급작스럽게 떠오른 여러 화제들로 인해 혼란통을 치르고 있었다. 갑자기 나타나 절대강자로 군림한 남해의 사자, 최강자들의 결전, 최상위 랭킹에 순간적으로 떠올랐다가 눈 깜짝할 사이에 사라진 의문의 초보자 랭커(그 장면을 스크린 샷으로 찍은 의문의 유저가 이의를 제기했다고 한다)…….

"혼자 가겠어."

손질이 끝난 검을 칼자루 속에 집어넣은 수련은 문득 그렇게 말했다. 헨델이 불평했다.

"그럼 새 무기는 왜 줬어, 캡틴? 어차피 쓰지도 못할 거…….

용병들은 아이가이온에게서 미스릴 무기를 지급받았다. 과연 판 급의 블랙 스미스답게 아이가이온은 열흘도 채 안 되어 네 자루의 무기를 건네주었다. 대검 한 자루, 롱 소드 두 자루, 그리고 신성한 빛을 머금은 금속 레더 롱 보우 하나.

"어차피 혼자 갈 수밖에 없는걸."

수련은 그렇게 말하며 쓴웃음을 지었다. 이제 언데드 로드의 던전은 하나를 남겨두고 있었다. 데몬의 미궁.

다른 언데드 던전들과는 달리, 데몬의 미궁은 파티 플레이가 불가능했다. 오직 솔로 플레이만을 허용하며, 같은 입구로 들어가도 다른 출발점을 갖는 미지의 던전. 그래서인지 아직까지 클리어한 유저가 아무도 없었다.

"한 달 정도 걸릴지도 몰라. 기다릴 수 있지?"

헨델과 하르발트는 불퉁한 표정이었다. 겉으로는 아닌 척하지만 무기를 쓰지 못하기 때문에 불만인 것이 아니다. 그를 혼자 두는 것이 불만인 것이다. 슈왈츠는 묵묵히 고개를 끄덕여 주었다. 그는 언제나 고개를 끄덕인다. 그리고 실반은,

"다녀오십시오, 마스터."

문득 실반은 알고 있다는 느낌이 들었다, 그가 데몬의 미궁으로 향하는 게 단순히 퀘스트를 위함이 아니라는 걸.

그는 단지 혼자 있고 싶었을 뿐이다. 적어도 지금은.

스각!

육질이 썰려 나가는 소리가 생생하게 울렸다. 몇 번째로 죽인 몬스터인지는 알 수 없었다. 완연한 어둠 속에 침잠한 이후로 수련은·오로지 육감에만 의존해서 전투를 치렀다. 처음에는 시각이 사라졌다는 사실이 익숙지 않아서 꽤 고역을 면치 못했으나, 육감이 본격적으로 활성화되기 시작한 이후에는 몬스터의 작은 몸짓이나 울음소리만으로도 투로(套路)와 위치를 파악할 수 있게 되었다.

검을 휘두르는 것이 즐거웠다. 게임을 하고 있는 것이 즐거웠다. 수련은 최후의 혐오와 연민마저 지워 버렸다.

누구도 이해해 주지 않아도 좋았다.

그는 지금 자신이 원하는 것을 하고 있었다. 단순히 즐기는 수준을 넘어서서, 그는 게임을 좋아했다.

데몬의 미궁은 총 지하 4층으로 이루어져 있는 던전이었다. 길을 잘못 들면 막다른 길이 나오기도 했고, 종종 설치되어 있는 얕은 함정에 목숨이 위험할 뻔한 적도 있었다.

지하 3층에 내려오기까지 총 2주가 걸렸다. 버그베어나 베어울프 같은 강력한 근접계열 몬스터에서부터 고스트 나이트나 리빙 아머 같은 유령 형 몬스터에 이르기까지… 수련은 각 층을 지키는 문지기를 쓰러뜨리고 또 쓰러뜨렸다. 포션도 식량도 충분했다.

잊어버리고, 또 잊어버린다.

자신을 지킬 수 없다면 도망쳐야 한다. 수련이 도망친 곳은 게임 속이었다. 수많은 몬스터들의 시체에, 그만큼 쌓인 시간의 파랑 속에서 기억의 존재가 희석되기를 바랐다.

"하아……."

얼마나 검을 휘둘렀는지, 대부분의 스킬이 이미 마스터 랭크에 올라 있었다. 조금 쉴 만하면 또 몬스터가 몰려왔다.

고스트 나이트는 온몸이 영체로 이루어져 있는 주제에 절그럭거리는 갑옷을 걸치고 있었다. 공격 패턴이 단순하고, 특유의 영능력을 잘 사용하지 않는 것이 위안이라면 위안이었다.

섬광영!

유령, 암흑 계열의 몬스터는 빛 속성을 띤 수련의 섬광검이 취약이었다. 성검 레퀴엠에서 뿜어져 나오는 빛은 고스트 나이트의 얼굴을 정확히 꿰뚫어 소멸시켰다.

아이러니하게도 수련은 성검과 마검을 동시에 익히고 있을 뿐만 아니라, 암흑과 빛 속성의 검술 또한 동시에 익히고 있었다. 암흑 속성을 띤 유령의 환검술, 팬텀 블레이드. 빛 속성을 띤 쾌속의 검술, 섬광검.

스태미나가 떨어지면 벽에 기대어 잠시 휴식을 취하고, 또 검을 휘둘렀다. 그 단순 반복적인 행위는 수련에게 있어서 일종의 의식과 같았다.

무아지경으로 검을 휘두르는 와중에 종종 오택성이 떠올랐다. 뭔가 알 수 없는 절박함이 깃들어 있는 불행한 얼굴. 연민을 품을 만큼 감정에 여유는 없었다. 그가 해줄 수 유일한 있었던 일은 사실을 추궁하지 않는 것. 그것만으로도 벅찼다.

알려주지 않는다면 직접 알아내는 수밖에 없다. 수련이 게임을 다시 시작한 이유 중엔 그것도 포함되어 있었다. 또 한 차례 몬스터 무리를 격멸한 수련은 한숨을 쉬며 검에 묻은 시커먼 입자들을 닦아냈다.

가슴에 이상한 감촉을 느낀 것은 다음 순간이었다. 작은 신음 소리도 동시에 들려왔다.

방심했다!

모골이 송연해짐과 동시에 온몸의 털이 삐죽 솟았다.

연이 날아가 실이 풀린 실패처럼, 머릿속이 빠르게 회전했다. 미궁에 나타나는 모든 몬스터들의 패턴을 알았다고 생각했다, 작은 호흡 소리에서부터 움직이는 방향까지.

이미 육감 스킬은 마스터의 레벨에 올랐다. 그런데 그런 자신의 육감 스킬마저 속이고 들어온 몬스터가 있다니! 이미 가슴에 뭔가가 와 닿았다는 것은 놈이 코앞에 있다는 얘기다. 그럼에도 수련은 늦지 않았기를 빌며 칼자루에 손을 갖다 댔다. 그러나 다음 순간 들려온 목소리에 수련은 손에 힘을 풀고 말았다.

"아야야……."

여자 목소리였다.

설마 데몬의 미궁 속에서 유저를 만날 줄이야. 수련은 전혀 예상치 못한 상황에 크게 당황했다. 먼저 정신을 차리고 인사를 건넨 것은 유저 쪽이었다. 그녀의 아이디는 아스카.

아무리 방심했다지만 그와 동등한 수준의 육감을 가진 유저가 미궁에 들어오리라고는 생각지도 못했다. 그것도 정면에서 조우할 줄이야.

"그래서, 벌써 한 달째 미궁을 헤매고 있다는 이야기군요."

수련은 못 믿겠다는 말투로 말했다. 솔직히 유저인지 아닌지 알 길이 없었다. 주위는 시커먼 암흑으로 뒤덮여 아무것도 보이지 않았고, 혹시나 인간의 말을 하는 몬스터가 있다고 해도 이상할 것이 없는 상황이었다. 하지만 목소리가 달랐다. 어떤 NPC도 그런 목소리를 낼 수는 없을 것이다.

"못 믿겠죠? 사실 저도 못 믿겠어요."

아스카는 작게 웃었다. 실수로 귀환 스크롤을 챙겨 오지 않은 까닭에, 그녀는 식량과 포션이 바닥났음에도 불구하고 마을로 돌아가지 못하고 있었다고 한다.

"아무리 그렇다지만 정말 대단한 우연인걸요. 미궁이 얼마나 넓은데, 그 와중에 유저를 만날 줄은……."

"음."

수련은 미심쩍은 목소리로 짧은 신음을 토했다. 어둠 속에서 한숨 쉬는 소리가 들렸다. 그렇게 고운 한숨 소리는 처음이었다.

"혹시 귀환 스크롤 있으세요?"

"한 장밖에 없는데…… 곤란한 상황인걸요."

결국 그녀가 이곳을 빠져나가기 위해서는 수련이 귀환 스크롤을 사용할 때 함께하거나, 아니면 던전을 클리어하거나, 혹은 죽어서 나가는 방법밖에 없었다.

기묘한 동행은 그렇게 시작되었다.

여자는 매우 뛰어난 검사였다. 검술을 볼 수는 없었지만 느낄 수는 있었다. 파공음이 터져 나올 때마다 몬스터들이 픽픽 쓰러졌다. 마스터인 수련에 비해도 결코 녹록치 않은 실력이었다.

그녀가 포션 없이도 던전 속에서 버틸 수 있던 것은 간단한 신성 마법을 구사할 수 있기 때문이었다.

"신성기사라고요?"

"네. 아직 마스터에는 못 올랐어요."

마스터에 못 오른 것치고는 굉장한 기교의 검술이었다. 어디서 이런 여자가 나타난 것일까. 수련은 그 이상 묻지 않고 동행을 허락했다. 스스로의 모순성이 한심할 정도였다.

휴대폰 문자에 비유할 수 있겠다. 문자가 마구마구 올 때는 괜히 귀찮은 기분에 사로잡히지만, 성의없는 답변을 계속해주다가 마침내 문자가 한 통도 오지 않게 되면 또 허전함에 사로잡힌다.

용병들로부터 멀어진 후 조금씩 고개를 드는 외로움을 느끼던 수련에게 그녀는 가뭄의 단비 같은 존재였다.

게다가 둘은 제법 잘 맞았다. 등을 맞대고 싸울 수 있는 동료가 있다는 것은 역시 좋은 일이다.

가끔은 그게 신기해서 물어보았다.

"보이지 않는데, 날 믿을 수 있어요?"

"보이지 않으니까 믿는 것 아닐까요?"

"그럼, 보이면 못 믿는다는 이야기예요?"

"늑대를 어떻게 믿어요."

가녀린 웃음이 이어졌다. 그 말을 들은 수련이 이상하게 발끈하여 입을 열었다. 자기가 무슨 말을 하는지도 모른 채.

"있죠, 난 늘 그게 불만이었는데. 남자라고 해서 다 늑대는 아니라구요. 그거, 소수의 남자들한테는 정말 억울한 누명이에요."

그러나 말하면서 스스로 웃어버렸다. 결국 자신은 늑대가 아니라는 이야기가 아닌가. 아스카도 어둠 속에서 킥킥거렸다.

"남잔 다 늑대죠. 다만 온순한 늑대와 사나운 늑대가 있을 뿐."

수련은 그 순간 말로 여자를 이기려 하지 말라는 명언을 다시 한 번 상기했다.

"원한다면 온순한 늑대라 해줄게요."

어둠 속의 대화란 은근한 긴장감이 있다. 상대방의 얼굴을 모르기 때문에 느낄 수 있는 작은 기대감과 어둠이 주는 본질적인 공포가 두 사람의 거리를 더욱 가깝게 만들어놓게 되고, 몸을 더욱 밀착하도록 만든다. 흔들다리 위에 서 있을 때 이성을 보게 되면 호감을 느끼게 된다는 이론[1])과도 비슷했다.

수련은 진심을 담아 말했다.

"왠지 기대되네요. 밖에서의 당신이 어떤 모습일지."

"거봐요. 남자들은 다 똑같아요. 외모로 여자를 판단하죠."

"그쪽은 생각해 본 적 없나 보군요?"

"글쎄요. 어쩌면 당신이 제법 멋진 남자일지 모른다는 생각도 들긴 하지만."

아스카는 그렇게 말하고 후후, 하고 작게 웃었다.

"고맙군요. 빈말이라도."

"이봐요, 남의 말 함부로 비웃지 말아요."

어둠 속에서 느끼는 자유는 신묘하다. 자신의 존재를 느낄 수 있는 것은 오직 전투로부터 오는 타격감과 목소리뿐. 나누는 말 한마디 한마디에 현실감이 결여되어 있었음에도 대화는 선명하게 가슴속에 와 닿았다.

수많은 선분이 가슴속에서 겹쳐지며, 조금씩 어떤 예감의 지표를 그려간다. 익숙한 목소리. 목소리로부터 오는 강렬한 데자뷰. 그것은 의지와는 무관하게 확신을 만들고 있었다.

아직은 물어볼 때가 아니다. 수련은 그렇게 생각하며 묵묵히 걸음을 옮겼다.

겨울장미.

주석1) 정서 이론 : 신체적 변화가 먼저 일어난 후 이를 지각하는 것이 정서다, 라는 이론.

ex. '도망가기 때문에 무섭다', '울기 때문에 슬프다'.

예감은 그렇게 완전한 확신이 되었다. 이 만남은 우연이 아니다. 온몸의 세포가 그렇게 증언하고 있었다.

"이상하죠?"

"뭐가요?"

이렇게 만났다는 거. 아스카는 그렇게 첨언하며 고개를 살짝 꺾었다. 머리카락의 감촉이 더 가깝게 다가왔다.

"이 만남이 우연이 아니라면, 이상하지 않겠죠."

수련은 그렇게 말하며 자리에서 일어섰다. 차근차근 걸음을 옮긴다. 앞쪽을 막고 있는 거대한 문이 느껴졌다. 지금까지 올라오면서 만났던 그 어떤 문과도 달랐다. 훨씬 더 오밀조밀하고 고풍스럽게 조각된 문.

데몬의 방이다.

수련이 그 방 앞에 멈춰 설 때까지, 아스카는 잠자코 아무 말도 하지 않았다.

수련이 먼저 말을 꺼냈다.

"같이 들어가죠. 여기까지 왔는데."

"괜찮아요. 당신이 아니었으면 저는 여기까지 오지도 못했고… 당신 혼자서도 충분할 거예요. 데몬 정도는."

마치 데몬 정도는 별거 아니라는 투의 어조였다. 물론 그녀의 말은 사실이었다. 수련은 이미 레벨 17이 되어 마스터 중급을 바라보고 있었기 때문이다. 데몬이 아무리 강하다고 해도 데스나이트 로드나 리치 수준이다. 지금의 수련이라면 혼자서도 그들을 상대할 수 있다.

"하지만……."

데몬의 미궁은 한 달 주기로 리셋된다. 미궁의 구조 자체가 바뀌어 버리는 것이다. 그것을 알고 있던 수련은 한 번 더 권하려 했다.

"괜찮아요. 한 달 더 기다리죠 뭐. 그리고 그쪽은 퀘스트라면서요? 괜히 제가 같이 들어갔다가 문제가 생길지도 몰라요. 데몬의 미궁은 원래 솔로 플레이 던전이니까."

그녀의 의지가 완고하자 수련은 결국 표정을 풀었다. 하지만 여기서 이런 식으로 재미없게 끝낼 수는 없었다.

"그럼 내기 하나 하죠."

"내기요?"

수련은 고개를 끄덕였다.

"제가 혼자서 데몬을 잡고 나오면, 당신의 얼굴을 보여주시는 겁니다."

"못 잡으면요?"

"제 얼굴을 보여 드리죠."

얼굴이라니. 아스카는 정말 즐거운 듯이 웃었다.

"그건 너무 불공평한 내기인데요. 당신이 이길 게 뻔하잖아요."

아스카는 한참을 맑게 웃더니 조심스러운 어조로 말을 이었다.

"그리고 당신은…… 이미 알고 있지 않나요?"

수련은 말없이 미소 지었다.

데몬은 생각보다 강했다. 수련은 석조대전 내부로 진입하자 마자 데몬을 호위하는 세 마리의 레서 데몬부터 빠르게 처리했 다. 실루엣 소드에 이은 일루전 브레이크에 레벨 13의 레서 데 몬들은 허무하게 무너져 내렸다. 익스퍼트 시절 데스나이트를 상대로 고전하던 모습과는 무척이나 대비되는 전투력이었다.

데몬은 유령처럼 움직이는 수련의 고스트 스텝에 당황하여 채 찍을 제대로 겨냥하지 못했다. 수련은 방심의 여지를 남기지 않 기 위해 가능한 시간을 들여 침착하게 데몬의 생명력을 깎았다.

틈이 나면 섬광영을 쏘아 보내고, 정면으로 부딪칠 때는 일 루전 브레이크를 사용하며 빈틈을 노렸다. 과연 보스 몬스터 답게 데몬은 오랫동안 공세를 막아냈지만, 생명력이 얼마 남 지 않게 되자 조금씩 움직임이 둔해지기 시작했다. 데몬은 최 후의 공격을 감행했다. 순간 채찍이 분영하며 수백, 수천 가닥 이 되어 수련을 향해 날아들었다. 수련은 당황하지 않고 고대 의 반지를 꺼내 들었다.

전하결계!

어떤 물리력도 관통하지 못하는 리치 고유의 전하결계가 짧 은 순간 수련의 온몸을 둘렀다. 수련은 그 틈을 놓치지 않고 승부의 쐐기를 박았다.

연격(*連擊*).
레이 브레이크(*Ray break*)!

[언데드 로드의 엠블럼을 습득하셨습니다. 7/7]

열한 개의 찬란한 섬광이 어둠을 꿰뚫고 데몬의 몸을 관통했다. 데몬은 단말마조차 터뜨리지 못하고 소멸했다. 데몬의 거대한 몸이 쓰러지는 순간, 석조 대전의 천장이 열렸다. 긴 어둠이 드리워진 통로의 최상층부에서 빛이 흘러들어 왔다.

수련은 그대로 뒤를 돌아보았다. 그곳에 아스카가 서 있었다. 약속대로 얼굴을 드러낸 채. 찬연한 빛이 그녀의 고운 얼굴 위에 뿌려지자 희미한 얼굴 윤곽이 드러났다. 눈이 마주치는 순간, 긴 머리칼이 마술처럼 흔들린다.

수련과 같은 하늘빛 머리카락.

겨울의 푸른 장미. 윈터로즈 성하늘.

그가 느껴왔던 기시감과 익숙함은 어떤 의미에선 당연한 것이었다. 수련은 떨림을 삼키며 입을 열었다.

"당신이…… 인프라블랙입니까?"

아이러니하지만 만약 그렇다면 너무나 적절한 장소였다.

론도의 어디에도 이보다 더 깊은 암흑은 없을 테니까. 성하늘의 속눈썹이 길게 내리깔렸다.

"그래요. 그리 멋진 만남은 아니죠?"

수련은 입을 다물었다. 그를 만나고자 한 목적이 뭘까. 제롬도, 성하늘도… 예전의 그 제안을 다시 한 번 하려는 걸까? 인프라블랙은 과연 무엇을 위한 단체인가. 성하늘은 고개를 흔들며 말했다. 고개를 젓는 그 모습조차 아름답다.

"당신을 다시 한 번 만나고 싶어서. 단지 그것뿐이에요."

다시 한 번. 그 말이 수련이 아는 의미와 다르게 느껴졌던 것은 그만의 착각일까.

"정말입니까?"

"그래요."

성하늘은 배시시 웃었다. 수련은 저어하다 입을 열었다.

"당신을 보고 있으면 그런 느낌이 듭니다. 마치 오래전부터 알고 있었던 것만 같은… 이번 만남은 인프라블랙으로서 이루어진 겁니까?"

"인프라블랙이 아니라, 성하늘로서 다가온 거라면 어쩌시겠어요?"

"믿을 수 없죠, 그런 말은."

처음 만난 사람에게 기대감을 갖게 하는 것은 어떤 의미에선 죄악이다. 수련은 그런 생각을 하며 쓸쓸하게 말했다.

"그치만 정말인걸요. 그리고 수련 씨의 말대로… 어쩌면 우리는 아주 오래전부터 알고 있었던 건지도 모르죠."

수련은 바보 같은 질문이라는 것을 알면서도 그 말을 꺼내지 않을 수 없었다.

"또 만날 수 있을까요?"

"곧 다시 만나게 될 거예요."

어둠보다 더 깊은 어둠, 고결한 인프라블랙.

성하늘은 고요한 어둠 속에서 희미하게 미소 짓고 있었다.

           *   *   *

낮의 병원은 한산했다. 독방인 탓에 가끔 상태를 체크하러 오는 간호사를 빼면 방에는 늘 수연과 수련뿐이었다.

낮에는 병원에서 동생을 간호하고 밤에는 게임을 한다.

수련은 여동생의 창백한 이마를 닦아주며 그녀가 깨어나면 무슨 말을 할지를 상상했다. 어머니의 죽음에 슬퍼할까? 아니면 또 게임 폐인, 하고 나무라며 웃어줄까?

알 수 없는 일이다.

'언제 일어날거니, 수연아…….'

그녀가 깨어나도 어머니는 없을 것이다. 하지만 수련은 이제 자신이 있었다. 어머니가 없어도, 부모님이 없어도 수연과 함께 잘 해나갈 자신이 있었다.

수련은 환기를 위해 창문을 열며 텔레비전을 켰다. 팟! 하는 소리와 함께 뉴스가 흘러나왔다. 마침 점심시간이라 병원식이 조달되었다. 수련은 꾸벅 고개를 숙이며 식판을 받았다.

텔레비전에서는 뉴스가 흘러나오고 있었다.

"가상현실 게임의 안전성 문제가 또다시 제기되고 있습니다. 이런 안타까운 소식을 전하게 되어 정말 유감입니다."

"어?"

뉴스 내용이 낯설었다. 어느 순간부터 귀가 먹은 것처럼 말소리가 들려오지 않았다.

"최근 성황리에 서비스 중인 가상현실 게임을 즐기던 한 소녀가 게임 도중 뇌사하여……."

하지만 뉴스의 헤드라인을 장식하는 문구만큼은 너무나도 또렷하게 눈에 들어왔다. 수련은 넋을 놓은 채 텔레비전을 멍하니 응시했다. 글씨가 사라지고, 뉴스가 바뀐 후에도…….

장애인 소녀, 게임 도중 뇌사(腦死).

수련은 밥을 먹던 숟가락을 떨어뜨렸다. 그럴 리가 없다, 그럴 리가 없어. 그는 식판을 테이블 위에 아무렇게나 던져 놓고 뭐에 홀린 사람처럼 홀연히 병실을 빠져나갔다.

"지아, 지아야!"
마지막 비둘기가 날아온 것은 이미 몇 주 전이었다. 바보같이, 왜 한 번도 그녀를 걱정하지 않았을까. 던전에 들어가기 전까지 매일같이 편지를 썼음에도 답장이 없었다. 처음에는 사정이 있겠거니 싶었다. 그런데 어느 순간부터, 그녀의 존재를 잊고 있었다.

왜 그랬지? 대체 왜? 인간은 이기적이기 때문에? 빌어먹을, 그게 무슨 축복이라는 거야.

브룸바르트 내륙을 지나 카를 숲에 도착하기까지는 일주일이 채 걸리지 않았다. 이미 한 번 지난 길이었기 때문에 돌아가는 것도 빨랐다. 뭔가 일이 심상치 않게 돌아감을 느낀 용병들도 적극 협력해 주었다.

그리고 페르비오노.

수련은 예의 잔디 언덕 위에 올라섰다. 당장이라도 그 언덕을 넘어가면 지아가 있을 것 같았다. 그는 희망을 한가득 품고서 허겁지겁 잔디를 밟고서 언덕을 넘어갔다. 중간에 몇 번이나 바보같이 넘어졌지만 그런 걸 생각할 여유가 없었다. 그리고 마침내 넘어선 잔디 언덕.

그곳에 지아는 없었다.

귓속말을 해봐도 돌아오는 것은 대상이 접속하지 않았다는 메시지뿐. 분명 평소 같으면 지아가 접속해 있을 시간이었다. 그래, 조금 늦는 걸 거야.

귓속말 거부를 하고 있는 건지도 몰라. 수련은 그런 일념으로 주변을 이 잡듯이 뒤졌다. 소녀와 함께 올라갔던 잔디 언덕, 소녀와 함께 발을 담갔던 계곡, 소녀와 함께, 소녀와…….

품속에 있는 목도리의 감촉이 손가락에 닿았다. 수련은 마을의 NPC들에게 하늘색 목도리를 두른 소녀를 보지 못했느냐고 물어보고 다녔다. NPC들은 모두 고개를 흔들었다.

수련은 한밤중이 되어서야 다시 잔디 언덕으로 돌아왔다. 역시 그녀가 있을 만한 곳은 그곳뿐이었다. 지금쯤 다시 접속했을지도 몰라. 그는 그런 생각을 하며 다시 발걸음을 재촉했다. 한 걸음마다 희망이 자근자근 바스러졌다. 그때, 발에 뭔가 부드러운 것이 밟혔다. 수련은 흠칫하고 몸을 떨었다.

발을 들어 그 물체를 확인하는 것이 두려웠다. 감촉이 너무나 선명했다. 그게 무엇일지, 수련은 확인해 보지 않고도 알 수 있었다.

목도리. 찢어진 하늘색 목도리 조각이 그곳에 있었다.

왜?

수련은 천천히 몸을 숙여 그 조각의 파편을 집어 들었다. 상상의 그림자가 그를 찌르고 상처 입힌다.

지아는 대체 어디에 있는 것일까.

수련이 천천히 고개를 들었을 때, 잔디 언덕 위의 나무그늘 사이로 그림자가 보였다. 선객이 있었다. 순간 반가운 마음에 발걸음을 재촉했으나, 역시나 지아는 아니었다.

한 남자가 그곳에 서 있었다. 상자에서 한 줌씩 뭔가를 꺼내어 뿌리고 있다. 뭘 하는 거지? 호기심에 다가가 얼굴을 확인하는 순간, 반가움 대신 적의가 차올랐다.

"…다시는 만나지 못할 줄 알았는데, 오랜만이군."

그곳에는 작은 상자를 허리에 낀 아크가 서 있었다.

*　　　*　　　*

금발의 남자는 지루한 듯 마을을 굴러다니는 애꿎은 돌멩이를 걷어찼다. 돌멩이는 정확히 날아가 흑발사내의 발등 위에 떨어졌다. 가볍게 돌멩이를 받아낸 흑발사내는 마치 축구공을 트래핑 하듯 돌멩이를 툭툭 차며 가지고 놀다가 다시 금발사내 쪽으로 돌멩이를 차 올렸다.

"지루하다. 네르메스 오기로 한 시간 훨씬 지난 것 같은데?"

루피온이 시무룩한 얼굴로 투덜거렸다. 매일 같이 다니던 세 명이었는데, 홍일점이 빠져 버리니 영 활기가 안 살았다. 발끝으로 돌을 튕기는 루피온을 보던 베로스도 안색이 좋지 못했다.

"벌써 며칠째 묵묵부답인데…… 폰도 안 받아. 무슨 일 있는 거 아냐?"

루피온과 베로스는 네르메스가 마지막으로 로그아웃한 자리에서 그녀를 기다리고 있었다. 여기서 기다리면 혹시나 그녀를 다시 만날 수 있지 않을까 하는 기대감에서였다. 그때, 그 기대에 반응하듯 작은 빛이 아른거리며 한 유저가 로그인을 했다.

허공이 은은한 빛을 흩뿌린다 싶더니, 미녀가 그곳에 서 있었다. 루피온이 반색하며 말했다.

"엇, 네르메스! 왜 요즘 안 들어왔어?"

"이 바보, 이제 오냐?"

에메랄드 빛 머리칼이 불안하게 흔들리고 있었다. 안절부절 못하는 꼴이 꼭 뭐 마려운 강아지 같았다. 네르메스는 베로스와 루피온을 보고서도 선뜻 인사말을 건네지 못하고 입술을 깨물다가, 한참 만에 다음과 같이 말했다.

"루피온, 베로스. 괜찮으면 나 좀 도와줄래? 이거 정말 심각한 문제야."

『론도』3권 끝

BOOK Publishing CHUNGEORAM

눈길발길 쏙쏙 끄는 **비법이 가득!**
왕성한 가게 만드는

잘나가는
가게 노하우
151 가지

고다 유조 지음
김진연 옮김
가격 9,800원

물건이 팔리지 않는 시대!
왕성한 가게 만드는 비법이 가득!

가게 안에 웅덩이를 만들어라
조명만 조금 바꿔도 매출이 팍 늘어난다
보기 쉽고, 집기 쉬운 가게 배치는 '경기장 형'이 최고 등등
가게에 실제로 적용했을 때 매출이 오른 노하우만 알차게 수록
외관, 입구, 배치, 내장, 조명, 디스플레이에서 사원교육까지

도움이 되는 '발견'이 가득가득.
당신 가게를 회생시키기 위한 소중한 책!

유행이 아닌 자유추구 -
www.chungeoram.com

BOOK Publishing CHUNGEORAM

초등학생이 반드시 읽어야 할 좋은 책 49권

각 학년별로 초등학생이 반드시 읽어야할 좋은 책을
선정하여 통합논술의 기본이 되는 '올바른 독서법'을
일깨워 줍니다.

교과서와
함께하는
초등학교 통합논술

초등1학년 | 값 12,000원 / 초등2학년 | 값 9,500원 / 초등3학년 | 값 11,000원 / 초등4학년 | 값 9,500원 / 초등5학년 | 값 9,500원 / 초등6학년 | 값 11,000원

♣ 혼자 할 수 있어요.
엄마가 책 읽는 방법을 가르쳐 주어도 좋아요.
독서지도하는 선생님이 가르쳐 주어도 좋답니다.
"초등 교과서와 함께하는 **통합논술 시리즈**"는
아이 스스로 독서할 수 있도록 꾸며진 책이에요.
엄마와 선생님은 요령만 가르쳐 주시면 된답니다.

♣ 교과서의 중요한 내용이 총정리되어 있어요.
각 학년별로 중요한 교과 내용이 함께 수록되어 있어요.
초등학생은 교과서 내용을 충실하게 공부해야 합니다.
아울러 그와 병행한 독서가 대단히 중요하지요.
"초등 교과서와 함께하는 **통합논술 시리즈**"는
두 가지 방법 모두 알려준답니다.

♣ 이 책은 훌륭하신 선생님들이 함께 쓰신 책이랍니다.
동화작가 선생님들이 쓰셨어요. 소설가 선생님도 쓰셨답니다.
국어 논술독서지도 선생님들도 함께 쓰셨지요.
"초등 교과서와 함께하는 **통합논술 시리즈**"는
엄마의 마음으로 모든 선생님들이 함께 꾸민 책이랍니다.

입소문을 통해 아는 분은 다 알고 계십니다!
올 한해 공인중개사 최고의 화제작!

1~2권 합본 | 이용훈 지음
3~4권 합본 | 이용훈 지음
5~6권 합본 | 이용훈 지음
용어해설 | 이용훈 지음

수험생 기본 필독서
만화 공인중개사

제목 : 만화공인중개사 쓰신 분에게 감사드립니다.

학원을 두 달 다녔어요. 근데 과연 그 숫자 외우기 그런 게 몇 문제나 나올까 생각을 했어요.
아니라는 생각이 드네요. 학원강의를 뒤로하고 서점을 갔어요. 내 머리에 가장 이해될수있는
책이 없나 하구요. 거기서 만화를 발견했어요. 무조건 세 번 봤어요. 3개월 걸렸어요. 문제집을 보라고
했는데 그건 시행을 못했어요. 근데 합격을 했네요.
어떻게 감사의 말을 해야 될지…….
도서관에서 만화책 들고 다니니까 사람들이 비웃더라구요. 만화책으로 공인중개사를 공부한다고
미친 사람처럼 보더라구요. 근데 그거 다 감수하고 했던 내가 자랑스럽습니다.
어떻게 감사의 말을 해야 할지… 정말 감사합니다.
부디 행복하세요. 제 나이 41살에 좋은 스승을 만난 것 같습니다.
엎드려 감사드립니다.

－본사 홈페이지에 독자분이 올린 메일 中 에서 발췌－

BOOK Publishing CHUNGEORAM

이명박

기도하는 리더십
이명박의 삶과 신앙 이야기

젊은이들에게 성공 신화의
주역으로 주목받고 있는

이명박!

과연 그 이유를 어디서 찾을 것인가.
그것은 기도하는 삶이었다!

이명박 기도하는 리더십 | 이채윤 지음 280쪽 | 9,900원

기도하는 삶이
지금의 이명박을 만들었다!

leadership

『이명박 기도하는 리더십』은 이명박의 탄생과 신앙, 그리고 그간의 업적을 한눈에 볼 수 있는 책이다.
한편으로는 신앙 간증서라고 말할 수도 있겠지만, 이명박의 삶은 신앙과 떨어뜨려 놓고는 생각할 수
없는 관계에 있다.
이 책, 『이명박 기도하는 리더십』은 대한민국 성장의 역사, 그 주역이었던 이의 삶을 통하여 이 시대의
젊은이들에게 부족한 정신들을 일깨워 줄 수 있을 것이며, 앞으로 더욱 큰 신화를 만들고 추진해 갈
이명박의 비전을 알고자 하는 이들에게 적합한 서적일 것이다.

BOOK Publishing CHUNGEORAM